边城

沈从文◎著

BIANCHENG

团结出版社

图书在版编目（CIP）数据

边城／沈从文著. —北京：团结出版社，2019.1
ISBN 978-7-5126-6693-1

Ⅰ. ①边… Ⅱ. ①沈… Ⅲ. ①中篇小说-中国-现代
Ⅳ. ①I246.5

中国版本图书馆 CIP 数据核字（2018）第 232059 号

出版： 团结出版社
　　　（北京市东城区东皇根南街 84 号　邮编：100006）
电话：（010）65228880　65244790（出版社）
　　　（010）65238766　65113874　65133603（发行部）
　　　（010）65133603（邮购）
网址： http：//www. tjpress. com
E-mall： 65244790@ 163. com（出版社）
　　　　fx65133603@ 163. com（发行部邮购）
经销： 全国新华书店
印刷： 三河市金轩印务有限公司

开本： 690 毫米×960 毫米　16 开
印张： 15
印数： 5000 册
字数： 180 千字
版次： 2019 年 1 月第 1 版
印次： 2019 年 1 月第 1 次印刷

书号： 978-7-5126-6693-1
定价： 29. 80 元

目录

CONTENTS //

边城

《边城》题记

　　对于农人与兵士，怀了不可言说的温爱，这点感情在我一切作品中，随处都可以看出。我从不隐讳这点感情。我生长于作品中所写到的那类小乡城，我的祖父，父亲以及兄弟，全列身军籍；死去的莫不在职务上死去，不死的也必然的将在职务上终其一生。就我所接触的世界一面，来叙述他们的爱憎与哀乐，即或这枝笔如何笨拙，或尚不至于离题太远。因为他们是正直的，诚实的，生活有些方面极其伟大，有些方面又极其平凡，性情有些方面极其美丽，有些方面又极其琐碎，——我动手写他们时，为了使其更有人性，更近人情，自然便老老实实的写下去。但因此一来，这作品或者便不免成为一种无益之业了。

　　照目前风气说来，文学理论家，批评家及大多数读者，对于这种作品是极容易引起不愉快的感情的。前者表示"不落伍"，告给人中国不需要这类作品，后者"太担心落伍"，目前也不愿意读这类作品。这自然是真事。"落伍"是什么？一个有点理性的人，也许就永远无法明白，但多数人谁不害怕"落伍"？我有句话想说："我这本书不是为这种多数人而写的"。念了三五本关于文学理论文学批评问题的洋装书籍，或同时还念过一大堆古典与近代世界名作的人，他们生活的经验，却常常不许可他们在"博学"之外，还知道一点点中国另外一个地方另外一种事情。因此这个作品即或与某种文学理论相符合，批评家便加以各种赞美，这种批评其实仍然不免成为作者的侮辱。他们既并不想明白这个民族真正的爱憎与哀乐，便无法说明这个作品的得失，——这本书不是为他们而写的。至于文艺爱好者呢，他们或是大学生，或是中学生，分布于国内人口较密的都市中，常常很诚实天真的把一部分极可宝贵的时间，来阅读国内新近出版的文学书籍。他们为一些理论家，批评家，聪明出版家，以及习惯于说谎造谣的文坛消息家，通力协作造成一种习气所控制所支配，他们的生活，同时又实在与这个作品所提到的世界相去太远了。他们不需要这种作品，这本书也就并不希望得到他们。理论家有各国出版物中的文学理论可以参证，不愁无话可说；批评家有他们欠了点儿小恩小怨的作家与作品，够他们去毁誉一世。大多数的读者，不问趣味如何，信仰如何，皆有作品可读。正因为关心读者大众，不是便有许多人，据说为读者大众，永远如陀螺在那里转变吗？这本书的出版，即或并不为领导多数的理论家与批评家所弃，被领导的多数读者又并不完全放弃它，但本书作者，却早已存心把这个"多数"放弃了。

我这本书只预备给一些"本身已离开了学校，或始终就无从接近学校，还认识些中国文字，置身于文学理论、文学批评以及说谎造谣消息所达不到的那种职务上，在那个社会里生活，而且极关心全个民族在空间与时间下所有的好处与坏处"的人去看。他们真知道当前农村是什么，想知道过去农村是什么，他们必也愿意从这本书上同时还知道点世界一小角隅的农村与军人。我所写到的世界，即或在他们全然是一个陌生的世界，然而他们的宽容，他们向一本书去求取安慰与知识的热忱，却一定使他们能够把这本书很从容读下去的。我并不即此而止，还预备给他们一种对照的机会，将在另外一个作品里，来提到二十年来的内战，使一些首当其冲的农民，性格灵魂被大力所压，失去了原来的质朴、勤俭、和平、正直的型范以后，成了一个什么样子的新东西。他们受横征暴敛以及鸦片烟的毒害，变成了如何穷困与懒惰！我将把这个民族为历史所带走向一个不可知的命运中前进时，一些小人物在变动中的忧患，与由于营养不足所产生的"活下去"以及"怎样活下去"的观念和欲望，来作朴素的叙述。我的读者应是有理性，而这点理性便基于对中国现社会变动有所关心，认识这个民族的过去伟大处与目前堕落处，各在那里很寂寞的从事与民族复兴大业的人。这作品或者只能给他们一点怀古的幽情，或者只能给他们一次苦笑，或者又将给他们一个噩梦，但同时说不定，也许尚能给他们一种勇气同信心！

一九三四年四月二十四日记

边　城

一

　　由四川过湖南去，靠东有一条官路。这官路将近湘西边境到了一个地方名为"茶峒"的小山城时，有一小溪，溪边有座白色小塔，塔下住了一户单独的人家。这人家只一个老人，一个女孩子，一只黄狗。

　　小溪流下去，绕山岨流，约三里便汇入茶峒的大河。人若过溪越小山走去，则只一里路就到了茶峒城边。溪流如弓背，山路如弓弦，故远近有了小小差异。小溪宽约二十丈，河床为大片石头作成。静静的水即或深到一篙不能落底，却依然清澈透明，河中游鱼来去皆可以计数。小溪既为川湘来往孔道，水常有涨落，限于财力不能搭桥，就安排了一只方头渡船。这渡船一次连人带马，约可以载二十位搭客过河，人数多时则反复来去。渡船头竖了一枝小小竹竿，挂着一个可以活动的铁环，溪岸两端水槽牵了一段废缆，有人过渡时，把铁环挂在废缆上，船上人就引手攀缘那条缆索，慢慢的牵船过对岸去。船将拢岸了，管理这渡船的，一面口中嚷着"慢点慢点"，自己霍的跃上了岸，拉着铁环，于是人货牛马全上了岸，翻过小山不见了。渡头为公家所有，故过渡人不必出钱。有人心中不安，抓了一把钱掷到船板上时，管渡船的必为一一拾起，依然塞到那人手心里去，俨然吵嘴时的认真神气："我有了口量，三斗米，七百钱，够了。谁要这个！"

但不成，凡事求个心安理得，出气力不受酬谁好意思，不管如何还是有人把钱的。管船人却情不过，也为了心安起见，便把这些钱托人到茶峒去买茶叶和草烟，将茶峒出产的上等草烟，一扎一扎挂在自己腰带边，过渡的谁需要这东西必慷慨奉赠。有时从神气上估计那远路人对于身边草烟引起了相当的注意时，便把一小束草烟扎到那人包袱上去，一面说，"不吸这个吗，这好的，这妙的，味道蛮好，送人也合式！"茶叶则在六月里放进大缸里去，用开水泡好，给过路人解渴。

管理这渡船的，就是住在塔下的那个老人。活了七十年，从二十岁起便守在这小溪边，五十年来不知把船来去渡了若干人。年纪虽那么老了。本来应当休息了，但天不许他休息，他仿佛便不能够同这一分生活离开。他从不思索自己的职务对于本人的意义，只是静静的很忠实的在那里活下去。代替了天，使他在日头升起时，感到生活的力量，当日头落下时，又不至于思量与日头同时死去的，是那个伴在他身旁的女孩子。他唯一的朋友为一只渡船与一只黄狗，唯一的亲人便只那个女孩子。

女孩子的母亲，老船夫的独生女，十五年前同一个茶峒军人，很秘密的背着那忠厚爸爸发生了暧昧关系。有了小孩子后，这屯戍军士便想约了她一同向下游逃去。但从逃走的行为上看来，一个违悖了军人的责任，一个却必得离开孤独的父亲。经过一番考虑后，军人见她无远走勇气自己也不便毁去作军人的名誉，就心想：一同去生既无法聚首，一同去死当无人可以阻拦，首先服了毒。女的却关心腹中的一块肉，不忍心，拿不出主张。事情业已为作渡船夫的父亲知道，父亲却不加上一个有分量的字眼儿，只作为并不听到过这事情一样，仍然把日子很平静的过下去。女儿一面怀了羞惭一面却怀了怜悯，仍守在父亲身边，待到腹中小孩生下后，却到溪边吃了许多冷水死去了。在一种近于奇迹中，这遗孤居然已长大成人，一转眼间便十三岁了。为了住处两山多篁竹，翠色逼人而来，老船夫随便为这可怜的孤雏拾取了一个近身的名字，叫作"翠翠"。

翠翠在风日里长养着，把皮肤变得黑黑的，触目为青山绿水，一对眸子清明如水晶。自然既长养她且教育她，为人天真活泼，处处俨然如一只小兽物。人又那么乖，如山头黄麂一样，从不想到残忍事情，从不发愁，从不动气。平时在渡船上遇陌生人对她有所注意时，便把光光的眼睛瞅着那陌生人，作成随时皆可举步逃入深山的神气，但明白了人无机心后，就又从从容容的在水边玩耍了。

老船夫不论晴雨，必守在船头。有人过渡时，便略弯着腰，两手缘引了竹缆，把船横渡过小溪。有时疲倦了，躺在临溪大石上睡着了，人在隔岸招手喊过渡，翠翠不让祖父起身，就跳下船去，很敏捷的替祖父把路人渡过溪，一切皆溜刷在行，从不误事。有时又和祖父黄狗一同在船上，过渡时和祖父一同动手，船将近岸边，祖父正向客人招呼："慢点，慢点"时，那只黄狗便口衔绳子，最先一跃而上，且俨然懂得如何方为尽职似的，把船绳紧衔着拖船拢岸。

风日清和的天气，无人过渡，镇日长闲，祖父同翠翠便坐在门前大岩石上晒太阳。或把一段木头从高处向水中抛去，嗾使身边黄狗自岩石高处跃下，把木头衔回来。或翠翠与黄狗皆张着耳朵，听祖父说些城中多年以前的战争故事。或祖父同翠翠两人，各把小竹作成的竖笛，逗在嘴边吹着迎亲送女的曲子。过渡人来了，老船夫放下了竹管，独自跟到船边去，横溪渡人，在岩上的一个，见船开动时，于是锐声喊着：

"爷爷，爷爷，你听我吹，你唱！"

爷爷到溪中央便很快乐的唱起来，哑哑的声音同竹管声振荡在寂静空气里，溪中仿佛也热闹了一些。（实则歌声的来复，反而使一切更寂静一些了。）

有时过渡的是从川东过茶峒的小牛，是羊群，是新娘子的花轿，翠翠必争看作渡船夫，站在船头，懒懒的攀引缆索，让船缓缓的过去。牛羊花轿上岸后，翠翠必跟着走，站到小山头，目送这些东西走去很远了，方回转船上，把船牵靠近家的岸边。且独自低低的学小羊叫着，学母牛叫着，或采一把野花缚在头上，独自装扮新娘子。

茶峒山城只隔渡头一里路，买油买盐时，逢年过节祖父得喝一杯酒时，祖父不上城，黄狗就伴同翠翠入城里去备办东西。到了卖杂货的铺子里，有大把的粉条，大缸的白糖，有炮仗，有红蜡烛，莫不给翠翠很深的印象，回到祖父身边，总把这些东西说个半天。那里河边还有许多上行船，百十船夫忙着起卸百货。这种船只比起渡船来全大得多，有趣味得多，翠翠也不容易忘记。

二

茶峒地方凭水依山筑城，近山的一面，城墙如一条长蛇，缘山爬去。临水一面则在城外河边留出余地设码头，湾泊小小篷船。船下行时运桐油青盐，染色的栲子。上行则运棉花棉纱以及布匹杂货同海味。贯串各个码头有一条河街，人家房子多一半着陆，一半在水，因为余地有限，那些房子莫不设有吊脚楼。河中涨了春水，到水逐渐进街后，河街上人家，便各用长长的梯子，一端搭在屋檐口，一端搭在城墙上，人人皆骂着嚷着，带了包袱、铺盖、米缸，从梯子上进城里去，水退时方又从城门口出城。某一年水若来得特别猛一些，沿河吊脚楼必有一处两处为大水冲去，大家皆在城上头呆望。受损失的也同样呆望着，对于所受的损失仿佛无话可说，与在自然安排下，眼见其他无可挽救的不幸来时相似。涨水时在城上还可望着骤然展宽的河面，流水浩浩荡荡，随同山水从上流浮沉而来的有房子、牛、羊、大树。于是在水势较缓处，税关趸船前面，便常常有人驾了小舢板，一见河心浮沉而来的是一匹牲畜，一段小木，或一只空船，船上有一个妇人或一个小孩哭喊的声音，便急急的把船桨去，在下游一些迎着了那个目的物，把它用长绳系定，再向岸边桨去。这些诚实勇敢的人，也爱利，也仗义，同一般当地人相似。不拘救人救物，却同样在一种愉快冒险行为中，做得十分敏捷勇敢，使人见及不能不为之喝彩。

那条河水便是历史上知名的酉水，新名字叫作白河。白河下游到辰州与沅水汇流后，便略显浑浊，有出山泉水的意思。若溯流而上，则三丈五丈的深潭皆清澈见底。深潭为白日所映照，河底小小白石子，有花纹的玛瑙石子，全看得明明白白。水中游鱼来去，全如浮在空气里。两岸多高山，山中多可以造纸的细竹，长年作深翠颜色，逼人眼目。近水人家多在桃杏花里，春天时只需注意，凡有桃花处必有人家，凡有人家处必可沽酒。夏天则晒晾在日光下耀目的紫花布衣裤，可以作为人家所在的旗帜。秋冬来时，房屋在悬崖上的，滨水的，无不朗然入目。黄泥的墙，乌黑的瓦，位置则永远那么妥贴，且与四围环境极其调和，使人迎面得到的印象，实在非常愉快。一个对于诗歌图画稍有兴味的旅客，在这小河中，蜷伏于一只小船上，作三十天的旅行，必不至于感到厌烦，正因为处处有奇迹，自然的大胆处与精巧处，无一处不使人神往倾心。

白河的源流，从四川边境而来，从白河上行的小船，春水发时可以直达川属的秀山。但属于湖南境界的，则茶峒为最后一个水码头。这条河水的河面，在茶峒时虽宽约半里，当秋冬之际水落时，河床流水处还不到二十丈，其余只是一滩青石。小船到此后，既无从上行，故凡川东的进出口货物，皆由这地方落水起岸。出口货物俱由脚夫用杉木扁担压在肩膊上挑抬而来，入口货物也莫不从这地方成束成担的用人力搬去。

这地方城中只驻扎一营由昔年绿营屯丁改编而成的戍兵，及五百家左右的住户。（这些住户中，除了一部分拥有了些山田同油坊，或放账屯油、屯米、屯棉纱的小资本家外，其余多数皆为当年屯戍来此有军籍的人家。）地方还有个厘金局，办事机关在城外河街下面小庙里，经常挂着一面长长的幡信。局长则住在城中。一营兵士驻扎老参将衙门，除了号兵每天上城吹号玩，使人知道这里还驻有军队以外，其余兵士皆仿佛并不存在。冬天的白日里，到城里去，便只见各处人家门前皆晾晒有衣服同青菜。红薯多带藤悬挂在屋檐下。用棕衣作成的口袋，装满了栗子榛子和其他硬壳果，也多悬挂在屋檐下。屋角隅各处有大小鸡叫着玩着。间或有什么男子，占据在自己屋前门限上锯木，或用斧头劈树，把劈好的柴堆到敞坪里去一座一座如宝塔。又或可以见到几个中年妇人，穿了浆洗得极硬的蓝布衣裳，胸前挂有白布扣花围裙，躬着腰在日光下一面说话一面作事。一切总永远那么静寂，所有人民每个日子皆在这种单纯寂寞里过去。一分安静增加了人对于"人事"的思索力，增加了梦。在这小城中生存的，各人也一定皆各在分定一份日子里，怀了对于人事爱憎必然的期待。但这些人想些什么？谁知道。住在城中较高处，门前一站便可以眺望对河以及河中的景致，船来时，远远的就从对河滩上看着无数纤夫。那些纤夫也有从下游地方，带了细点心洋糖之类，拢岸时却拿进城中来换钱的。船来时，小孩子的想象，当在那些拉船人一方面。大人呢，孵一巢小鸡，养两只猪，托下行船夫打副金耳环，带两丈官青布或一坛好酱油、一个双料的美孚灯罩回来，便占去了大部分作主妇的心了。

　　这小城里虽那么安静和平，但地方既为川东商业交易接头处，因此城外小小河街，情形却不同了一点。也有商人落脚的客店，坐镇不动的理发馆。此外饭店、杂货铺、油行、盐栈、花衣庄，莫不各有一种地位，装点了这条河街。还有卖船上用的檀木活车、竹缆与罐锅铺子，介绍水手职业吃码头饭的人家。小饭店门前长案上，常有煎得焦黄的鲤鱼豆腐，身上装饰了红辣椒丝，卧在浅口钵头里，钵旁大竹筒中插着大把红筷子，不拘谁个愿意花点钱，这人就可以傍了门前长案坐下来，抽出一双筷子到手上，那边一个眉毛扯得极细脸上擦了白粉的妇人就走过来问："大哥，副爷，要甜酒？要烧酒？"男子火焰高一点的，谐趣的，对内掌柜有点意思的，必装成生气似的说："吃甜酒？又不是小孩，还问人吃甜酒！"那么，酽冽的烧酒，从大瓮里用竹筒舀出，倒进土碗里，即刻就来到身边案桌上了。杂货铺卖美孚油及点美孚油的洋灯，与香烛纸张。油行屯桐油。盐栈堆火井出的青盐。花衣庄则有白棉纱、大布、棉花以及包头的黑绉绸出卖。卖船上用物的，百物罗列，无所不备，且间或有重至百斤以外的铁锚搁在门外路旁，等候主顾问价的。专以介绍水手为事业，吃水码头饭的，则在河街的家中，终日大门敞开着，常有穿青羽缎马褂的船主与毛手毛脚的水手进出，地方象茶馆却不卖茶，不是烟馆又可以抽烟。来到这里的，虽说所谈的是船上生意经，然而船只的上下，划船拉纤人大都有一定规矩，不必作数目上的讨论。他们来到这里大多数倒是在"联欢"。以"龙头管事"作中心，谈论点本地时事，两省商务上情形，以及下游的"新事"。邀会的，集款时大多数皆在此地，扒骰子看点数多少轮作会首时，也常常在此举行。真真成为他们生意经的，有两件事：买卖船只，买卖媳妇。

　　大都市随了商务发达而产生的某种寄食者，因为商人的需要，水手的需要，这小小边城的河街，也居然有那么一群人，聚集在一些有吊脚楼的人家。这种妇人不是从附近乡下弄来，便是随同川军来湘流落后的妇人，穿了假洋绸的衣服，印花标布的裤子，把眉毛扯得成一条细线，大大的发髻上敷了香味极浓俗的油类。白日里无事，就坐在门口做鞋子，在鞋尖上用红绿丝线挑绣双凤，或为情人水手挑绣花抱兜，一面看过往行人，消磨长日。或靠在临河窗口上看水手起货，听水手爬桅子唱歌。到了晚间，则轮流的接待商人同水手，切切实实尽一个妓女应尽的义务。

　　由于边地的风俗淳朴，便是作妓女，也永远那么浑厚，遇不相熟的人，做生意时得先交钱，再关门撒野，人既相熟后，钱便在可有可无之间了。妓女多靠四川商人维持生活，但恩情所结，则多在水手方面。感情好的，互相咬着嘴唇咬着颈脖发了誓，约好了"分手后各人皆不许胡闹"，四十天或五十天，在船上浮着的那一个，同留在岸上的这一个，便皆呆着打发这一堆日子，尽把自己的心紧紧缚定远远的一个人。尤其是妇人感情真挚，痴到无可形容，男子过了约定时间不回来，做梦时，就总常常梦船拢了岸，一个人摇摇荡荡的从船跳板到了岸上，直向身边跑来。或日中有了疑心，则梦里必见男子在桅上向另一方面唱歌，却不理会自己。性格弱一点儿的，接着就在梦里投河吞鸦片烟，性格强一点儿的便手执菜刀，直向那水手奔去。他们生活虽那么同一般社会疏远，但是眼泪与欢乐，在一种爱憎得失间，揉进了这些人生活里时，也便同另外一片土地另外一些年轻生命相似，全个身心为那点爱憎所浸透，见寒作热，忘了一切。若有多少不同处，不过是这些人更真切一点，也更近于糊涂一点罢了。短期的包定，长期的嫁娶，一时间的关门，这些关于一个女人身体上的交易，由于民情的淳朴，身当其事的不觉得如何下流可耻，旁观者也就从不用读书人的观念，加以指摘与轻视。这些人既重义轻利，又能守信自约，即便是娼妓，也常常较之讲道德知羞耻的城市中人还更可信任。

　　掌水码头的名叫顺顺，一个前清时便在营伍中混过日子来的人物，革命时在著名的陆军四十九标做个什长。同样做什长的，有因革命成了伟人名人的，有杀头碎尸的，他却带少年喜事得来的脚疯痛，回到了家乡，把所积蓄的一点钱，买了一条六桨白木船，租给一个穷船主，代人装货在茶峒与辰州之间来往。气运好，半年之内船不坏事，于是他从所赚的钱上，又讨了一个略有产业的白脸黑发小寡妇。数年后，在这条河上，他就有了大小四只船，一个铺子，两个儿子了。

　　但这个大方洒脱的人，事业虽十分顺手，却因欢喜交朋结友，慷慨而又能济人之急，便不能同贩油商人一样大大发作起来。自己既在粮子里混过日子，明白出门人的甘苦，理解失意人的心情，故凡因船只失事破产的船家，过路的退伍兵士，游学文墨人，凡到了这个地方闻名求助的，莫不尽力帮助。一面从水上赚来钱，一面就这样洒脱散去。这人虽然脚上有点小毛病，还能泅水；走路难得其平，为人却那么公正无私。

水面上各事原本极其简单，一切皆为一个习惯所支配，谁个船碰了头，谁个船妨害了别一个人别一只船的利益，皆照例有习惯方法来解决。惟运用这种习惯规矩排调一切的，必需一个高年硕德的中心人物。某年秋天，那原来执事人死去了，顺顺作了这样一个代替者。那时他还只五十岁，为人既明事明理，正直和平又不爱财，故无人对他年龄怀疑。

到如今，他的儿子大的已十八岁，小的已十六岁。两个年青人皆结实如小公牛，能驾船，能汨水，能走长路。凡从小乡城里出身的年青人所能够作的事，他们无一不作，作去无一不精。年纪较长的，如他们爸爸一样，豪放豁达，不拘常套小节。年幼的则气质近于那个白脸黑发的母亲，不爱说话，眼眉却秀拔出群，一望即知其为人聪明而又富于感情。

两兄弟既年已长大，必需在各种生活上来训练他们，作父亲的就轮流派遣两个小孩子各处旅行。向下行船时，多随了自己的船只充伙计，甘苦与人相共。荡桨时选最重的一把，背纤时拉头纤二纤，吃的是干鱼，辣子，臭酸菜，睡的是硬帮帮的舱板。向上行从旱路走去，则跟了川东客货，过秀山、龙潭，酉阳作生意，不论寒暑雨雪，必穿了草鞋按站赶路。且佩了短刀，遇不得已必需动手，便霍的把刀抽出，站到空阔处去，等候对面的一个，接着就同这个人用肉搏来解决。帮里的风气，既为"对付仇敌必需用刀，联结朋友也必需用刀"，故需要刀时，他们也就从不让它失去那点机会。学贸易，学应酬，学习到一个新地方去生活，且学习用刀保护身体同名誉，教育的目的，似乎在使两个孩子学得做人的勇气与义气。一分教育的结果，弄得两个人皆结实如老虎，却又和气亲人，不骄惰，不浮华，不倚势凌人，故父子三人在茶峒边境上为人所提及时，人人对这个名姓无不加以一种尊敬。

作父亲的当两个儿子很小时，就明白大儿子一切与自己相似，却稍稍见得溺爱那第二个儿子。由于这点不自觉的私心，他把长子取名天保，次子取名傩送。意思是天保佑的在人事上或不免有龃龉处，至于傩神所送来的，照当地习气，人便不能稍加轻视了。傩送美丽得很，茶峒船家人拙于赞扬这种美丽，只知道为他取出一个诨名为"岳云"。虽无什么人亲眼看到过岳云，一般的印象，却从戏台上小生岳云，得来一个相近的神气。

三

两省接壤处，十余年来主持地方军事的，注重在安辑保守，处置还得法，并无变故发生。水陆商务既不至于受战争停顿，也不至于为土匪影响，一切莫不极有秩序，人民也莫不安分乐生。这些人，除了家中死了牛，翻了船，或发生别的死亡大变，为一种不幸所绊倒觉得十分伤心外，中国其他地方正在如何不幸挣扎中的情形，似乎就永远不会为这边城人民所感到。

边城所在一年中最热闹的日子，是端午，中秋和过年。三个节日过去三五十年前如何兴奋了这地方人，直到现在，还毫无什么变化，仍能成为那地方居民最有意义的几个日子。

端午日，当地妇女小孩子，莫不穿了新衣，额角上用雄黄蘸酒画了个王字。任何人家到了这天必可以吃鱼吃肉。大约上午十一点钟左右，全茶峒人就吃了午饭，把饭吃过后，在城里住家的，莫不倒锁了门，全家出城到河边看划船。河街有熟人的，可到河街吊脚楼门口边看，不然就站在税关门口与各个码头上看。河中龙船以长潭某处作起点，税关前作终点。作比赛竞争。因为这一天军官税官以及当地有身分的人，莫不在税关前看热闹。划船的事各人在数天以前就早有了准备，分组分帮各自选出了若干身体结实手脚伶俐的小伙子，在潭中练习进退。船只的形式，与平常木船大不相同，形体一律又长又狭，两头高高翘起，船身绘着朱红颜色长线，平常时节多搁在河边干燥洞穴里，要用它时，拖下水去。每只船可坐十二个到十八个桨手，一个带头的，一个鼓手，一个锣手。桨手每人持一支短桨，随了鼓声缓促为节拍，把船向前划去。坐在船头上，头上缠裹着红布包头，手上拿两支小令旗，左右挥动，指挥船只的进退。擂鼓打锣的，多坐在船只的中部，船一划动便即刻蓬蓬镗镗把锣鼓很单纯的敲打起来，为划桨水手调理下桨节拍。一船快慢既不得不靠鼓声，故每当两船竞赛到剧烈时，鼓声如雷鸣，加上两岸人呐喊助威，便使人想起梁红玉老鹳河时水战擂鼓，牛皋水擒杨幺时也是水战擂鼓。凡把船划到前面一点的，必可在税关前领赏，一匹红，一块小银牌，不拘缠挂到船上某一个人头上去，皆显出这一船合作的光荣。好事的军人，且当每次某一只船胜利时，必在水边放些表示胜利庆祝的五百响鞭炮。

赛船过后，城中的戍军长官，为了与民同乐，增加这节日的愉快起见，便把三十只绿头长颈大雄鸭，颈脖上缚了红布条子，放入河中，尽善于泅水的军民人等，下水追赶鸭子。不拘谁把鸭子捉到，谁就成为这鸭子的主人。于是长潭换了新的花样，水面各处是鸭子，各处有追赶鸭子的人。

船与船的竞赛，人与鸭子的竞赛，直到天晚方能完事。

掌水码头的龙头大哥顺顺，年青时节便是一个泅水的高手，入水中去追逐鸭子，在任何情形下总不落空。但一到次子傩送年过十二岁时，已能入水闭气氽着到鸭子身边，再忽然从水中冒水而出，把鸭子捉到，这作爸爸的便解嘲似的说："好，这种事有你们来作，我不必再下水了。"于是当真就不下水与人来竞争捉鸭子。但下水救人呢，当作别论。凡帮助人远离患难，便是入火，人到八十岁，也还是成为这个人一种不可逃避的责任！

天保傩送两人皆是当地泅水划船好选手。

端午又快来了，初五划船，河街上初一开会，就决定了属于河街的那只船当天入水。天保恰好在那天应向上行，随了陆路商人过川东龙潭送节货，故参加的就只傩送。十六个结实如牛犊的小伙子，带了香烛、鞭炮、同一个用生牛皮蒙好绘有朱红太极图的高脚鼓，到了搁船的河上游山洞边，烧了香烛，把船拖入水后，各人上了船，燃着鞭炮，擂着鼓，这船便如一枝箭似的，很迅速的向下游长潭射去。

那时节还是上午，到了午后，对河渔人的龙船也下了水，两只龙船就开始预习种种竞赛的方法。水面上第一次听到了鼓声，许多人从这鼓声中，感到了节日临近的欢悦。住临河吊脚楼对远方人有所等待有所盼望的，也莫不因鼓声想到远人。在这个节日里，必然有许多船只可以赶回，也有许多船只合在半路过节，这之间，便有些眼目所难见的人事哀乐，在这小山城河街间，让一些人嬉事，也让一些人皱眉。

蓬蓬鼓声掠水越山到了渡船头那里时，最先注意到的是那只黄狗。那黄狗汪汪的吠着，受了惊似的绕屋乱走，有人过渡时，便随船渡过河东岸去，且跑到那小山头向城里一方面大吠。

翠翠正坐在门外大石上用棕叶编蚱蜢蜈蚣玩，见黄狗先在太阳下睡着，忽然醒来便发疯似的乱跑，过了河又回来，就问它骂它：

"狗，狗，你做什么！不许这样子！"

可是一会儿那声音被她发现了，她于是也绕屋跑着，且同黄狗一块儿渡过了小溪，站在小山头听了许久，让那点迷人的鼓声，把自己带到一个过去的节日里去。

四

还是两年前的事。五月端阳，渡船头祖父找人作了代替，便带了黄狗同翠翠进城，过大河边去看划船。河边站满了人，四只朱色长船在潭中滑着，龙船水刚刚涨过，河中水皆豆绿色，天气又那么明朗，鼓声蓬蓬响着，翠翠抿着嘴一句话不说，心中充满了不可言说的快乐。河边人太多了一点，各人皆尽张着眼睛望河中，不多久，黄狗还在身边，祖父却挤得不见了。

翠翠一面注意划船，一面心想"过不久祖父总会找来的"。但过了许久，祖父还不来，翠翠便稍稍有点儿着慌了。先是两人同黄狗进城前一天，祖父就问翠翠："明天城里划船，倘若一个人去看，人多怕不怕？"翠翠就说："人多我不怕，但自己只是一个人可不好玩。"于是祖父想了半天，方想起一个住在城中的老熟人，赶夜里到城里去商量，请那老人来看一天渡船，自己却陪翠翠进城玩一天。且因为那人比渡船老人更孤单，身边无一个亲人，也无一只狗，因此便约好了那人早上过家中来吃饭，喝一杯雄黄酒。第二天那人来了，吃了饭，把职务委托那人以后，翠翠等便进了城。到路上时，祖父想起什么似的，又问翠翠，"翠翠，翠翠，人那么多，好热闹，你一个人敢到河边看龙船吗？"翠翠说："怎么不敢？可是一个人有什么意思。"到了河边后，长潭里的四只红船，把翠翠的注意力完全占去了，身边祖父似乎也可有可无了。

祖父心想：“时间还早，到收场时，至少还得三个时刻。溪边的那个朋友，也应当来看看年青人的热闹，回去一趟，换换地位还赶得及。”因此就告翠翠，“人太多了，站在这里看，不要动，我到别处去有事情，无论如何总赶得回来伴你回家。”翠翠正为两只竞速并进的船迷着，祖父说的话毫不思索就答应了。祖父知道黄狗在翠翠身边，也许比他自己在她身边还稳当，于是便回家看船去了。

祖父到了那渡船处时，见代替他的老朋友，正站在白塔下注意听远处鼓声。

祖父喊他，请他把船拉过来，两人渡过小溪仍然站到白塔下去。那人问老船夫为什么又跑回来，祖父就说想替他一会儿故把翠翠留在河边，自己赶回来，好让他也过河边去看看热闹，且说，“看得好，就不必再回来，只须见了翠翠问她一声，翠翠到时自会回家的。小丫头不敢回家，你就伴她走走！”但那替手对于看龙船已无什么兴味，却愿意同老船夫在这溪边大石上各自再喝两杯烧酒。老船夫十分高兴，把酒葫芦取出，推给城中来的那一个。两人一面谈些端午旧事，一面喝酒，不到一会，那人却在岩石上为烧酒醉倒了。

人既醉倒了，无从入城，祖父为了责任又不便与渡船离开，留在河边的翠翠便不能不着急了。

河中划船的决了最后胜负后，城里军官已派人驾小船在潭中放了一群鸭子，祖父还不见来。翠翠恐怕祖父也正在什么地方等着她，因此带了黄狗各处人丛中挤着去找寻祖父，结果还是不得祖父的踪迹。后来看看天快要黑了，军人扛了长凳出城看热闹的，皆已陆续扛了那凳子回家。潭中的鸭子只剩下三五只，捉鸭人也渐渐的少了。落日向上游翠翠家中那一方落去，黄昏把河面装饰了一层薄雾。翠翠望到这个景致，忽然起了一个怕人的想头，她想："假若爷爷死了？"

　　她记起祖父嘱咐她不要离开原来地方那一句话，便又为自己解释这想头的错误，以为祖父不来必是进城去或到什么熟人处去，被人拉着喝酒，故一时不能来的。正因为这也是可能的事，她又不愿在天未断黑以前，同黄狗赶回家去，只好站在那石码头边等候祖父。

　　再过一会，对河那两只长船已泊到对河小溪里去不见了，看龙船的人也差不多全散了。吊脚楼有娼妓的人家，已上了灯，且有人敲小斑鼓弹月琴唱曲子。另外一些人家，又有划拳行酒的吵嚷声音。同时停泊在吊脚楼下的一些船只，上面也有人在摆酒炒菜，把青菜萝卜之类，倒进滚热油锅里去时发出哗——的声音。河面已朦朦胧胧，看去好象只有一只白鸭在潭中浮着，也只剩一个人追着这只鸭子。

　　翠翠还是不离开码头，总相信祖父会来找她，同她一起回家。

　　吊脚楼上唱曲子声音热闹了一些，只听到下面船上有人说话，一个水手说："金亭，你听你那婊子陪川东庄客喝酒唱曲子，我赌个手指，说这是她的声音！"另一个水手就说："她陪他们喝酒唱曲子，心里可想我。她知道我在船上！"先前那一个又说："身体让别人玩着，心还想着你；你有什么凭据？"另一个说："有凭据。"于是这水手吹着唿哨，作出一个古怪的记号，一会儿，楼上歌声便停止了。歌声停止后，两个水手皆笑了。两人接着便说了些关于那个女人的一切，使用了不少粗鄙字眼，翠翠很不习惯把这种话听下去，但又不能走开。且听水手之一说，楼上妇人的爸爸是在棉花坡被人杀死的，一共杀了十七刀。翠翠心中那个古怪的想头，"爷爷死了呢？"便仍然占据到心里有一忽儿。

　　两个水手还正在谈话，潭中那只白鸭慢慢的向翠翠所在的码头边游来，翠翠想："再过来些我就捉住你！"于是静静的等着，但那鸭子将近岸边三丈远近时，却有个人笑着，喊那船上水手。原来水中还有个人，那人已把鸭子捉到手，却慢慢的"踹水"游近岸边的。船上人听到水面的喊声，在隐约里也喊道："二老，二老，你真干，你今天得了五只吧。"那水上人说："这家伙狡猾得很，现在可归我了。""你这时捉鸭子，将来捉女人，一定有同样的本领。"水上那一个不再说什么，手脚并用的拍着水傍了码头。湿淋淋的爬上岸时，翠翠身旁的黄狗，仿佛警告水中人似的，汪汪的叫了几声，那人方注意到翠翠。码头上已无别的人，那人问：

"是谁？"

"是翠翠！"

"翠翠又是谁？"

"是碧溪岨撑渡船的孙女。"

"你在这儿做什么？"

"我等我爷爷。我等他来好回家去。"

"等他来他可不会来，你爷爷一定到城里军营里喝了酒，醉倒后被人抬回去了！"

"他不会。他答应来，他就一定会来的。"

"这里等也不成。到我家里去，到那边点了灯的楼上去，等爷爷来找你好不好？"

翠翠误会邀他进屋里去那个人的好意，正记着水手说的妇人丑事，她以为那男子就是要她上有女人唱歌的楼上去，本来从不骂人，这时正因等候祖父太久了，心中焦急得很，听人要她上去，以为欺侮了她，就轻轻的说：

"你个悖时砍脑壳的！"

话虽轻轻的，那男的却听得出，且从声音上听得出翠翠年纪，便带笑说："怎么，你骂人！你不愿意上去，要呆在这儿，回头水里大鱼来咬了你，可不要叫喊！"

翠翠说："鱼咬了我也不管你的事。"

那黄狗好象明白翠翠被人欺侮了，又汪汪的吠起来。那男子把手中白鸭举起，向黄狗吓了一下，便走上河街去了。黄狗为了自己被欺侮还想追过去，翠翠便喊："狗，狗，你叫人也看人叫！"翠翠意思仿佛只在告给狗"那轻薄男子还不值得叫"，但男子听去的却是另外一种好意，男的以为是她要狗莫向好人叫，放肆的笑着，不见了。

又过了一阵，有人从河街拿了一个废缆做成的火炬，喊叫着翠翠的名字来找寻她，到身边时翠翠却不认识那个人。那人说：老船夫回到家中，不能来接她，故搭了过渡人口信来，问翠翠要她即刻就回去。翠翠听说是祖父派来的，就同那人一起回家，让打火把的在前引路，黄狗时前时后，一同沿了城墙向渡口走去。翠翠一面走一面问那拿火把的人，是谁问他就知道她在河边。那人说是二老告他的，他是二老家里的伙计，送翠翠回家后还得回转河街。

翠翠说："二老他怎么知道我在河边？"

那人便笑着说："他从河里捉鸭子回来，在码头上见你，他说好意请你上家里坐坐，等候你爷爷，你还骂过他！"

翠翠带了点儿惊讶轻轻的问："二老是谁？"

那人也带了点儿惊讶说："二老你都不知道？就是我们河街上的傩送二老！就是岳云！他要我送你回去！"

傩送二老在茶峒地方不是一个生疏的名字！

翠翠想起自己先前骂人那句话，心里又吃惊又害羞，再也不说什么，默默的随了那火把走去。

翻过了小山岨，望得见对溪家中火光时，那一方面也看见了翠翠方面的火把，老船夫即刻把船拉过来，一面拉船一面哑声儿喊问："翠翠，翠翠，是不是你？"翠翠不理会祖父，口中却轻轻的说："不是翠翠，不是翠翠，翠翠早被大河里鲤鱼吃去了。"翠翠上了船，二老派来的人，打着火把走了，祖父牵着船问："翠翠，你怎么不答应我，生我的气了吗？"

翠翠站在船头还是不作声。翠翠对祖父那一点儿埋怨，等到把船拉过了溪，一到了家中，看明白了醉倒的另一个老人后，就完事了。但另一件事，属于自己不关祖父的，却使翠翠沉默了一个夜晚。

五

两年日子过去了。

这两年来两个中秋节，恰好都无月亮可看，凡在这边城地方，因看月而起整夜男女唱歌的故事，皆不能如期举行，故两个中秋留给翠翠的印象，极其平淡无奇。两个新年却照例可以看到军营里与各乡来的狮子龙灯，在小教场迎春，锣鼓喧阗很热闹。到了十五夜晚，城中舞龙耍狮子的镇筸兵士，还各自赤裸着肩膊，往各处去欢迎炮仗烟火。城中军营里，税关局长公馆，河街上一些大字号，莫不预先截老毛竹筒，或镂空棕榈树根株，用洞硝拌和磺炭钢砂，一千捶八百捶把烟火做好。好勇取乐的军士，光赤着个上身，玩着灯打着鼓来了，小鞭炮如落雨的样子，从悬到长竿尖端的空中落到玩灯的肩背上，锣鼓催动急促的拍子，大家皆为这事情十分兴奋。鞭炮放过一阵后，用长凳绑着的大筒灯火，在敞坪一端燃起了引线，先是咝咝的流泻白光，慢慢的这白光便吼啸起来，作出如雷如虎惊人的声音，白光向上空冲去，高至二十丈，下落时便洒散着满天花雨。玩灯的兵士，在火花中绕着圈子，俨然毫不在意的样子。翠翠同他的祖父，也看过这样的热闹，留下一个热闹的印象，但这印象不知为什么原因，总不如那个端午所经过的事情甜而美。

翠翠为了不能忘记那件事，上年一个端午又同祖父到城边河街去看了半天船，一切玩得正好时，忽然落了行雨，无人衣衫不被雨湿透。为了避雨，祖孙二人同那只黄狗，走到顺顺吊脚楼上去，挤在一个角隅里。有人扛凳子从身边过去，翠翠认得那人是去年打了火把送她回家的人，就告给祖父：

"爷爷，那个人去年送我回家，他拿了火把走路时，真象个喽罗！"

祖父当时不作声，等到那人回头又走过面前时，就一把抓住那个人，笑嘻嘻说：

"嗨嗨，你这个人！要你到我家喝一杯也不成，还怕酒里有毒，把你这个真命天子毒死！"

那人一看是守渡船的，且看到了翠翠，就笑了。"翠翠，你大长了！二老说你在河边大鱼会吃你，我们这里河中的鱼，现在可吞不下你了。"

翠翠一句话不说，只是抿起嘴唇笑着。

这一次虽在这喽罗长年口中听到个"二老"名字，却不曾见及这个人。从祖父与那长年谈话里，翠翠听明白了二老是在下游六百里外青浪滩过端午的。但这次不见二老却认识了"大老"，且见着了那个一地出名的顺顺。大老把河中的鸭子提回家里后，因为守渡船的老家伙称赞了那只肥鸭两次，顺顺就要大老把鸭子给翠翠。且知道祖孙二人所过的日子十分拮据，节日里自己不能包粽子，又送了许多尖角粽子。

　　那水上名人同祖父谈话时，翠翠虽装作眺望河中景致，耳朵却把每一句话听得清清楚楚。那人向祖父说翠翠长得很美，问过翠翠年纪，又问有不有人家。祖父则很快乐的夸奖了翠翠不少，且似乎不许别人来关心翠翠的婚事，故一到这件事便闭口不谈。

　　回家时，祖父抱了那只白鸭子同别的东西，翠翠打火把引路。两人沿城墙走去，一面是城，一面是水。祖父说："顺顺真是个好人，大方得很。大老也很好。这一家人都好！"翠翠说："一家人都好，你认识他们一家人吗？"祖父不明白这句话的意思所在，因为今天太高兴一点，便笑着说："翠翠，假若大老要你做媳妇，请人来做媒，你答应不答应？"翠翠就说："爷爷，你疯了！再说我就生你的气！"

　　祖父话虽不说了，心中却很显然的还转着这些可笑的不好的念头。翠翠着了恼，把火炬向路两旁乱晃着，向前快快的走去了。

　　"翠翠，莫闹，我摔到河里去，鸭子会走脱的！"

　　"谁也不希罕那只鸭子！"

　　祖父明白翠翠为什么事不高兴，祖父便唱起摇橹人驶船下滩时催橹的歌声，声音虽然哑沙沙的，字眼儿却稳稳当当毫不含糊。翠翠一面听着一面向前走去，忽然停住了发问：

　　"爷爷，你的船是不是正在下青浪滩呢？"

　　祖父不说什么，还是唱着，两人皆记顺顺家二老的船正在青浪滩过节，但谁也不明白另外一个人的记忆所止处。祖孙二人便沉默的一直走还家中。到了渡口，那代理看船的，正把船泊在岸边等候他们。几人渡过溪到了家中，剥粽子吃，到后那人要进城去，翠翠赶即为那人点上火把，让他有火把照路。人过了小溪上小山时，翠翠同祖父在船上望着，翠翠说：

“爷爷，看喽罗上山了啊！”

祖父把手攀引着横缆，注目溪面的薄雾，仿佛看到了什么东西，轻轻的吁了一口气。祖父静静的拉船过对岸家边时，要翠翠先上岸去，自己却守在船边，因为过节，明白一定有乡下人上城里看龙船，还得乘黑赶回家去。

六

白日里，老船夫正在渡船上同个卖皮纸的过渡人有所争持。一个不能接受所给的钱，一个却非把钱送给老人不可。正似乎因为那个过渡人送钱气派，使老船夫受了点压迫，这撑渡船人就俨然生气似的，迫着那人把钱收回，使这人不得不把钱捏在手里。但船拢岸时，那人跳上了码头，一手铜钱向船舱里一撒，却笑眯眯的匆匆忙忙走了。老船夫手还得拉着船让别人上岸，无法去追赶那个人，就喊小山头的孙女：

“翠翠，翠翠，帮我拉着那个卖皮纸的小伙子，不许他走！”

翠翠不知道是怎么会事，当真便同黄狗去拦那第一个下山人。那人笑着说：

“不要拦我！……”

正说着，第二个商人赶来了，就告给翠翠是什么事情。翠翠明白了，更拉着卖纸人衣服不放，只说：“不许走！不许走！”黄狗为了表示同主人的意见一致，也便在翠翠身边汪汪汪的吠着。其余商人皆笑着，一时不能走路。祖父气吁吁的赶来了，把钱强迫塞到那人手心里，且搭了一大束草烟到那商人担子上去，搓着两手笑着说：“走呀！你们上路走！”那些人于是全笑着走了。

翠翠说："爷爷，我还以为那人偷你东西同你打架！"

祖父就说：

"他送我好些钱。我才不要这些钱！告他不要钱，他还同我吵，不讲道理！"

翠翠说："全还给他了吗？"

祖父抿着嘴把头摇摇，装成狡猾得意神气笑着，把扎在腰带上留下的那枚单铜子取出，送给翠翠。且说：

"他得了我们那把烟叶，可以吃到镇筸城！"

远处鼓声又蓬蓬的响起来了，黄狗张着两个耳朵听着。翠翠问祖父，听不听到什么声音。祖父一注意，知道是什么声音了，便说：

"翠翠，端午又来了。你记不记得去年天保大老送你那只肥鸭子。早上大老同一群人上川东去，过渡时还问你。你一定忘记那次落的行雨。我们这次若去，又得打火把回家；你记不记得我们两人用火把照路回家？"

翠翠还正想起两年前的端午一切事情哪。但祖父一问，翠翠却微带点儿恼着的神气，把头摇摇，故意说："我记不得，我记不得。"其实她那意思就是"我怎么记不得？！"

祖父明白那话里意思，又说："前年还更有趣，你一个人在河边等我，差点儿不知道回来，我还以为大鱼会吃掉你！"

提起旧事翠翠嗤的笑了。

"爷爷，你还以为大鱼会吃掉我？是别人家说我，我告给你的！你那天只是恨不得让城中的那个爷爷把装酒的葫芦吃掉！你这种记性！"

"我人老了，记性也坏透了。翠翠，现在你人长大了，一个人一定敢上城看船不怕鱼吃掉你了。"

"人大了就应当守船哩。"

"人老了才当守船。"

"人老了应当歇憩!"

"你爷爷还可以打老虎,人不老!"祖父说着,于是,把膀子弯曲起来,努力使筋肉在局束中显得又有力又年青,且说:"翠翠,你不信,你咬。"

翠翠睨着腰背微驼白发满头的祖父,不说什么话。远处有吹唢呐的声音,她知道那是什么事情,且知道唢呐方向,要祖父同她下了船,把船拉过家中那边岸旁去。为了想早早的看到那迎婚送亲的喜轿,翠翠还爬到屋后塔下去眺望。过不久,那一伙人来了,两个吹唢呐的,四个强壮乡下汉子,一顶空花轿,一个穿新衣的团总儿子模样的青年,另外还有两只羊,一个牵羊的孩子,一坛酒,一盒糍粑,一个担礼物的人。一伙人上了渡船后,翠翠同祖父也上了渡船,祖父拉船,翠翠却傍花轿站定,去欣赏每一个人的脸色与花轿上的流苏。拢岸后,团总儿子模样的人,从扣花抱肚里掏出了一个小红纸包封,递给老船夫。这是规矩,祖父再不能说不接收了。但得了钱祖父却说话了,问那个人,新娘是什么地方人,明白了,又问姓什么,明白了,又问多大年纪,一起皆弄明白了。吹唢呐的一上岸后又把唢呐呜呜喇喇吹起来,一行人便翻山走了。祖父同翠翠留在船上,感情仿佛皆追着那唢呐声音走去,走了很远的路方回到自己身边来。

祖父掂着那红纸包封的分量说:"翠翠,宋家堡子里新嫁娘只十五岁。"

翠翠明白祖父这句话的意思所在,不作理会,静静的把船拉动起来。

到了家边，翠翠跑回家去取小小竹子做的双管唢呐，请祖父坐在船头吹"娘送女"曲子给她听，她却同黄狗躺到门前大岩石上荫处看天上的云。白日渐长，不知什么时节，祖父睡着了，翠翠同黄狗也睡着了。

七

到了端午。祖父同翠翠在三天前业已预先约好，祖父守船，翠翠同黄狗过顺顺吊脚楼去看热闹。翠翠先不答应，后来答应了。但过了一天，翠翠又翻悔回来，以为要看两人去看，要守船两人守船。祖父明白那个意思，是翠翠玩心与爱心相战争的结果。为了祖父的牵绊，应当玩的也无法去玩，这不成！祖父含笑说："翠翠，你这是为什么？说定了的又翻悔，同茶峒人平素品德不相称。我们应当说一是一，不许三心二意。我记性并不坏到这样子，把你答应了我的即刻忘掉！"祖父虽那么说，很显然的事，祖父对于翠翠的打算是同意的。但人太乖了，祖父有点愀然不乐了。见祖父不再说话，翠翠就说："我走了，谁陪你？"

祖父说："你走了，船陪我。"

翠翠把眉毛皱拢去苦笑着，"船陪你，嗨，嗨，船陪你。爷爷，你真是……"

祖父心想："你总有一天会要走的。"但不敢提这件事。祖父一时无话可说，于是走过屋后塔下小圃里去看葱，翠翠跟过去。

"爷爷，我决定不去，要去让船去，我替船陪你！"

"好，翠翠，你不去我去，我还得戴了朵红花，装刘老老进城去见世面！"

两人都为这句话笑了许久。

祖父理葱，翠翠却摘了一根大葱呜呜吹着。有人在东岸喊过渡，翠翠不让祖父占先，便忙着跑下去，跳上了渡船，援着横溪缆子拉船过溪去接人。一面拉船一面喊祖父：

"爷爷，你唱，你唱！"

祖父不唱，却只站在高岩上望翠翠，把手摇着，一句话不说。

祖父有点心事。心事重重的，翠翠长大了。

翠翠一天比一天大了，无意中提到什么时会红脸了。时间在成长她，似乎正催促她，使她在另外一件事情上负点儿责。她欢喜看扑粉满脸的新嫁娘，欢喜说到关于新嫁娘的故事，欢喜把野花戴到头上去，还欢喜听人唱歌。茶峒人的歌声，缠绵处她已领略得出。她有时仿佛孤独了一点，爱坐在岩石上去，向天空一片云一颗星凝眸。祖父若问："翠翠，想什么？"她便带着点儿害羞情绪，轻轻的说："在看水鸭子打架！"照当地习惯意思就是"翠翠不想什么"。但在心里却同时又自问："翠翠，你真在想什么？"同是自己也在心里答着："我想的很远，很多。可是我不知想些什么。"她的确在想，又的确连自己也不知在想些什么。这女孩子身体既发育得很完全，在本身上因年龄自然而来的一件"奇事"，到月就来，也使她多了些思索，多了些梦。

祖父明白这类事情对于一个女子的影响，祖父心情也变了些。祖父是一个在自然里活了七十年的人，但在人事上的自然现象，就有了些不能安排外。因为翠翠的长成，使祖父记起了些旧事，从掩埋在一大堆时间里的故事中，重新找回了些东西。

翠翠的母亲，某一时节原同翠翠一个样子。眉毛长，眼睛大，皮肤红红的。也乖得使人怜爱——也懂在一些小处，起眼动眉毛，使家中长辈快乐。也仿佛永远不会同家中这一个分开。但一点不幸来了，她认识了那个兵。到末了丢开老的和小的，却陪那个兵死了。这些事从老船夫说来谁也无罪过，只应"天"去负责。翠翠的祖父口中不怨天，心却不能完全同意这种不幸的安排。摊派到本身的一份，说来实在不公平！说是放下了，也正是不能放下的莫可奈何容忍到的一件事！

那时还有个翠翠。如今假若翠翠又同妈妈一样，老船夫的年龄，还能把小雏儿再育下去吗？人愿意神却不同意！人太老了，应当休息了，凡是一个良善的乡下人，所应得到的劳苦与不幸，全得到了。假若另外高处有一个上帝，这上帝且有一双手支配一切，很明显的事，十分公道的办法，是应把祖父先收回去，再来让那个年青的在新的生活上得到应分接受那幸或不幸，才合道理。

可是祖父并不那么想。他为翠翠担心。他有时便躺到门外岩石上，对着星子想他的心事。他以为死是应当快到了的，正因为翠翠人已长大了，证明自己也真正老了。无论如何，得让翠翠有个着落。翠翠既是她那可怜母亲交把他的，翠翠大了，他也得把翠翠交给一个人，他的事才算完结！交给谁？必需什么样的人方不委屈她？

前几天顺顺家天保大老过溪时，同祖父谈话，这心直口快的青年人，第一句话就说：

"老伯伯，你翠翠长得真标致，象个观音样子。再过两年，若我有闲空能留在茶峒照料事情，不必象老鸦到处飞，我一定每夜到这溪边来为翠翠唱歌。"

祖父用微笑奖励这种自白。一面把船拉动，一面把那双小眼睛瞅着大老。

于是大老又说：

"翠翠太娇了，我担心她只宜于听点茶峒人的歌声，不能作茶峒女子做媳妇的一切正经事。我要个能听我唱歌的情人，却更不能缺少个照料家务的媳妇。'又要马儿不吃草，又要马儿走得好，'唉，这两句话恰是古人为我说的！"

祖父慢条斯理把船掉了头，让船尾傍岸，就说：

"大老，也有这种事儿！你瞧着吧。"究竟是什么事，祖父可并不明白说下去。

那青年走去后，祖父温习着那些出于一个男子口中的真话，实在又愁又喜。翠翠若应当交把一个人，这个人是不是适宜于照料翠翠？当真交把了他，翠翠是不是愿意？

八

初五大清早落了点毛毛雨，上游且涨了点"龙船水"，河水全变作豆绿色。祖父上城买办过节的东西，戴了个棕粑叶"斗篷"，携带了一个篮子，一个装酒的大葫芦，肩头上挂了个褡裢，其中放了一吊六百钱，就走了。因为是节日，这一天从小村小寨带了铜钱担了货物上城去办货掉货的极多，这些人起身也极早，故祖父走后，黄狗就伴同翠翠守船。翠翠头上戴了一个崭新的斗篷，把过渡人一趟一趟的送来送去。黄狗坐在船头，每当船拢岸时必先跳上岸边去衔绳头，引起每个过渡人的兴味。有些过渡乡下人也携了狗上城，照例如俗话说的，"狗离不得屋"，一离了自己的家，即或傍着主人，也变得非常老实了。到过渡时，翠翠的狗必走过去嗅嗅，从翠翠方面讨取了一个眼色，似乎明白翠翠的意思，就不敢有什么举动。直到上岸后，把拉绳子的事情作完，眼见到那只陌生的狗上小山去了，也必跟着追去。或者向狗主人轻轻吠着，或者逐着那陌生的狗，必得翠翠带点儿嗔恼的嚷着："狗，狗，你狂什么？还有事情做，你就跑呀！"于是这黄狗赶快跑回船上来，且依然满船闻嗅不已。翠翠说："这算什么轻狂举动！跟谁学得的！还不好好蹲到那边去！"狗俨然极其懂事，便即刻到它自己原来地方去，只间或又象想起什么似的，轻轻的吠几声。

雨落个不止，溪面一片烟。翠翠在船上无事可作时，便算着老船夫的行程。她知道他这一去应到什么地方碰到什么人，谈些什么话，这一天城门边应当是些什么情形，河街上应当是些什么情形，"心中一本册"，她完全如同眼见到的那么明明白白。她又知道祖父的脾气，一见城中相熟粮子上人物，不管是马夫火夫，总会把过节时应有的颂祝说出。这边说，"副爷，你过节吃饱喝饱！"那一个便也将说，"划船的，你吃饱喝饱！"这边若说着如上的话，那边人说，"有什么可以吃饱喝饱？四两肉，两碗酒，既不会饱也不会醉！"那么，祖父必很诚实邀请这熟人过碧溪岨喝个够量。倘若有人当时就想喝一口祖父葫芦中的酒，这老船夫也从不吝啬，必很快的就把葫芦递过去。酒喝过了，那兵营中人卷舌子舔着嘴唇，称赞酒好，于是又必被勒迫着喝第二口。酒在这种情形下少起来了，就又跑到原来铺上去，加满为止。翠翠且知道祖父还会到码头上去同刚拢岸一天两天的上水船水手谈谈话，问问下河的米价盐价，有时且弯着腰钻进那带有海带鱿鱼味，以及其他油味、醋味、柴烟味的船舱里去，水手们从小坛中抓出一把红枣，递给老船夫，过一阵，等到祖父回家被翠翠埋怨时，这红枣便成为祖父与翠翠和解的东西。祖父一到河街上，且一定有许多铺子上商人送他粽子与其他东西，作为对这个忠于职守的划船人一点敬意，祖父虽嚷着"我带了那么一大堆，回去会把老骨头压断"，可是不管如何，这些东西多少总得领点情。走到卖肉案桌边去，他想"买肉"人家却不愿接钱，屠户若不接钱，他却宁可到另外一家去，决不想沾那点便宜。那屠户说，"爷爷，你为人那么硬算什么？又不是要你去做犁口耕田！"但不行，他以为这是血钱，不比别的事情，你不收钱他会把钱预先算好，猛的把钱掷到大而长的钱筒里去，攫了肉就走去的。卖肉的明白他那种性情，到他称肉时总选取最好的一处，且把分量故意加多，他见及时却将说："喂喂，大老板，我不要你那些好处！腿上的肉是城里人炒鱿鱼肉丝用的肉，莫同我开玩笑！我要夹项肉，我要浓的糯的，我是个划船人，我要拿去炖葫萝卜喝酒的！"得了肉，把钱交过手时，自己先数一次，又嘱咐屠户再数，屠户却照例不理会他，把一手钱哗的向长竹筒口丢去，他于是简直是妩媚的微笑着走了。屠户与其他买肉人，见到他这种神气，必笑个不止……

翠翠还知道祖父必到河街上顺顺家里去。

翠翠温习着两次过节两个日子所见所闻的一切，心中很快乐，好象目前有一个东西，同早间在床上闭了眼睛所看到那种捉摸不定的黄葵花一样，这东西仿佛很明朗的在眼前，却看不准，抓不住。

翠翠想："白鸡关真出老虎吗？"她不知道为什么忽然想起白鸡关。白鸡关是酉水中部一个地名，离茶峒两百多里路！

于是又想："三十二个人摇六匹橹，上水走风时张起个大篷，一百幅白布铺成的一片东西，先在这样大船上过洞庭湖，多可笑……"她不明白洞庭湖有多大，也就从没见过这种大船，更可笑的，还是她自己也不知道为什么却想到这个问题！

一群过渡人来了，有担子，有送公事跑差模样的人物，另外还有母女二人。母亲穿了新浆洗得硬朗的蓝布衣服，女孩子脸上涂着两饼红色，穿了不甚合身的新衣，上城到亲戚家中去拜节看龙船的。等待众人上船稳定后，翠翠一面望着那小女孩，一面把船拉过溪去。那小孩从翠翠估来年纪也将十三四岁了，神气却很娇，似乎从不曾离开过母亲。脚下穿的是一双尖头新油过的钉鞋，上面沾污了些黄泥。裤子是那种泛紫的葱绿布做的。见翠翠尽是望她，她也便看着翠翠，眼睛光光的如同两粒水晶球。有点害羞，有点不自在，同时也有点不可言说的爱娇。那母亲模样的妇人便问翠翠年纪有几岁。翠翠笑着，不高兴答应，却反问小女孩今年几岁。听那母亲说十三岁时，翠翠忍不住笑了。那母女显然是财主人家的妻女，从神气上就可看出的。翠翠注视那女孩，发现了女孩子手上还戴得有一副麻花绞的银手镯，闪着白白的亮光，心中有点儿歆羡。船傍岸后，人陆续上了岸，妇人从身上摸出一铜子，塞到翠翠手中，就走了。翠翠当时竟忘了祖父的规矩了，也不说道谢，也不把钱退还，只望着这一行人中那个女孩子身后发痴。一行人正将翻过小山时，翠翠忽又忙匆匆的追上去，在山头上把钱还给那妇人。那妇人说："这是送你的！"翠翠不说什么，只微笑把头尽摇，且不等妇人来得及说第二句话，就很快的向自己渡船边跑去了。

到了渡船上，溪那边又有人喊过渡，翠翠把船又拉回去。第二次过渡是七个人，又有两个女孩子，也同样因为看龙船特意换了干净衣服，相貌却并不如何美观，因此使翠翠更不能忘记先前那一个。

今天过渡的人特别多，其中女孩子比平时更多，翠翠既在船上拉缆子摆渡，故见到什么好看的，极古怪的，人乖的，眼睛眶子红红的，莫不在记忆中留下个印象。无人过渡时，等着祖父祖父又不来，便尽只反复温习这些女孩子的神气。且轻轻的无所谓的唱着：

"白鸡关出老虎咬人，不咬别人，团总的小姐派第一。……大姐戴副金簪子，二姐戴副银钏子，只有我三妹没得什么戴，耳朵上长年戴条豆芽菜。"

城中有人下乡的，在河街上一个酒店前面，曾见及那个撑渡船的老头子，把葫芦嘴推让给一个年青水手，请水手喝他新买的白烧酒，翠翠问及时，那城中人就告给她所见到的事情。翠翠笑祖父的慷慨不是时候，不是地方。过渡人走了，翠翠就在船上又轻轻的哼着巫师十二月里为人还愿迎神的歌玩——

　　你大仙，你大神，睁眼看看我们这里人！

　　他们既诚实，又年青，又身无疾病。

　　他们大人会喝酒，会作事，会睡觉；

　　他们孩子能长大，能耐饥，能耐冷；

　　他们牯牛肯耕田，山羊肯生仔，鸡鸭肯孵卵；

　　他们女人会养儿子，会唱歌，会找她心中欢喜的情人！

　　你大神，你大仙，排驾前来站两边。

　　关夫子身跨赤兔马，

　　尉迟公手拿大铁鞭！

　　你大仙，你大神，云端下降慢慢行！

　　张果老驴得坐稳，

　　铁拐李脚下要小心！

　　福禄绵绵是神恩，

　　和风和雨神好心，

　　好酒好饭当前阵，

肥猪肥羊火上烹！

洪秀全，李鸿章，

你们在生是霸王，

杀人放火尽节全忠各有道，

今来坐席又何妨！

慢慢吃，慢慢喝，

月白风清好过河。

醉时携手同归去，

我当为你再唱歌！

那首歌声音既极柔和，快乐中又微带忧郁。唱完了这歌，翠翠觉得心上有一丝儿凄凉。她想起秋末酬神还愿时田坪中的火燎同鼓角。

远处鼓声已起来了，她知道绘有朱红长线的龙船这时节已下河了，细雨还依然落个不止，溪面一片烟。

九

祖父回家时，大约已将近平常吃早饭时节了，肩上手上全是东西，一上小山头便喊翠翠，要翠翠拉船过小溪来迎接他。翠翠眼看到多少人皆进了城，正在船上急得莫可奈何，听到祖父的声音，精神旺了，锐声答着："爷爷，爷爷，我来了！"老船夫从码头边上了渡船后，把肩上手上的东西搁到船头上，一面帮着翠翠拉船，一面向翠翠笑着，如同一个小孩子，神气充满了谦虚与羞怯。"翠翠，你急坏了，是不是？"翠翠本应埋怨祖父的，但她却回答说："爷爷，我知道你在河街上劝人喝酒，好玩得很。"翠翠还知道祖父极高兴到河街上去玩，但如此说来，将更使祖父害羞乱嚷了，因此话到口边却不提出。

翠翠把搁在船头的东西——估记在眼里，不见了酒葫芦。翠翠嗤的笑了。

"爷爷，你倒大方，请副爷同船上人吃酒，连葫芦也吃到肚里去了！"

祖父笑着忙作说明：

"哪里，哪里，我那葫芦被顺顺大伯扣下了，他见我在河街上请人喝酒，就说：'喂，喂，摆渡的张横，这不成的。你不开槽坊，如何这样子！把你那个放下来，请我全喝了吧。'他当真那么说，'请我全喝了吧。'我把葫芦放下了。但我猜想他是同我闹着玩的。他家里还少烧酒吗？翠翠，你说，……"

"爷爷，你以为人家真想喝你的酒，便是同你开玩笑吗？"

"那是怎么的？"

"你放心，人家一定因为你请客不是地方，所以扣下你的葫芦，不让你请人把酒喝完。等等就会为你送来的，你还不明白，真是！——"

"唉，当真会是这样的！"

说着船已拢了岸，翠翠抢先帮祖父搬东西，但结果却只拿了那尾鱼，那个花裢裢；裢裢中钱已用光了，却有一包白糖，一包小芝麻饼子。

两人刚把新买的东西搬运到家中，对溪就有人喊过渡，祖父要翠翠看着肉菜免得被野猫拖去，争着下溪去做事，一会儿，便同那个过渡人嚷着到家中来了。原来这人便是送酒葫芦的。只听到祖父说："翠翠，你猜对了。人家当真把酒葫芦送来了！"

翠翠来不及向灶边走去，祖父同一个年纪青青的脸黑肩膊宽的人物，便进到屋里了。

翠翠同客人皆笑着，让祖父把话说下去。客人又望着翠翠笑，翠翠仿佛明白为什么被人望着，有点不好意思起来，走到灶边烧火去了。溪边又有人喊过渡，翠翠赶忙跑出门外船上去，把人渡过了溪。恰好又有人过溪。天虽落小雨，过渡人却分外多，一连三次。翠翠在船上一面作事一面想起祖父的趣处。不知怎么的，从城里被人打发来送酒葫芦的，她觉得好象是个熟人。可是眼睛里象是熟人，却不明白在什么地方见过面。但也正象是不肯把这人想到某方面去，方猜不着这来人的身分。

祖父在岩坎上边喊："翠翠，翠翠，你上来歇歇，陪陪客！"本来无人过渡便想上岸去烧火，但经祖父一喊，反而不上岸了。

来客问祖父"进不进城看船"，老渡船夫就说"应当看守渡船"。两人又谈了些别的话。到后来客方言归正传：

"伯伯，你翠翠象个大人了，长得很好看！"

撑渡船的笑了。"口气同哥哥一样，倒爽快呢。"这样想着，却那么说："二老，这地方配受人称赞的只有你，人家都说你好看！'八面山的豹子，地地溪的锦鸡，'全是特为颂扬你这个人好处的警句！"

"但是，这很不公平。"

"很公平的！我听船上人说，你上次押船，船到三门下面白鸡关滩出了事，从急浪中你援救过三个人。你们在滩上过夜，被村子里女人见着了，人家在你棚子边唱歌一整夜，是不是真有其事？"

"不是女人唱歌一夜，是狼嗥。那地方著名多狼，只想得机会吃我们！我们烧了一大堆火，吓住了它们，才不被吃掉！"

老船夫笑了，"那更妙！人家说的话还是很对的。狼是只吃姑娘，吃小孩，吃十八岁标致青年，象我这种老骨头，它不要吃的！"

那二老说："伯伯，你到这里见过两万个日头，别人家全说我们这个地方风水好，出大人，不知为什么原因，如今还不出大人？"

"你是不是说风水好应出有大名头的人？我以为这种人不生在我们这个小地方，也不碍事。我们有聪明，正直，勇敢，耐劳的年青人，就够了。象你们父子兄弟，为本地也增光彩已经很多很多！"

"伯伯，你说得好，我也是那么想。地方不出坏人出好人，如伯伯那么样子，人虽老了，还硬朗得同棵楠木树一样，稳稳当当的活到这块地面，又正经，又大方，难得的咧。"

"我是老骨头了，还说什么。日头，雨水，走长路，挑分量沉重的担子，大吃大喝，挨饿受寒，自己分上的都拿过了，不久就会躺到这冰凉土地上喂蛆吃的。这世界有得是你们小伙子分上的一切，好好的干，日头不辜负你们，你们也莫辜负日头！"

"伯伯，看你那么勤快，我们年青人不敢辜负日头！"

说了一阵，二老想走了，老船夫便站到门口去喊叫翠翠，要她到屋里来烧水煮饭，掉换他自己看船。翠翠不肯上岸，客人却已下船了，翠翠把船拉动时，祖父故意装作埋怨神气说：

"翠翠，你不上来，难道要我在家里做媳妇煮饭吗？"

翠翠斜睨了客人一眼，见客人正盯着她，便把脸背过去，抿着嘴儿，很自负的拉着那条横缆，船慢慢拉过对岸了。客人站在船头同翠翠说话：

"翠翠，吃了饭，同你爷爷去看划船吧？"

翠翠不好意思不说话，便说："爷爷说不去，去了无人守这个船！"

"你呢？"

"爷爷不去我也不去。"

"你也守船吗?"

"我陪我爷爷。"

"我要一个人来替你们守渡船,好不好?"

矼的一下船头已撞到岸边土坎上了,船拢岸了。二老向岸上一跃,站在斜坡上说:

"翠翠,难为你!……我回去就要人来替你们,你们快吃饭,一同到我家里去看船,今天人多咧,热闹咧!"

翠翠不明白这陌生人的好意,不懂得为什么一定要到他家中去看船,抿着小嘴笑笑,就把船拉回去了。到了家中一边溪岸后,只见那个人还正在对溪小山上,好象等待什么,不即走开。翠翠回转家中,到灶口边去烧火,一面把带点湿气的草塞进灶里去,一面向正在把客人带回的那一葫芦酒试着的祖父询问:

"爷爷,那人说回去就要人来替你,要我们两人去看船,你去不去?"

"你高兴去吗?"

"两人同去我高兴。那个人很好,我象认得他,他是谁?"

祖父心想:"这倒对了,人家也觉得你好!"祖父笑着说:

"翠翠,你不记得你前年在大河边时,有个人说要让大鱼咬你吗?"

翠翠明白了,却仍然装不明白问:"他是谁?"

"你想想看,猜猜看。"

"一本《百家姓》好多人,我猜不着他是张三李四。"

"顺顺船总家的二老,他认识你你不认识他啊!"他抿了一口酒,象赞美酒又象赞美人,低低的说:"好的,妙的,这是难得的。"

过渡的人在门外坎下叫唤着，老祖父口中还是"好的，妙的……"匆匆下船做事去了。

十

吃饭时隔溪有人喊过渡，翠翠抢着下船，到了那边，方知道原来过渡的人，便是船总顺顺家派来作替手的水手，一见翠翠就说道："二老要你们一吃了饭就去，他已下河了。"见了祖父又说："二老要你们吃了饭就去，他已下河了。"

张耳听听，便可听出远处鼓声已较密，从鼓声里使人想到那些极狭的船，在长潭中笔直前进时，水面上画着如何美丽的长长的线路！

新来的人茶也不吃，便在船头站妥了，翠翠同祖父吃饭时，邀他喝一杯，只是摇头推辞。祖父说：

"翠翠，我不去，你同小狗去好不好?"

"要不去，我也不想去!"

"我去呢?"

"我本来也不想去，但我愿意陪你去。"

祖父微笑着，"翠翠，翠翠，你陪我去，好的，你陪我去!"

祖父同翠翠到城里大河边时河边早站满了人。细雨已经停止，地面还是湿湿的。祖父要翠翠过河街船总家吊脚楼上去看船，翠翠却以为站在河边较好。两人在河边站定不多久，顺顺便派人把他们请去了。吊脚楼上已有了很多的人。早上过渡时，为翠翠所注意的乡绅妻女，受顺顺家的款待，占据了最好窗口，一见到翠翠，那女孩子就说："你来，你来!"翠翠带着点儿羞怯走去，坐在他们身后条凳上，祖父便走开了。

祖父并不看龙船竞渡，却为一个熟人拉到河上游半里路远近，到一个新碾坊看水碾子去了。老船夫对于水碾子原来就极有兴味的。倚山滨水来一座小小茅屋，屋中有那么一个圆石片子，固定在一个横轴上，斜斜的搁在石槽里。当水闸门抽去时，流水冲激地下的暗轮，上面的石片便飞转起来。作主人的管理这个东西，把毛谷倒进石槽中去，把碾好的米弄出放在屋角隅筛子里，再筛去糠灰。地上全是糠灰，主人头上包着块白布帕子，头上肩上也全是糠灰。天气好时就在碾坊前后隙地里种些萝卜、青菜、大蒜、四季葱。水沟坏了，就把裤子脱去，到河里去堆砌石头修理泄水处。水碾坝若修筑得好，还可装个小小鱼梁，涨小水时就自会有鱼上梁来，不劳而获！在河边管理一个碾坊比管理一只渡船多变化有趣味，情形一看也就明白了。但一个撑渡船的若想有座碾坊，那简直是不可能的妄想。凡碾坊照例是属于当地小财主的产业。那熟人把老船夫带到碾坊边时，就告给他这碾坊业主为谁。两人一面各处视察一面说话。

那熟人用脚踢着新碾盘说：

"中寨人自己坐在高山砦子上，却欢喜来到这大河边置产业；这是中寨王团总的，大钱七百吊！"

老船夫转着那双小眼睛，很羡慕的去欣赏一切，估计一切，把头点着，且对于碾坊中物件一一加以很得体的批评。后来两人就坐到那还未完工的白木条凳上去，熟人又说到这碾坊的将来，似乎是团总女儿陪嫁的妆奁。那人于是想起了翠翠，且记起大老托过他的事情来了，便问道：

"伯伯，你翠翠今年十几岁？"

"满十四进十五岁。"老船夫说过这句话后，便接着在心中计算过去的年月。

"十四岁多能干！将来谁得她真有福气！"

"有什么福气？又无碾坊陪嫁，一个光人。"

"别说一个光人，一个有用的人，两只手抵得五座碾坊！洛阳桥也是鲁般两只手造的！……"这样那样的说着，说到后来，那人笑了。

老船夫也笑了，心想："翠翠有两只手将来也去造洛阳桥吧，新鲜事！"

那人过了一会又说：

"茶峒人年青男子眼睛光，选媳妇也极在行。伯伯，你若不多我的心时，我就说个笑话给你听。"

老船夫问："是什么笑话。"

那人说："伯伯你若不多心时，这笑话也可以当真话去听咧。"

接着说的下去就是顺顺家大老如何在人家赞美翠翠，且如何托他来探听老船夫口气那么一件事。末了同老船夫来转述另一回会话的情形。"我问他：'大老，大老，你是说真话还是说笑话？'他就说：'你为我去探听探听那老的，我欢喜翠翠，想要翠翠，是真话！'我说：'我这口钝得很，说出了口老的一巴掌打来呢？'他说：'你怕打，你先当笑话去说，不会挨打的！'所以，伯伯，我就把这件真事情当笑话来同你说了。你试想想，他初九从川东回来见我时，我应当如何回答他？"

老船夫记前一次大老亲口所说的话，知道大老的意思很真，且知道顺顺也欢喜翠翠，心里很高兴。但这件事照规矩得这个人带封点心亲自到碧溪岨家中去说，方见得慎重起事，老船夫就说："等他来时你说：老家伙听过了笑话后，自己也说了个笑话，他说，'车是车路，马是马路，各有走法。大老走的是车路，应当由大老爹爹作主，请了媒人来正正经经同我说。走的是马路，应当自己作主，站在渡口对溪高崖上，为翠翠唱三年六个月的歌。'"

"伯伯，若唱三年六个月的歌动得了翠翠的心，我赶明天就自己来唱歌了。"

"你以为翠翠肯了我还会不肯吗？"

"不咧，人家以为这件事你老人家肯了，翠翠便无有不肯呢。"

"不能那么说，这是她的事呵！"

"便是她的事，可是必需老的作主，人家也仍然以为在日头月光下唱三年六个月的歌，还不如得伯伯说一句话好！"

"那么，我说，我们就这样办，等他从川东回来时要他同顺顺去说明白。我呢，我也先问问翠翠；若以为听了三年六个月的歌再跟那唱歌人走去有意思些，我就请你劝大老走他那弯弯曲曲的马路。"

"那好的。见了他我就说：'大老，笑话吗，我已说过了。真话呢，看你自己的命运去了。'当真看他的命运去了，不过我明白他的命运，还是在你老人家手上捏着的。"

"不是那么说！我若捏得定这件事，我马上就答应了。"

这里两人把话说妥后，就过另一处看一只顺顺新近买来的三舱船去了。河街上顺顺吊脚楼方面，却有了如下事情。

翠翠虽被那乡绅女孩喊到身边去坐，地位非常之好，从窗口望出去，河中一切朗然在望，然而心中可不安宁。挤在其他几个窗口看热闹的人，似乎皆常常把眼光从河中景物挪到这边几个人身上来。还有些人故意装成有别的事情样子，从楼这边走过那一边，事实上却全为得是好仔细看看翠翠这方面几个人。翠翠心中老不自在，只想借故跑去。一会儿河下的炮声响了，几只从对河取齐的船只，直向这方面划来。先是四条船皆相去不远，如四枝箭在水面射着，到了一半，已有两只船占先了些，再过一会子，那两只船中间便又有一只超过了并进的船只而前。看看船到了税局门前时，第二次炮声又响，那船便胜利了。这时节胜利的已判明属于河街人所划的一只，各处便皆响着庆祝的小鞭炮。那船于是沿了河街吊脚楼划去，鼓声蓬蓬作响，河边与吊脚楼各处，都同时呐喊表示快乐的祝贺。翠翠眼见在船头站定摇动小旗指挥进退头上包着红布的那个年青人，便是送酒葫芦到碧溪岨的二老，心中便印着三年前的旧事，"大鱼吃掉你！""吃掉不吃掉，不用你管！""狗，狗，你也看人叫！"想起狗，翠翠才注意到自己身边那只黄狗，已不知跑到什么地方去，便离了座位，在楼上各处找寻她的黄狗，把船头人忘掉了。

她一面在人丛里找寻黄狗，一面听人家正说些什么话。

一个大脸妇人问："是谁家的人，坐到顺顺家当中窗口前的那块好地方？"

一个妇人就说："是砦子上王乡绅家大姑娘，今天说是来看船，其实来看人，同时也让人看！人家命好，有福分坐那好地方！"

"看谁人？被谁看？"

"嗨，你还不明白，那乡绅想同顺顺打亲家呢。"

"那姑娘配什么人？是大老，还是二老？"

"说是二老呀，等等你们看这岳云，就会上楼来看他丈母娘的！"

另一个女人便插嘴说："事弄妥了，好得很呢！人家有一座崭新碾坊陪嫁，比十个长年还好一些。"

有人问："二老怎么样？可乐意？"

有人就轻轻的说："二老已说过了，这不必看。第一件事我就不想作那个碾坊的主人！"

"你听岳云二老亲口说吗?"

"我听别人说的。还说二老欢喜一个撑渡船的。"

"他又不是傻小二,不要碾坊,要渡船吗?"

"那谁知道。横顺人是'牛肉炒韭菜,各人心里爱',只看各人心里爱什么就吃什么。渡船不会不如碾坊!"

当时各人眼睛对着河里,口中说着这些闲话,却无一个人回头来注意到身后边的翠翠。

翠翠脸发火发烧走到另外一处去,又听有两个人提到这件事。且说:"一切早安排好了,只须要二老一句话。"又说:"只看二老今天那么一股劲儿,就可以猜想得出这劲儿是岸上一个黄花姑娘给他的!"

谁是激动二老的黄花姑娘?听到这个,翠翠心中不免有点儿乱。

翠翠人矮了些,在人背后已望不见河中情形,只听到敲鼓声渐近渐激越,岸上呐喊声自远而近,便知道二老的船恰恰经过楼下。楼上人也大喊着,杂夹叫着二老的名字,乡绅太太那方面,且有人放小百子鞭炮。忽然又用另外一种惊讶声音喊着,且同时便见许多人出门向河下走去。翠翠不知出了什么事,心中有点迷乱,正不知走回原来座位边去好,还是依然站在人背后好。只见那边正有人拿了个托盘,装了一大盘粽子同细点心,在请乡绅太太小姐用点心,不好意思再过那边去,便想也挤出大门外到河下去看看。从河街一个盐店旁边甬道下河时,正在一排吊脚楼的梁柱间,迎面碰头一群人,拥着那个头包红布的二老来了。原来二老因失足落水,已从水中爬起来了。路太窄了一些,翠翠虽闪过一旁,与迎面来的人仍然得肘子触着肘子。二老一见翠翠就说:

"翠翠,你来了,爷爷也来了吗?"

翠翠脸还发着烧不便作声,心想:"黄狗跑到什么地方去了呢?"

二老又说：

"怎不到我家楼上去看呢？我已要人替你弄了个好位子。"

翠翠心想："碾坊陪嫁，希奇事情咧。"

二老不能逼迫翠翠回去，到后便各自走开了。翠翠到河下时，小小心中充满了一种说不分明的东西。是烦恼吧，不是！是忧愁吧，不是！是快乐吧，不，有什么事情使这个女孩子快乐呢？是生气了吧，——是的，她当真仿佛觉得自己是在生一个人的气，又象是在生自己的气。河边人太多了，码头边浅水中，船桅船篷上，以至于吊脚楼的柱子上，也莫不有人。翠翠自言自语说："人那么多，有什么三脚猫好看？"先还以为可以在什么船上发现她的祖父，但搜寻了一阵，各处却无祖父的影子。她挤到水边去，一眼便看到了自己家中那条黄狗，同顺顺家一个长年，正在去岸数丈一只空船上看热闹。翠翠锐声叫喊了两声，黄狗张着耳叶昂头四面一望，便猛的扑下水中，向翠翠方面泅来了。到了身边时狗身上已全是水，把水抖着且跳跃不已，翠翠便说："得了，装什么疯。你又不翻船，谁要你落水呢？"

翠翠同黄狗找祖父去，在河街上一个木行前恰好遇着了祖父。

老船夫说："翠翠，我看了个好碾坊，碾盘是新的，水车是新的，屋上稻草也是新的！水坝管着一绺水，急溜溜的，抽水闸时水车转得如陀螺。"

翠翠带着点做作问："是什么人的？"

"是什么人的？住在山上的王团总的。我听人说是那中寨人为女儿作嫁妆的东西，好不阔气，包工就是七百吊大钱，还不管风车，不管家什！"

"谁讨那个人家的女儿？"

祖父望着翠翠干笑着，"翠翠，大鱼咬你，大鱼咬你。"

翠翠因为对于这件事心中有了个数目，便仍然装着全不明白，只询问祖父，"爷爷，谁个人得到那个碾坊?"

"岳云二老!"祖父说了又自言自语的说，"有人羡慕二老得到碾坊，也有人羡慕碾坊得到二老!"

"谁羡慕呢，爷爷?"

"我羡慕。"祖父说着便又笑了。

翠翠说："爷爷，你喝醉了。"

"可是二老还称赞你长得美呢。"

翠翠说："爷爷，你醉疯了。"

祖父说："爷爷不醉不疯……去，我们到河边看他们放鸭子去。"他还想说，"二老捉得鸭子，一定又会送给我们的。"话不及说，二老来了，站在翠翠面前微笑着。翠翠也微笑着。

于是三个人回到吊脚楼上去。

十一

有人带了礼物到碧溪岨，掌水码头的顺顺，当真请了媒人为儿子向渡船的攀亲起来了。老船夫慌慌张张把这个人渡过溪口，一同到家里去。翠翠正在屋门前剥豌豆，来了客并不如何注意。但一听到客人进门说"贺喜贺喜"，心中有事，不敢再呆在屋门边，就装作追赶菜园地的鸡，拿了竹响篙唰唰的摇着，一面口中轻轻喝着，向屋后白塔跑去了。

来人说了些闲话，言归正传转述到顺顺的意见时，老船夫不知如何回答，只是很惊惶的搓着两只茧结的大手，好象这不会真有其事，而且神气中只象在说："那好，那好，"其实这老头子却不曾说过一句话。

马兵把话说完后，就问作祖父的意见怎么样。老船夫笑着把头点着说："大老想走车路，这个很好。可是我得问问翠翠，看她自己主意怎么样。"来人走后，祖父在船头叫翠翠下河边来说话。

翠翠拿了一簸箕豌豆下到溪边，上了船，娇娇的问他的祖父："爷爷，你有什么事?"祖父笑着不说什么，只偏着个白发盈颠的头看着翠翠，看了许久。翠翠坐到船头，低下头去剥豌豆，耳中听着远处竹篁里的黄鸟叫。翠翠想："日子长喂，爷爷话也长了。"翠翠心轻轻的跳着。

过了一会祖父说："翠翠，翠翠，先前来的那个伯伯来作什么，你知道不知道?"

翠翠说："我不知道。"说后脸同颈脖全红了。

祖父看看那种情景，明白翠翠的心事了，便把眼睛向远处望去，在空雾里望见了十五年前翠翠的母亲，老船夫心中异常柔和了。轻轻的自言自语说："每一只船总要有个码头，每一只雀儿得有个巢。"他同时想起那个可怜的母亲过去的事情，心中有了一点隐痛，却勉强笑着。

翠翠呢，正从山中黄鸟杜鹃叫声里，以及山谷中伐竹人一下一下的砍伐竹子声音里，想到许多事情。老虎咬人的故事，与人对骂时四句头的山歌，造纸作坊中的方坑，铁工厂熔铁炉里泄出的铁汁……耳朵听来的，眼睛看到的，她似乎都要去温习温习。她其所以这样作，又似乎全只为了希望忘掉眼前的一桩事而起。但她实在有点误会了。

祖父说："翠翠，船总顺顺家里请人来作媒，想讨你作媳妇，问我愿不愿。我呢，人老了，再过三年两载会过去的，我没有不愿的事情。这是你自己的事，你自己想想，自己来说。愿意，就成了；不愿意，也好。"

翠翠不知如何处理这个问题，装作从容，怯怯的望着老祖父。又不便问什么，当然也不好回答。

祖父又说："大老是个有出息的人，为人又正直，又慷慨，你嫁了他，算是命好！"

翠翠明白了，人来做媒的大老！不曾把头抬起，心忡忡的跳着，脸烧得厉害，仍然剥她的豌豆，且随手把空豆荚抛到水中去，望着它们在流水中从从容容的流去，自己也俨然从容了许多。

见翠翠总不作声，祖父于是笑了，且说："翠翠，想几天不碍事。洛阳桥并不是一个晚上造得好的，要日子咧。前次那人来的就向我说到这件事，我已经就告过他：车是车路，马是马路，各有规矩。想爸爸作主，请媒人正正经经来说是车路；要自己作主，站到对溪高崖竹林里为你唱三年六个月的歌是马路，——你若欢喜走马路，我相信人家会为你在日头下唱热情的歌，在月光下唱温柔的歌，一直唱到吐血喉咙烂！"

翠翠不作声，心中只想哭，可是也无理由可哭。祖父再说下去，便引到死去了的母亲来了。老人说了一阵，沉默了。翠翠悄悄把头撇过一些，祖父眼中业已酿了一汪眼泪。翠翠又惊又怕怯生生的说："爷爷，你怎么的？"祖父不作声，用大手掌擦着眼睛，小孩子似的咕咕笑着，跳上岸跑回家中去了。

翠翠心中乱乱的，想赶去却不赶去。

雨后放晴的天气，日头炙到人肩上背上已有了点儿力量。溪边芦苇水杨柳，菜园中菜蔬，莫不繁荣滋茂，带着一分有野性的生气。草丛里绿色蚱蜢各处飞着，翅膀搏动空气时窸窸作声。枝头新蝉声音已渐渐洪大。两山深翠逼人竹篁中，有黄鸟与竹雀杜鹃鸣叫。翠翠感觉着，望着，听着，同时也思索着：

"爷爷今年七十岁……三年六个月的歌——谁送那只白鸭子呢？……得碾子的好运气，碾子得谁更是好运气？……"

痴着，忽地站起，半簸箕豌豆便倾倒到水中去了。伸手把那簸箕从水中捞起时，隔溪有人喊过渡。

十二

翠翠第二天在白塔下菜园地里，第二次被祖父询问到自己主张时，仍然心儿忡忡的跳着，把头低下不作理会，只顾用手去掐葱。祖父笑着，心想："还是等等看，再说下去这一坪葱会全掐掉了。"同时似乎又觉得这其间有点古怪处，不好再说下去，便自己按捺到言语，用一个做作的笑话，把问题引到另外一件事情上去了。

天气渐渐的越来越热了。近六月时，天气热了些，老船夫把一个满是灰尘的黑陶缸子从屋角隅里搬出，自己还匀出闲工夫，拼了几方木板作成一个圆盖。又锯木头作成一个三脚架子，且削刮了个大竹筒，用葛藤系定，放在缸边作为舀茶的家具。自从这茶缸移到屋门溪边后，每早上翠翠就烧一大锅开水，倒进那缸子里去。有时缸里加些茶叶，有时却只放下一些用火烧焦的锅巴，乘那东西还燃着时便抛进缸里去。老船夫且照例准备了些发痧肚痛治疱疮疡子的草根木皮，把这些药搁在家中当眼处，一见过渡人神气不对，就忙匆匆的把药取来，善意的勒迫这过路人使用他的药方，且告人这许多救急丹方的来源（这些丹方自然全是他从城中军医同巫师学来的）。他终日裸着两只膀子，在方头船上站定，头上还常常是光光的，一头短短白发，在日光下如银子。翠翠依然是个快乐人，屋前屋后跑着唱着，不走动时就坐在门前高崖树荫下吹小竹管儿玩。爷爷仿佛把大老提婚的事早已忘掉，翠翠自然也早忘掉这件事情了。

可是那做媒的不久又来探口气了，依然是同从前一样，祖父把事情成否全推到翠翠身上去，打发了媒人上路。回头又同翠翠谈了一次，也依然不得结果。

老船夫猜不透这事情在这什么方面有个疙瘩，解除不去，夜里躺在床上便常常陷入一种沉思里去，隐隐约约体会到一件事情——翠翠爱二老不爱大老，想到了这里时，他笑了，为了害怕而勉强笑了。其实他有点忧愁，因为他忽然觉得翠翠一切全象那个母亲，而且隐隐约约便感觉到这母女二人共同的命运。一堆过去的事情蜂拥而来，不能再睡下去了，一个人便跑出门外，到那临溪高崖上去，望天上的星辰，听河边纺织娘以及一切虫类如雨的声音，许久许久还不睡觉。

这件事翠翠是毫不注意的，这小女孩子日里尽管玩着，工作着，也同时为一些很神秘的东西驰骋她那颗小小的心，但一到夜里，却甜甜的睡眠了。

不过一切皆得在一份时间中变化。这一家安静平凡的生活，也因了一堆接连而来的日子，在人事上把那安静空气完全打破了。

船总顺顺家中一方面，则天保大老的事已被二老知道了，傩送二老同时也让他哥哥知道了弟弟的心事。这一对难兄难弟原来同时爱上了那个撑渡船的外孙女。这事情在本地人说来并不希奇，边地俗话说："火是各处可烧的，水是各处可流的，日月是各处可照的，爱情是各处可到的。"有钱船总儿子，爱上一个弄渡船的穷人家女儿，不能成为希罕的新闻，有一点困难处，只是这两兄弟到了谁应取得这个女人作媳妇时，是不是也还得照茶峒人规矩，来一次流血的挣扎？

兄弟两人在这方面是不至于动刀的，但也不作兴有"情人奉让"如大都市懦怯男子爱与仇对面时作出的可笑行为。

那哥哥同弟弟在河上游一个造船的地方，看他家中那一只新船，在新船旁把一切心事全告给了弟弟，且附带说明，这点爱还是两年前植下根基的。弟弟微笑着，把话听下去。两人从造船处沿了河岸又走到王乡绅新碾坊去，那大哥就说：

"二老，你倒好，作了团总女婿，有座碾坊；我呢，若把事情弄好了，我应当接那个老的手来划渡船了。我欢喜这个事情，我还想把碧溪岨两个山头买过来，在界线上种大南竹，围着这一条小溪作为我的砦子！"

那二老仍然的听着，把手中拿的一把弯月形镰刀随意斫削路旁的草木，到了碾坊时，却站住了向他哥哥说：

"大老，你信不信这女子心上早已有了个人？"

"我不信。"

"大老，你信不信这碾坊将来归我？"

"我不信。"

两人于是进了碾坊。

二老说："你不必——大老，我再问你，假若我不想得这座碾坊，却打量要那只渡船，而且这念头也是两年前的事，你信不信呢？"

那大哥听来真着了一惊，望了一下坐在碾盘横轴上的傩送二老，知道二老不是开玩笑，于是站近了一点，伸手在二老肩上拍打了一下，且想把二老拉下来。他明白了这件事，他笑了。他说，"我相信的，你说的是真话！"

二老把眼睛望着他的哥哥，很诚实的说：

"大老，相信我，这是真事。我早就那么打算到了。家中不答应，那边若答应了，我当真预备去弄渡船的！——你告我，你呢？"

"爸爸已听了我的话，为我要城里的杨马兵做保山，向划渡船说亲去了！"大老说到这个求亲手续时，好象知道二老要笑他，又解释要保山去的用意，只是因为老的说车有车路，马有马路，我就走了车路。

"结果呢？"

"得不到什么结果。老的口上含李子，说不明白。"

"马路呢？"

"马路呢，那老的说若走马路，得在碧溪岨对溪高崖上唱三年六个月的歌。把翠翠心唱软，翠翠就归我了。"

"这并不是个坏主张！"

"是呀，一个结巴人话说不出还唱得出。可是这件事轮不到我了。我不是竹雀，不会唱歌。鬼知道那老的存心是要把孙女儿嫁个会唱歌的水车，还是预备规规矩矩嫁个人！"

"那你怎么样？"

"我想告那老的，要他说句实在话。只一句话。不成，我跟船下桃源去了；成呢，便是要我撑渡船，我也答应了他。"

"唱歌呢？"

"这是你的拿手好戏，你要去做竹雀你就去吧，我不会检马粪塞你嘴巴的。"

二老看到哥哥那种样子，便知道为这件事哥哥感到的是一种如何烦恼了。他明白他哥哥的性情，代表了茶峒人粗卤爽直一面，弄得好，掏出心子来给人也很慷慨作去，弄不好，亲舅舅也必一是一二是二。大老何尝不想在车路上失败时走马路；但他一听到二老的坦白陈述后，他就知道马路只二老有分，自己的事不能提了。因此他有点气恼，有点愤慨，自然是无从掩饰的。

二老想出了个主意，就是两兄弟月夜里同到碧溪岨去唱歌，莫让人知道是弟兄两个，两人轮流唱下去，谁得到回答，谁便继续用那张唱歌胜利的嘴唇，服侍那划渡船的外孙女。大老不善于唱歌，轮到大老时也仍然由二老代替。两人凭命运来决定自己的幸福，这么办可说是极公平了。提议时，那大老还以为他自己不会唱，也不想请二老替他作竹雀。但二老那种诗人性格，却使他很固持的要哥哥实行这个办法。二老说必需这样作，一切才公平一点。

大老把弟弟提议想想，作了一个苦笑。"×娘的，自己不是竹雀，还请老弟做竹雀！好，就是这样子，我们各人轮流唱，我也不要你帮忙，一切我自己来吧。树林子里的猫头鹰，声音不动听，要老婆时，也仍然是自己叫下去，不请人帮忙的！"

两人把事情说妥当后，算算日子，今天十四，明天十五，后天十六，接连而来的三个日子，正是有大月亮天气。气候既到了中夏，半夜里不冷不热，穿了白家机布汗褂，到那些月光照及的高崖上去，遵照当地的习惯，很诚实与坦白去为一个"初生之犊"的黄花女唱歌。露水降了，歌声涩了，到应当回家了时，就趁残月赶回家去。或过那些熟识的整夜工作不息的碾坊里去，躺到温暖的谷仓里小睡，等候天明。一切安排皆极其自然，结果是什么，两人虽不明白，但也看得极运气自然。两人便决定了从当夜运气始，来作这种为当地习惯所认可的竞争。

十三

　　黄昏来时翠翠坐在家中屋后白塔下，看天空为夕阳烘成桃花色的薄云。十四中寨逢场，城中生意人过中寨收买山货的很多，过渡人也特别多，祖父在渡船上忙个不息。天快夜了，别的雀子似乎都在休息了，只杜鹃叫个不息。石头泥土为白日晒了一整天，草木为白日晒了一整天，到这时节皆放散一种热气。空气中有泥土气味，有草木气味，且有甲虫类气味。翠翠看着天上的红云，听着渡口飘乡生意人的杂乱声音，心中有些儿薄薄的凄凉。

　　黄昏照样的温柔，美丽，平静。但一个人若体念到这个当前一切时，也就照样的在这黄昏中会有点儿薄薄的凄凉。于是，这日子成为痛苦的东西了。翠翠觉得好象缺少了什么。好象眼见到这个日子过去了，想在一件新的人事上攀住它，但不成。好象生活太平凡了，忍受不住。

　　"我要坐船下桃源县过洞庭湖，让爷爷满城打锣去叫我，点了灯笼火把去找我。"

　　她便同祖父故意生气似的，很放肆的去想到这样一件事，她且想象她出走后，祖父用各种方法寻觅全无结果，到后如何无可奈何躺在渡船上。

　　人家喊，"过渡，过渡，老伯伯，你怎么的，不管事！""怎么的！翠翠走了，下桃源县了！""那你怎么办？""怎么办吗？拿把刀，放在包袱里，搭下水船去杀了她！"……

　　翠翠仿佛当真听着这种对话，吓怕起来了，一面锐声喊着她的祖父，一面从坎上跑向溪边渡口去。见到了祖父正把船拉在溪中心，船上人喁喁说着话，小小心子还依然跳跃不已。

"爷爷，爷爷，你把船拉回来呀！"

那老船夫不明白她的意思，还以为是翠翠要为他代劳了，就说：

"翠翠，等一等，我就回来！"

"你不拉回来了吗？"

"我就回来！"

翠翠坐在溪边，望着溪面为暮色所笼罩的一切，且望到那只渡船上一群过渡人，其中有个吸旱烟的打着火镰吸烟，且把烟杆在船边剥剥的敲着烟灰，就忽然哭起来了。

祖父把船拉回来时，见翠翠痴痴的坐在岸边，问她是什么事，翠翠不作声。祖父要她去烧火煮饭，想了一会儿，觉得自己哭得可笑，一个人便回到屋中去，坐在黑黝黝的灶边把火烧燃后，她又走到门外高崖上去，喊叫她的祖父，要他回家里来，在职务上毫不儿戏的老船夫，因为明白过渡人皆是赶回城中吃晚饭的人，来一个就渡一个，不便要人站在那岸边呆等，故不上岸来。只站在船头告翠翠，且让他做点事，把人渡完事后，就回家里来吃饭。

翠翠第二次请求祖父，祖父不理会，她坐在悬崖上，很觉得悲伤。

天夜了，有一匹大萤火虫尾上闪着蓝光，很迅速的从翠翠身旁飞过去，翠翠想，"看你飞得多远！"便把眼睛随着那萤火虫的明光追去。杜鹃又叫了。

"爷爷，为什么不上来？我要你！"

在船上的祖父听到这种带着娇有点儿埋怨的声音，一面粗声粗气的答道："翠翠，我就来，我就来！"一面心中却自言自语："翠翠，爷爷不在了，你将怎么样？"

老船夫回到家中时，见家中还黑黝黝的，只灶间有火光，见翠翠坐在灶边矮条凳上，用手蒙着眼睛。

走过去才晓得翠翠已哭了许久。祖父一个下半天来，皆弯着个腰在船上拉来拉去，歇歇时手也酸了，腰也酸了，照规矩，一到家里就会嗅到锅中所焖瓜菜的味道，且可见到翠翠安排晚饭在灯光下跑来跑去的影子。今天情形竟不同了一点。

祖父说："翠翠，我来慢了，你就哭，这还成吗？我死了呢？"

翠翠不作声。

祖父又说："不许哭，做一个大人，不管有什么事都不许哭。要硬扎一点，结实一点，才配活到这块土地上！"

翠翠把手从眼睛边移开，靠近了祖父身边去，"我不哭了。"

两人吃饭时，祖父为翠翠说到一些有趣味的故事。因此提到了死去了的翠翠的母亲。两人在豆油灯下把饭吃过后，老船夫因为工作疲倦，喝了半碗白酒，因此饭后兴致极好，又同翠翠到门外高崖上月光下去说故事。说了些那个可怜母亲的乖巧处，同时且说到那可怜母亲性格强硬处，使翠翠听来神往倾心。

翠翠抱膝坐在月光下，傍着祖父身边，问了许多关于那个可怜母亲的故事。间或吁一口气，似乎心中压上了些分量沉重的东西，想挪移得远一点，才吁着这种气，可是却无从把那东西挪开。

月光如银子，无处不可照及，山上篁竹在月光下皆成为黑色。身边草丛中虫声繁密如落雨。间或不知道从什么地方，忽然会有一只草莺"落落落落嘘！"啭着它的喉咙，不久之间，这小鸟儿又好象明白这是半夜，不应当那么吵闹，便仍然闭着那小小眼儿安睡了。

祖父夜来兴致很好，为翠翠把故事说下去，就提到了本城人二十年前唱歌的风气，如何驰名于川黔边地。翠翠的父亲，便是唱歌的第一手，能用各种比喻解释爱与憎的结子，这些事也说到了。翠翠母亲如何爱唱歌，且如何同父亲在未认识以前在白日里对歌，一个在半山上竹篁里砍竹子，一个在溪面渡船上拉船，这些事也说到了。

翠翠问："后来怎么样？"

祖父说："后来的事长得很，最重要的事情，就是这种歌唱出了你。"

十四

老船夫做事累了睡了，翠翠哭倦了也睡了。翠翠不能忘记祖父所说的事情，梦中灵魂为一种美妙歌声浮起来了，仿佛轻轻的各处飘着，上了白塔，下了菜园，到了船上，又复飞窜过悬崖半腰——去作什么呢？摘虎耳草！白日里拉船时，她仰头望着崖上那些肥大虎耳草已极熟习。崖壁三五丈高，平时攀折不到手，这时节却可以选顶大的叶子作伞。

一切皆象是祖父说的故事，翠翠只迷迷胡胡的躺在粗麻布帐子里草荐上，以为这梦做得顶美顶甜。祖父却在床上醒着，张起个耳朵听对溪高崖上的人唱了半夜的歌。他知道那是谁唱的，他知道是河街上天保大老走马路的第一着，又忧愁又快乐的听下去。翠翠因为日里哭倦了，睡得正好，他就不去惊动她。

第二天天一亮，翠翠就同祖父起身了，用溪水洗了脸，把早上说梦的忌讳去掉了，翠翠赶忙同祖父去说昨晚上所梦的事情。

"爷爷，你说唱歌，我昨天就在梦里听到一种顶好听的歌声，又软又缠绵，我象跟了这声音各处飞，飞到对溪悬崖半腰，摘了一大把虎耳草，得到了虎耳草，我可不知道把这个东西交给谁去了。我睡得真好，梦的真有趣!"

祖父温和悲悯的笑着,并不告给翠翠昨晚上的事实。

祖父心里想:"做梦一辈子更好,还有人在梦里作宰相中状元咧。"

昨晚上唱歌的,老船夫还以为是天保大老,日来便要翠翠守船,借故到城里去送药,探听情况。在河街见到了大老,就一把拉住那小伙子,很快乐的说:

"大老,你这个人,又走车路又走马路,是怎样一个狡猾东西!"

但老船夫却作错了一件事情,把昨晚唱歌人"张冠李戴"了。这两弟兄昨晚上同时到碧溪岨去,为了作哥哥的走车路占了先,无论如何也不肯先开腔唱歌,一定得让那弟弟先唱。弟弟一开口,哥哥却因为明知不是敌手,更不能开口了。翠翠同她祖父晚上听到的歌声,便全是那个傩送二老所唱的。大老伴弟弟回家时,就决定了同茶峒地方离开,驾家中那只新油船下驶,好忘却了上面的一切。这时正想下河去看新船装货。老船夫见他神情冷冷的,不明白他的意思,就用眉眼做了一个可笑的记号,表示他明白大老的冷淡是装成的,表示他有消息可以奉告。

他拍了大老一下,轻轻的说:

"你唱得很好,别人在梦里听着你那个歌,为那个歌带得很远,走了不少的路!你是第一号,是我们地方唱歌第一号。"

大老望着弄渡船的老船夫涎皮的老脸,轻轻的说:

"算了吧,你把宝贝女儿送给了会唱歌的竹雀吧。"

这句话使老船夫完全弄不明白它的意思。大老从一个吊脚楼甬道走下河去了,老船夫也跟着下去。到了河边,见那只新船正在装货,许多油篓子搁到岸边。一个水手正在用茅草扎成长束,备作船舷上挡浪用的茅把,还有人在河边用脂油擦桨板。老船夫问那个坐在大太阳下扎茅把的水手，这船什么日子下行，谁押船。那水手把手指着大老。老船夫搓着手说：

"大老，听我说句正经话，你那件事走车路，不对；走马路，你有分的！"

那大老把手指着窗口说："伯伯，你看那边，你要竹雀做孙女婿，竹雀在那里啊！"

老船夫抬头望到二老，正在窗口整理一个鱼网。

回碧溪岨到渡船上时，翠翠问：

"爷爷，你同谁吵了架，脸色那样难看！"

祖父莞尔而笑，他到城里的事情，不告给翠翠一个字。

十五

大老坐了那只新油船向下河走去了，留下傩送二老在家。老船夫方面还以为上次歌声既归二老唱的，在此后几个日子里，自然还会听到那种歌声。一到了晚间就故意从别样事情上，促翠翠注意夜晚的歌声。两人吃完饭坐在屋里，因屋前滨水，长脚蚊子一到黄昏就嗡嗡的叫着，翠翠便把蒿艾束成的烟包点燃，向屋中角隅各处晃着驱逐蚊子。晃了一阵，估计全屋子里已为蒿艾烟气熏透了，才搁到床前地上去，再坐在小板凳上来听祖父说话。从一些故事上慢慢的谈到了唱歌，祖父话说得很妙。祖父到后发问道：

"翠翠，梦里的歌可以使你爬上高崖去摘那虎耳草，若当真有谁来在对溪高崖上为你唱歌，你怎么样？"祖父把话当笑话说着的。

翠翠便也当笑话答道："有人唱歌我就听下去，他唱多久我也听多久!"

"唱三年六个月呢?"

"唱得好听,我听三年六个月。"

"这不公平吧。"

"怎么不公平?为我唱歌的人,不是极愿意我长远听他的歌吗?"

"照理说:炒菜要人吃,唱歌要人听。可是人家为你唱,是要你懂他歌里的意思!"

"爷爷,懂歌里什么意思?"

"自然是他那颗想同你要好的真心!不懂那点心事,不是同听竹雀唱歌一样了吗?"

"我懂了他的心又怎么样?"

祖父用拳头把自己腿重重的捶着,且笑着:"翠翠,你人乖,爷爷笨得很,话也不说得温柔,莫生气。我信口开河,说个笑话给你听。你应当当笑话听。河街天保大老走车路,请保山来提亲,我告给过你这件事了,你那神气不愿意,是不是?可是,假若那个人还有个兄弟,走马路,为你来唱歌,向你求婚,你将怎么说?"

翠翠吃了一惊,低下头去。因为她不明白这笑话有几分真,又不清楚这笑话是谁诌的。

祖父说:"你告诉我,愿意哪一个?"

翠翠便微笑着轻轻的带点儿恳求的神气说:

"爷爷莫说这个笑话吧。"翠翠站起身了。

"我说的若是真话呢?"

"爷爷你真是个……"翠翠说着走出去了。

祖父说:"我说的是笑话,你生我的气吗?"

翠翠不敢生祖父的气，走近门限边时，就把话引到另外一件事情上去："爷爷看天上的月亮，那么大!"说着，出了屋外，便在那一派清光的露天中站定。站了一忽儿，祖父也从屋中出到外边来了。翠翠于是坐到那白日里为强烈阳光晒热的岩石上去，石头正散发日间所储的余热。祖父就说：

"翠翠，莫坐热石头，免得生坐板疮。"

但自己用手摸摸后，自己便也坐到那岩石上了。

月光极其柔和，溪面浮着一层薄薄白雾，这时节对溪若有人唱歌，隔溪应和，实在太美丽了。翠翠还记着先前祖父说的笑话。耳朵又不聋，祖父的话说得极分明，一个兄弟走马路，唱歌来打发这样的晚上，算是怎么回事？她似乎为了等着这样的歌声，沉默了许久。

她在月光下坐了一阵，心里却当真愿意听一个人来唱歌。久之，对溪除了一片草虫的清音复奏以外别无所有。翠翠走回家里去，在房门边摸着了那个芦管，拿出来在月光下自己吹着。觉吹得不好，又递给祖父要祖父吹。老船夫把那个芦管竖在嘴边，吹了个长长的曲子，翠翠的心被吹柔软了。

翠翠依傍祖父坐着，问祖父：

"爷爷，谁是第一个做这个小管子的人？"

"一定是个最快乐的人，因为他分给人的也是许多快乐；可又象是个最不快乐的人作的，因为他同时也可以引起人不快乐!"

"爷爷，你不快乐了吗？生我的气了吗？"

"我不生你的气。你在我身边，我很快乐。"

"我万一跑了呢？"

"你不会离开爷爷的。"

"万一有这种事，爷爷你怎么样？"

"万一有这种事，我就驾了这只渡船去找你。"

翠翠嗤的笑了。"凤滩、茨滩不为凶，下面还有绕鸡笼；绕鸡笼也容易下，青浪滩浪如屋大。爷爷，你渡船也能下凤滩、茨滩、青浪滩吗？那些地方的水，你不说过象疯子吗？"

祖父说："翠翠，我到那时可真象疯子，还怕大水大浪？"

翠翠俨然极认真的想了一下，就说："爷爷，我一定不走。可是，你会不会走？你会不会被一个人抓到别处去？"

祖父不作声了，他想到被死亡抓走那一类事情。

老船夫打量着自己被死亡抓走以后的情形，痴痴的看望天南角上一颗星子，心想："七月八月天上方有流星，人也会在七月八月死去吧？"又想起白日在河街上同大老谈话的经过，想其中寨人陪嫁的那座碾坊，想起二老，想起一大堆事情，心中有点儿乱。

翠翠忽然说："爷爷，你唱个歌给我听听，好不好？"

祖父唱了十个歌，翠翠傍在祖父身边，闭着眼睛听下去，等到祖父不作声时，翠翠自言自语说："我又摘了一把虎耳草了。"

祖父所唱的歌便是那晚上听来的歌。

十六

二老有机会唱歌却从此不再到碧溪岨唱歌。十五过去了，十六也过去了，到了十七，老船夫忍不住了，进城往河街去找寻那个年青小伙子，到城门边正预备入河街时，就遇着上次为大老作保山的杨马兵，正牵了一匹骡马预备出城，一见老船夫，就拉住了他：

"伯伯，我正有事情告你，碰巧你就来城里！"

"什么事？"

"天保大老坐下水船到茨滩出了事，闪不知这个人掉到滩下漩水里就淹坏了。早上顺顺家里得到这个信，听说二老一早就赶去了。"

这消息同有力巴掌一样重重的捆了他那么一下，他不相信这是当真的消息。他故作从容的说：

"天保大老淹坏了吗？从不听说有水鸭子被水淹坏的！"

"可是那只水鸭子仍然有那么一次被淹坏了……我赞成你的卓见，不让那小子走车路十分顺手。"

从马兵言语上，老船夫还十分怀疑这个新闻，但从马兵神气上注意，老船夫却看清楚这是个真的消息了。他惨惨的说：

"我有什么卓见可言？这是天意！一切都有天意……"老船夫说时心中充满了感情。

特为证明那马兵所说的话有多少可靠处，老船夫同马兵分手后，于是匆匆赶到河街上去。到了顺顺家门前，正有人烧纸钱，许多人围在一处说话。走近去听听，所说的便是杨马兵提到的那件事。但一到有人发现了身后的老船夫时，大家便把话语转了方向，故意来谈下河油价涨落情形了。老船夫心中很不安，正想找一个比较要好的水手谈谈。

一会船总顺顺从外面回来了，样子沉沉的，这豪爽正直的中年人，正似乎为不幸打倒努力想挣扎爬起的神气，一见到老船夫就说：

"老伯伯，我们谈的那件事情吹了吧。天保大老已经坏了，你知道了吧？"

老船夫两只眼睛红红的，把手搓着，"怎么的，这是真事！是昨天，是前天？"

另一个象是赶路同来报信的，插嘴说道："十六中上，船搁到石包子上，船头进了水，大老想把篙撇着，人就弹到水中去了。"

老船夫说："你眼见他下水吗？"

"我还与他同时下水！"

"他说什么？"

"什么都来不及说！这几天来他都不说话！"

老船夫把头摇摇，向顺顺那么怯怯的溜了一眼。船总顺顺象知道他心中不安处，就说："伯伯，一切是天，算了吧。我这里有大兴场人送来的好烧酒，你拿一点去喝罢。"一个伙计用竹筒上了一筒酒，用新桐木叶蒙着筒口，交给了老船夫。

老船夫把酒拿走，到了河街后，低头向河码头走去，到河边天保大前天上船处去看看。杨马兵还在那里放马到沙地上打滚，自己坐在柳树荫下乘凉。老船夫就走过去请马兵试试那大兴场的烧酒，两人喝了点酒后，兴致似乎皆好些了，老船夫就告给杨马兵，十四夜里二老过碧溪岨唱歌那件事情。

那马兵听到后便说：

"伯伯，你是不是以为翠翠愿意二老应该派归二老……"

话没说完，傩送二老却从河街下来了。这年青人正象要远行的样子，一见了老船夫就回头走去。杨马兵就喊他说："二老，二老，你来，有话同你说呀！"

二老站定了，很不高兴神气，问马兵"有什么话说"。马兵望望老船夫，就向二老说："你来，有话说！"

"什么话？"

"我听人说你已经走了——你过来我同你说，我不会吃掉你！"

那黑脸宽肩膊，样子虎虎有生气的傩送二老，勉强笑着，到了柳荫下时，老船夫想把空气缓和下来，指着河上游远处那座新碾坊说："二老，听人说那碾坊将来是归你的！归了你，派我来守碾子，行不行？"

二老仿佛听不惯这个询问的用意，便不作声。杨马兵看风头有点儿僵，便说："二老，你怎么的，预备下去吗？"那年青人把头点点，不再说什么，就走开了。

老船夫讨了个没趣，很懊恼的赶回碧溪岨去，到了渡船上时，就装作把事情看得极随便似的，告给翠翠。

"翠翠，今天城里出了件新鲜事情，天保大老驾油船下辰州，运气不好，掉到茨滩淹坏了。"

翠翠因为听不懂，对于这个报告最先好象全不在意。祖父又说：

"翠翠，这是真事。上次来到这里做保山的杨马兵，还说我早不答应亲事，极有见识！"

翠翠瞥了祖父一眼，见他眼睛红红的，知道他喝了酒，且有了点事情不高兴，心中想："谁撩你生气？"船到家边时，祖父不自然的笑着向家中走去。翠翠守船，半天不闻祖父声息，赶回家去看看，见祖父正坐在门槛上编草鞋耳子。

翠翠见祖父神气极不对，就蹲到他身前去。

"爷爷，你怎么的？"

"天保当真死了！二老生了我们的气，以为他家中出这件事情，是我们分派的！"

有人在溪边大声喊渡船过渡，祖父匆匆出去了。翠翠坐在那屋角隅稻草上，心中极乱，等等还不见祖父回来，就哭起来了。

十七

祖父似乎生谁的气，脸上笑容减少了，对于翠翠方面也不大注意了。翠翠象知道祖父已不很疼她，但又象不明白它的原因。但这并不是很久的事，日子一过去，也就好了。两人仍然划船过日子，一切依旧，惟对于生活，却仿佛什么地方有了个看不见的缺口，始终无法填补起来。祖父过河街去仍然可以得到船总顺顺的款待，但很明显的事，那船总却并不忘掉死去者死亡的原因。二老出北河下辰州走了六百里，沿河找寻那个可怜哥哥的尸骸，毫无结果，在各处税关上贴下招字，返回茶峒来了。过不久，他又过川东去办货，过渡时见到老船夫。老船夫看看那小伙子，好象已完全忘掉了从前的事情，就同他说话。

"二老，大六月日头毒人，你又上川东去，不怕辛苦?"

"要饭吃，头上是火也得上路!"

"要吃饭! 二老家还少饭吃!"

"有饭吃，爹爹说年青人也不应该在家中白吃不作事!"

"你爹爹好吗?"

"吃得做得，有什么不好。"

"你哥哥坏了，我看你爹爹为这件事情也好象萎悴多了!"

二老听到这句话，不作声了，眼睛望着老船夫屋后那个白塔。他似乎想起了过去那个晚上那件旧事，心中十分惆怅。

老船夫怯怯的望了年青人一眼，一个微笑在脸上漾开。

"二老，我家翠翠说，五月里有天晚上，做了个梦……"说时他又望望二老，见二老并不惊讶，也不厌烦，于是又接着说，"她梦得古怪，说在梦中被一个人的歌声浮起来，上悬岩摘了一把虎耳草！"

二老把头偏过一旁去作了一个苦笑，心中想到"老头子倒会做作"。这点意思在那个苦笑上，仿佛同样泄露出来，仍然被老船夫看到了，老船夫就说："二老，你不信吗？"

那年青人说："我怎么不相信？因为我做傻子在那边岩上唱过一晚的歌！"

老船夫被一句料想不到的老实话窘住了，口中结结巴巴的说："这是真的……这是假的……"

"怎么不是真的？天保大老的死，难道不是真的！"

"可是，可是……"

老船夫的做作处，原意只是想把事情弄明白一点，但一起始自己叙述这段事情时，方法上就有了错处，因此反被二老误会了。他这时正想把那夜的情形好好说出来，船已到了岸边。二老一跃上了岸，就想走去。老船夫在船上显得更加忙乱的样子说：

"二老，二老，你等等，我有话同你说，你先前不是说到那个——你做傻子的事情吗？你并不傻，别人才当真叫你那歌弄成傻相！"

那年青人虽站定了，口中却轻轻的说："得了够了，不要说了。"

老船夫说："二老，我听人说你不要碾子要渡船，这是杨马兵说的，不是真的吧？"

那年青人说："要渡船又怎样？"

老船夫看看二老的神气，心中忽然高兴起来了，就情不自禁的高声叫着翠翠，要她下溪边来。可是，不知翠翠是故意不从屋里出来，还是到别处去了，许久还不见到翠翠的影子，也不闻这个女孩子的声音。二老等了一会，看看老船夫那副神气，一句话不说，便微笑着，大踏步同一个挑担粉条白糖货物的脚夫走去了。

过了碧溪岨小山，两人应沿着一条曲曲折折的竹林走去，那个脚夫这时节开了口：

"傩送二老，看那弄渡船的神气，很欢喜你！"

二老不作声，那人就又说道：

"二老，他问你要碾坊还是要渡船，你当真预备做他的孙女婿，接替他那只渡船吗？"

二老笑了，那人又说：

"二老，若这件事派给我，我要那座碾坊。一座碾坊的出息，每天可收七升米，三斗糠。"

二老说："我回来时向我爹爹去说，为你向中寨人做媒，让你得到那座碾坊吧。至于我呢，我想弄渡船是很好的。只是老家伙为人弯弯曲曲，不利索，大老是他弄死的。"

老船夫见二老那么走去了，翠翠还不出来，心中很不快乐。走回家去看看，原来翠翠并不在家。过一会，翠翠提了个篮子从小山后回来了，方知道大清早翠翠已出门掘竹鞭笋去了。

"翠翠，我喊了你好久，你不听到！"

"喊我做什么？"

"一个过渡……一个熟人，我们谈起你……我喊你你可不答应！"

"是谁？"

"你猜，翠翠。不是陌生人……你认识他！"

翠翠想起适间从竹林里无意中听来的话，脸红了，半天不说话。

老船夫问："翠翠，你得了多少鞭笋？"

翠翠把竹篮向地下一倒，除了十来根小小鞭笋外，只是一大把虎耳草。

老船夫望了翠翠一眼，翠翠两颊绯红跑了。

十八

日子平平的过了一个月，一切人心上的病痛，似乎皆在那份长长的白日下医治好了。天气特别热，各人只忙着流汗，用凉水淘江米酒吃，不用什么心事，心事在人生活中，也就留不住了。翠翠每天皆到白塔下背太阳的一面去午睡，高处既极凉快，两山竹篁里叫得使人发松的竹雀和其它鸟类又如此之多，致使她在睡梦里尽为山鸟歌声所浮着，做的梦也便常是顶荒唐的梦。

这并不是人的罪过。诗人们会在一件小事上写出整本整部的诗，雕刻家在一块石头上雕得出骨血如生的人像，画家一撇儿绿，一撇儿红，一撇儿灰，画得出一幅一幅带有魔力的彩画，谁不是为了惦着一个微笑的影子，或是一个皱眉的记号，方弄出那么些古怪成绩？翠翠不能用文字，不能用石头，不能用颜色把那点心头上的爱憎移到别一件东西上去，却只让她的心，在一切顶荒唐事情上驰骋。她从这分稳秘里，常常得到又惊又喜的兴奋。一点儿不可知的未来，摇撼她的情感极厉害，她无从完全把那种痴处不让祖父知道。

祖父呢，可以说一切都知道了的。但事实上他又却是个一无所知的人。他明白翠翠不讨厌那个二老，却不明白那小伙子二老怎么样。他从船总处与二老处，皆碰过了钉子，但他并不灰心。

"要安排得对一点，方合道理，一切有个命！"他那么想着，就更显得好事多磨起来了。睁着眼睛时，他做的梦比那个外孙女翠翠便更荒唐更寥阔。

他向各个过渡本地人打听二老父子的生活，关切他们如同自己家中人一样。但也古怪，因此他却怕见到那个船总同二老了。一见他们他就不知说些什么，只是老脾气把两只手搓来搓去，从容处完全失去了。二老父子方面皆明白他的意思，但那个死去的人，却用一个凄凉的印象，镶嵌到父子心中，两人便对于老船夫的意思，俨然全不明白似的，一同把日子打发下去。

明明白白夜来并不作梦，早晨同翠翠说话时，那作祖父的会说：

"翠翠，翠翠，我昨晚上做了个好不怕人的梦！"

翠翠问："什么怕人的梦？"

就装作思索梦境似的，一面细看翠翠小脸长眉毛，一面说出他另一时张着眼睛所做的好梦。不消说，那些梦原来都并不是当真怎样使人吓怕的。

一切河流皆得归海，话起始说得纵极远，到头来总仍然是归到使翠翠红脸那件事情上去。待到翠翠显得不大高兴，神气上露出受了点小窘时，这老船夫又才象有了一点儿吓怕，忙着解释，用闲话来遮掩自己所说到那问题的原意。

"翠翠，我不是那么说，我不是那么说。爷爷老了，糊涂了，笑话多咧。"

但有时翠翠却静静的把祖父那些笑话糊涂话听下去，一直听到后来还抿着嘴儿微笑。

翠翠也会忽然说道：

"爷爷，你真是有一点儿糊涂！"

祖父听过了不再作声，他将说，"我有一大堆心事，"但来不及说，恰好就被过渡人喊走了。

天气热了，过渡人从远处走来，肩上挑得是七十斤担子，到了溪边，贪凉快不即走路，必蹲在岩石下茶缸边喝凉茶，与同伴交换"吹吹棒"烟管，且一面与弄渡船的攀谈。许多子虚乌有的话皆从此说出口来，给老船夫听到了。过渡人有时还因溪水清洁，就溪边洗脚抹澡的，坐得更久话也就更多。祖父把些话转说给翠翠，翠翠也就学懂了许多事情。货物的价钱涨落呀，坐轿搭船的用费呀，放木筏的人把他那个木筏从滩上流下时，十来把大桡子如何活动呀，在小烟船上吃荤烟，大脚娘如何烧烟呀……无一不备。

傩送二老从川东押物回到了茶峒。时间已近黄昏了，溪面很寂静，祖父同翠翠在菜园地里看萝卜秧子。翠翠白日中觉睡久了些，觉得有点寂寞，好象听人嘶声喊过渡，就争先走下溪边去。下坎时，见两个人站在码头边，斜阳影里背身看得极分明，正是傩送二老同他家中的长年！翠翠大吃一惊，同小兽物见到猎人一样，回头便向山竹林里跑掉了。但那两个在溪边的人，听到脚步响时，一转身，也就看明白这件事情了。等了一下再也不见人来，那长年又嘶声音喊叫过渡。

老船夫听得清清楚楚，却仍然蹲在萝卜秧地上数菜，心里觉得好笑。他已见到翠翠走去，他知道必是翠翠看明白了过渡人是谁，故蹲在那高岩上不理会。翠翠人小不管事，过渡人求她不干，奈何她不得，故只好嘶着个喉咙叫过渡了。那长年叫了几声，见无人来，就停了，同二老说："这是什么玩意儿，难道老的害病弄翻了，只剩下翠翠一个人了吗？"二老说："等等看，不算什么！"就等了一阵。因为这边在静静的等着，园地上老船夫却在心里想："难道是二老吗？"他仿佛担心搅恼了翠翠似的，就仍然蹲着不动。

但再过一阵，溪边又喊起过渡来了，声音不同了一点，这才真是二老的声音。生气了吧？等久了吧？吵嘴了吧？老船夫一面胡乱估着一面跑到溪边去。到了溪边，见两个人业已上了船，其中之一正是二老。老船夫惊讶的喊叫：

"呀，二老，你回来了！"

年青人很不高兴似的，"回来了。——你们这渡船是怎么的，等了半天也不来个人！"

"我以为——"老船夫四处一望，并不见翠翠的影子，只见黄狗从山上竹林里跑来，知道翠翠上山了，便改口说，"我以为你们过了渡。"

"过了渡！不得你上船，谁敢开船？"那长年说着，一只水鸟掠着水面飞去，"翠鸟儿归窠了，我们还得赶回家去吃夜饭！"

"早咧，到河街早咧，"说着，老船夫已跳上了船，且在心中一面说着，"你不是想承继这只渡船吗！"一面把船索拉动，船便离岸了。

"二老，路上累得很！……"

老船夫说着，二老不置可否不动感情听下去。船拢了岸，那年青小伙子同家中长年挑担子翻山走了。那点淡漠印象留在老船夫心上，老船夫于是在两个人身后，捏紧拳头威吓了三下，轻轻的吼着，把船拉回去了。

十九

翠翠向竹林里跑去，老船夫半天还不下船，这件事从傩送二老看来，前途显然有点不利。虽老船夫言词之间，无一句话不在说明"这事有边"，但那畏畏缩缩的说明，极不得体，二老想起他的哥哥，便把这件事曲解了。他有一点愤愤不平，有一点儿气恼。回到家里第三天，中寨有人来探口风，在河街顺顺家中住下，把话问及顺顺，想明白二老是不是还有意接受那座新碾坊，顺顺就转问二老自己意见怎么样。

二老说："爸爸，你以为这事为你，家中多座碾坊多个人，你可以快活，你就答应了。若果为的是我，我要好好去想一下，过些日子再说它吧。我还不知道我应当得座碾坊，还是应当得一只渡船：我命里或只许我撑个渡船！"

探口风的人把话记住，回中寨去报命，到碧溪岨过渡时，到了老船夫，想起二老说的话，不由得不咪咪的笑着。老船夫问明白了他是中寨人，就又问他过茶峒作什么事。

那心中有分寸的中寨人说：

"什么事也不作，只是过河街船总顺顺家里坐了一会儿。"

"无事不登三宝殿，坐了一定就有话说！"

"话倒说了几句。"

"说了些什么话？"那人不再说了，老船夫却问道，"听说你们中寨人想把大河边一座碾坊连同家中闺女送给河街上顺顺，这事情有不有了点眉目？"

那中寨人笑了，"事情成了。我问过顺顺，顺顺很愿意同中寨人结亲家，又问过那小伙子……"

"小伙子意思怎么样？"

"他说：我眼前有座碾坊，有条渡船，我本想要渡船，现在就决定要碾坊吧。渡船是活动的，不如碾坊固定。这小子会打算盘呢。"

中寨人是个米场经纪人，话说得极有斤两，他明知道"渡船"指的是什么，但他可并不说穿。他看到老船夫口唇蠕动，想要说话，中寨人便又抢着说道：

"一切皆是命，半点不由人。可怜顺顺家那个大老，相貌一表堂堂，会淹死在水里！"

老船夫被这句话在心上戳了一下，把想问的话咽住了。中寨人上岸走去后，老船夫闷闷的立在船头，痴了许久。又把二老日前过渡时落漠神气温习一番，心中大不快乐。

翠翠在塔下玩得极高兴，走到溪边高岩上想要祖父唱唱歌，见祖父不理会她，一路埋怨赶下溪边去，到了溪边方见到祖父神气十分沮丧，不明白为什么原因。翠翠来了，祖父看看翠翠的快活黑脸儿，粗卤的笑笑。对溪有扛货物过渡的，便不说什么，沉默的把船拉过溪，到了中心却大声唱起歌来了。把人渡了过溪，祖父跳上码头走近翠翠身边来，还是那么粗卤的笑着，把手抚着头额。

翠翠说：

"爷爷怎么的，你发痧了？你躺到荫下去歇歇，我来管船！"

"你来管船，好，这只船归你管！"

老船夫似乎当真发了痧，心头发闷，虽当着翠翠还显出硬扎样子，独自走回屋里后，找寻得到一些碎瓷片，在自己臂上腿上扎了几下，放出了些乌血，就躺到床上睡了。

翠翠自己守船，心中却古怪的快乐，心想："爷爷不为我唱歌，我自己会唱！"

她唱了许多歌，老船夫躺在床上闭着眼睛，一句一句听下去，心中极乱。但他知道这不是能够把他打倒的大病，他明天就仍然会爬起来的。他想明天进城，到河街去看看，又想起许多旁的事情。

但到了第二天，人虽起了床，头还沉沉的。祖父当真已病了。翠翠显得懂事了些，为祖父煎了一罐大发药，逼着祖父喝，又在屋后菜园地里摘取蒜苗泡在米汤里作酸蒜苗。一面照料船只，一面还时时刻刻抽空赶回家里来看祖父，问这样那样。祖父可不说什么，只是为一个秘密痛苦着。躺了三天，人居然好了。屋前屋后走动了一下，骨头还硬硬的，心中惦念到一件事情，便预备进城过河街去。翠翠看不出祖父有什么要紧事情必须当天进城，请求他莫去。

老船夫把手搓着，估量到是不是应说出那个理由。翠翠一张黑黑的瓜子脸，一双水汪汪的眼睛，使他吁了一口气。

他说：“我有要紧事情，得今天去！”

翠翠苦笑着说：“有多大要紧事情，还不是……”

老船夫知道翠翠脾气，听翠翠口气已有点不高兴，不再说要走了，把预备带走的竹筒，同扣花裰裈搁到条几上后，带点儿谄媚笑着说：“不去吧，你担心我会摔死，我就不去吧。我以为早上天气不很热，到城里把事办完了就回来——不去也得，我明天去！”

翠翠轻声的温柔的说：“你明天去也好，你腿还软，好好的躺一天再起来。”

老船夫似乎心中还不甘服，洒着两手走出去，门限边一个打草鞋的棒槌，差点儿把他绊了一大跤。稳住了时翠翠苦笑着说：“爷爷，你瞧，还不服气！”老船夫拾起那棒槌，向屋角隅摔去，说道：“爷爷老了！过几天打豹子给你看！”

到了午后，落了一阵行雨，老船夫却同翠翠好好商量，仍然进了城。翠翠不能陪祖父进城，就要黄狗跟去。老船夫在城里被一个熟人拉着谈了许久的盐价米价，又过守备衙门看了一会新买的骡马，才到河街顺顺家里去。到了那里，见到顺顺正同三个人打纸牌，不便谈话，就站在身后看了一阵牌，后来顺顺请他喝酒，借口病刚好点不敢喝酒，推辞了。牌既不散场，老船夫又不想即走，顺顺似乎并不明白他等着有何话说，却只注意手中的牌。后来老船夫的神气倒为另外一个人看出了，就问他是不是有什么事情。老船夫方忸忸怩怩照老方子搓着他那两只大手，说别的事没有，只想同船总说两句话。

那船总方明白在看牌半天的理由，回头对老船夫笑将起来。

"怎不早说？你不说，我还以为你在看我牌学张子！"

"没有什么，只是三五句话，我不便扫兴，不敢说出。"

船总把牌向桌上一撒，笑着向后房走去了，老船夫跟在身后。

"什么事？"船总问着，神气似乎先就明白了他来此要说的话，显得略微有点儿怜悯的样子。

"我听一个中寨人说，你预备同中寨团总打亲家，是不是真事？"

船总见老船夫的眼睛盯着他的脸，想得一个满意的回答，就说："有这事情。"那么答应，意思却是："有了你怎么样？"

老船夫说："真的吗？"

那一个又很自然的说："真的。"意思却依旧包含了"真的又怎么样？"

老船夫装得很从容的问："二老呢？"

船总说："二老坐船下桃源好些日子了！"

二老下桃源的事，原来还同他爸爸吵了一阵才走的。船总性情虽异常豪爽，可不愿意间接把第一个儿子弄死的女孩子，又来作第二个儿子的媳妇，这是很明白的事情。若照当地风气，这些事认为只是小孩子的事，大人管不着，二老当真欢喜翠翠，翠翠又爱二老，他也并不反对这种爱怨纠缠的婚姻。但不知怎的，老船夫对于这件事的关心，使二老父子对于老船夫反而有了一点误会。船总想起家庭间的近事，以为全与这老而好事的船夫有关。虽不见诸形色，心中却有个疙瘩。

船总不让老船夫再开口了，就语气略粗的说道：

"伯伯，算了吧，我们的口只应当喝酒了，莫再只想替儿女唱歌！你的意思我全明白，你是好意。可是我也求你明白我的意思，我以为我们只应当谈点自己分上的事情，不适宜于想那些年青人的门路了。"

老船夫被一个闷拳打倒后，还想说两句话，但船总却不让他再有说话机会，把他拉出到牌桌边去。

老船夫无话可说，看看船总时，船总虽还笑着谈到许多笑话，心中却似乎很沉郁，把牌用力掷到桌上去。老船夫不说什么，戴起他那个斗笠，自己走了。

天气还早，老船夫心中很不高兴，又进城去找杨马兵。那马兵正在喝酒，老船夫虽推病，也免不了喝个三五杯。回到碧溪岨，走得热了一点，又用溪水去抹身子。觉得很疲倦，就要翠翠守船，自己回家睡去了。

黄昏时天气十分郁闷，溪面各处飞着红蜻蜓。天上已起了云，热风把两山竹篁吹得声音极大，看样子到晚上必落大雨。翠翠守在渡船上，看着那些溪面飞来飞去的蜻蜓，心也极乱。看祖父脸上颜色惨惨的，放心不下，便又赶回家中去。先以为祖父一定早睡了，谁知还坐在门限上打草鞋！

"爷爷，你要多少双草鞋，床头上不是还有十四双吗？怎么不好好的躺一躺？"

老船夫不作声，却站起身来昂头向天空望着，轻轻的说：

"翠翠，今晚上要落大雨响大雷的！回头把我们的船系到岩下去，这雨大哩。"

翠翠说："爷爷，我真吓怕！"翠翠怕的似乎并不是晚上要来的雷雨。

老船夫似乎也懂得那个意思，就说："怕什么？一切要来的都得来，不必怕！"

二十

夜间果然落了大雨，夹以吓人的雷声。电光从屋脊上掠过时，接着就是訇的一个炸电。翠翠在暗中抖着。祖父也醒了，知道她害怕，且担心她着凉，还起身来把一条布单搭到她身上去。祖父说：

"翠翠，不要怕！"

翠翠说："我不怕！"说了还想说："爷爷你在这里我不怕！"

訇的一个大雷，接着是一种超越雨声而上的洪大闷重倾圮声。两人都以为一定是溪岸悬崖崩塌了，担心到那只渡船会压在崖石下面去了。

祖孙两人便默默的躺在床上听雨声雷声。

但无论如何大雨，过不久，翠翠却依然睡着了。醒来时天已亮了，雨不知在何时业已止息，只听到溪两岸山沟里注水入溪的声音。翠翠爬起身来，看看祖父还似乎睡得很好，开了门走出去。门前已成为一个水沟，一股水便从塔后哗哗的流来，从前面悬崖直堕而下。并且各处都是那么一种临时的水道。屋旁菜园地已为山水冲乱了，菜秧皆掩在粗砂泥里了。再走过前面去看看溪里，才知道溪中也涨了大水，已漫过了码头，水脚快到茶缸边了。下到码头去的那条路，正同一条小河一样，哗哗的泄着黄泥水。过渡的那一条横溪牵定的缆绳，也被水淹没了，泊在崖下的渡船，已不见了。

翠翠看看屋前悬崖并不崩坍，故当时还不注意渡船的失去。但再过一阵，她上下搜索不到这东西，无意中回头一看，屋后白塔已不见了。一惊非同小可，赶忙向屋后跑去，才知道白塔业已坍倒，大堆砖石极凌乱的摊在那儿。翠翠吓慌得不知所措，只锐声叫她的祖父。祖父不起身，也不答应，就赶回家里去，到得祖父床边摇了祖父许久，祖父还不作声。原来这个老年人在雷雨将息时已死去了。

翠翠于是大哭起来。

过一阵，有从茶峒过川东跑差事的人，到了溪边，隔溪喊过渡，翠翠正在灶边一面哭着一面烧水预备为死去的祖父抹澡。

那人以为老船夫一家还不醒，急于过河，喊叫不应，就抛掷小石头过溪，打到屋顶上。翠翠鼻涕眼泪成一片的走出来，跑到溪边高崖前站定。

"喂，不早了！把船划过来！"

"船跑了！"

"你爷爷做什么事情去了呢？他管船，有责任！"

"他管船，管五十年的船——他死了啊！"

翠翠一面向隔溪人说着一面大哭起来。那人知道老船夫死了，得进城去报信，就说：

"真死了吗？不要哭吧，我回去通知他们，要他们弄条船带东西来！"

那人回到茶峒城边时，一见熟人就报告这件事，不多久，全茶峒城里外都知道这个消息了。河街上船总顺顺，派人找了一只空船，带了副白木匣子，即刻向碧溪岨撑去。城中杨马兵却同一个老军人，赶到碧溪岨去，砍了几十根大毛竹，用葛藤编作筏子，作为来往过渡的临时渡船。筏子编好后，撑了那个东西，到翠翠家中那一边岸下，留老兵守竹筏来往渡人，自己跑到翠翠家去看那个死者，眼泪湿莹莹的，摸了一会躺在床上硬僵僵的老友，又赶忙着做些应做的事情。到后帮忙的人来了，从大河船上运来棺木也来了，住在城中的老道士，还带了许多法器，一件旧麻布道袍，并提了一只大公鸡，来尽义务办理念经起水诸事，也从筏上渡过来了。家中人出出进进，翠翠只坐在灶边矮凳上呜呜的哭着。

到了中午，船总顺顺也来了，还跟着一个人扛了一口袋米，一坛酒，一腿猪肉。见了翠翠就说：

"翠翠，爷爷死了我知道了，老年人是必需死的，不要发愁，一切有我！"各方面看看，就回去了。

到了下午入了殓，一些帮忙的回的回家去了，晚上便只剩下了那老道士、杨马兵同顺顺家派来的两个年青长年。黄昏以前老道士用红绿纸剪了一些花朵，用黄泥作了一些烛台。天断黑后，棺木前小桌上点起黄色九品蜡，燃了香，棺木周围也点了小蜡烛，老道士披上那件蓝麻布道服，开始了丧事中绕棺仪式。老道士在前拿着小小纸幡引路，孝子第二，马兵殿后，绕着那寂寞棺木慢慢转着圈子。两个长年则站在灶边空处，胡乱的打着锣钹。老道士一面闭了眼睛走去，一面且唱且哼，安慰亡灵。提到关于亡魂所到西方极乐世界花香四季时，老马兵就把木盘里的纸花，向棺木上高高撒去，象征西方极乐世界情形。

到了半夜，事情办完了，放过爆竹，蜡烛也快熄灭了，翠翠泪眼婆婆的，赶忙又到灶边去烧火，为帮忙的人办宵夜。吃了宵夜，老道士歪到死人床上睡着了。剩下几个人还得照规矩在棺木前守灵，老马兵为大家唱丧堂歌，用个空的量米木升子，当作小鼓，把手剥剥剥的一面敲着一面唱下去——唱"王祥卧冰"的事情，唱"黄香扇枕"的事情。

翠翠哭了一整天，同时也忙了一整天，到这时已倦极，把头靠在棺前眯着了。两长年同马兵吃了宵夜，喝过两杯酒，精神还虎虎的，便轮流把丧堂歌唱下去。但只一会儿，翠翠又醒了，仿佛梦到什么，惊醒后明白祖父已死，于是又幽幽的哭起来。

"翠翠，翠翠，不要哭啦，人死了哭不回来的!"

秃头陈四四接着就说了一个做新嫁娘的人哭泣的笑话，话语中夹杂了三五个粗野字眼儿，因此引起两个长年咕咕的笑了许久。黄狗在屋外吠着，翠翠开了大门，到外面去站了一下，耳听到各处是虫声，天上月色极好，大星子嵌进透蓝天空里，非常沉静温柔。翠翠想：

"这是真事吗? 爷爷当真死了吗?"

老马兵原来跟在她的后边，因为他知道女孩子心门儿窄，说不定一炉火闷在灰里，痕迹不露，见祖父去了，自己一切无望，跳崖悬梁，想跟着祖父一块儿去，也说不定! 故随时小心监视到翠翠。

老马兵见翠翠痴痴的站着，时间过了许久还不回头，就打着咳叫翠翠说：

"翠翠，露水落了，不冷么?"

"不冷。"

"天气好得很!"

"呀……"一颗大流星使翠翠轻轻的喊了一声。

接着南方又是一颗流星划空而下。对溪有猫头鹰叫。

"翠翠，"老马兵业已同翠翠并排一块块儿站定了，很温和的说，"你进屋里睡去吧，不要胡思乱想!"

翠翠默默的回到祖父棺木前面，坐在地上又呜咽起来。守在屋中两个长年已睡着了。

杨马兵便幽幽的说道："不要哭了！不要哭了！你爷爷也难过咧。眼睛哭胀喉咙哭嘶有什么好处。听我说，爷爷的心事我全都知道，一切有我。我会把一切安排得好好的，对得起你爷爷。我会安排，什么事都会。我要一个爷爷欢喜你也欢喜的人来接收这渡船！不能如我们的意，我老虽老，还能拿镰刀同他们拼命。翠翠，你放心，一切有我！……"

远处不知什么地方鸡叫了，老道士在那边床上糊糊涂涂的自言自语："天亮了吗？早咧！"

二十一

大清早，帮忙的人从城里拿了绳索杠子赶来了。

老船夫的白木小棺材，为六个人抬着到那个倾圮了的塔后山岨上去埋葬时，船总顺顺，马兵，翠翠，老道士，黄狗皆跟在后面。到了预先掘就的方阱边，老道士照规矩先跳下去，把一点朱砂颗粒同白米安置到阱中四隅及中央，又烧了一点纸钱，爬出阱时就要抬棺木的人动手下窆。翠翠哑着喉咙干号，伏在棺木上不起身。经马兵用力把她拉开，方能移动棺木。一会儿，那棺木便下了阱，拉去绳子，调整了方向，被新土掩盖了，翠翠还坐在地上呜咽。老道士要回城去替人做斋，过渡走了。船总把一切事托给老马兵，也赶回城去了。帮忙的皆到溪边去洗手，家中各人还有各人的事，且知道这家人的情形，不便再叨扰，也不再惊动主人，过渡回家去了。于是碧溪岨便只剩下三个人，一个是翠翠，一个是老马兵，一个是由船总家派来暂时帮忙照料渡船的秃头陈四四。黄狗因被那秃头打了一石头，对于那秃头仿佛很不高兴，尽是轻轻的吠着。

到了下午，翠翠同老马兵商量，要老马兵回城去把马托给营里人照料，再回碧溪岨来陪她。老马兵回转碧溪岨时，秃头陈四四被打发回城去了。

翠翠仍然自己同黄狗来弄渡船，让老马兵坐在溪岸高崖上玩，或嘶着个老喉咙唱歌给她听。

过三天后船总来商量接翠翠过家里去住，翠翠却想看守祖父的坟山，不愿即刻进城。只请船总过城里衙门去为说句话，许杨马兵暂时同她住住，船总顺顺答应了这件事，就走了。

杨马兵既是个上五十岁了的人，说故事的本领比翠翠祖父高一筹，加之凡事特别关心，做事又勤快又干净，因此同翠翠住下来，使翠翠仿佛去了一个祖父，却新得了一个伯父。过渡时有人问及可怜的祖父，黄昏时想起祖父，皆使翠翠心酸，觉得十分凄凉。但这分凄凉日子过久一点，也就渐渐淡薄些了。两人每日在黄昏中同晚上，坐在门前溪边高崖上，谈点那个躺在湿土里可怜祖父的旧事，有许多是翠翠先前所不知道的，说来便更使翠翠心中柔和。又说到翠翠的父亲，那个又要爱情又惜名誉的军人，在当时按照绿营军勇的装束，如何使女孩子动心。又说到翠翠的母亲，如何善于唱歌，而且所唱的那些歌在当时如何流行。

时候变了，一切也自然不同了，皇帝已不再坐江山，平常人还消说！杨马兵想起自己年青作马夫时，牵了马匹到碧溪岨来对翠翠母亲唱歌，翠翠母亲不理会，到如今这自己却成为这孤雏的唯一靠山唯一信托人，不由得不苦笑。

因为两人每个黄昏必谈祖父以及这一家有关系的事情，后来便说到了老船夫死前的一切，翠翠因此明白了祖父活时所不提到的许多事。二老的唱歌，顺顺大儿子的死，顺顺父子对于祖父的冷淡，中寨人用碾坊作陪嫁妆奁诱惑傩送二老，二老既记忆着哥哥的死亡，且因得不到翠翠理会，又被家中逼着接受那座碾坊，意思还在渡船，因此赌气下行，祖父的死因，又如何与翠翠有关……凡是翠翠不明白的事，如今可全明白了。翠翠把事弄明白后，哭了一个夜晚。

过了四七，船总顺顺派人来请马兵进城去，商量把翠翠接到他家中去，作为二老的媳妇。但二老人既在辰州，先就莫提这件事，且搬过河街去住，等二老回来时再看二老意思。马兵以为这件事得问翠翠。回来时，把顺顺的意思向翠翠说过后，又为翠翠出主张，以为名分既不定妥，到一个生人家里去不好，还是不如在碧溪岨等，等到二老驾船回来时，再看二老意思。

这办法决定后，老马兵以为二老不久必可回来的，就依然把马匹托营上人照料，在碧溪岨为翠翠作伴，把一个一个日子过下去。

碧溪岨的白塔，与茶峒风水有关系，塔圮坍了，不重新作一个自然不成。除了城中营管，税局以及各商号各平民捐了些钱以外，各大寨子也有人拿册子去捐钱。为了这塔成就并不是给谁一个人的好处，应尽每个人来积德造福，尽每个人皆有捐钱的机会，因此在渡船上也放了个两头有节的大竹筒，中部锯了一口，尽过渡人自由把钱投进去，竹筒满了马兵就捎进城中首事人处去，另外又带了个竹筒回来。过渡人一看老船夫不见了，翠翠辫子上扎了白线，就明白那老的已作完了自己分上的工作，安安静静躺到土坑里去了，必一面用同情的眼色瞧着翠翠，一面就摸出钱来塞到竹筒中去。"天保佑你，死了的到西方去，活下的永保平安。"翠翠明白那些捐钱人的意思，心里酸酸的，忙把身子背过去拉船。

边　城

到了冬天，那个圮坍了的白塔，又重新修好了。可是那个在月下唱歌，使翠翠在睡梦里为歌声把灵魂轻轻浮起的年青人，还不曾回到茶峒来。

…………

这个人也许永远不回来了，也许"明天"回来！

一九三三年冬至一九三四年春完成

虎雛

虎　雏

　　我那个做军官的六弟上年到上海时，带来了一个小小勤务兵，见面之下就同我十分谈得来，因为我从他口上打听出了多少事情，全是我想明白终无法可以明白的。六弟到南京去接洽事情时，就把他暂时丢在我的住处，这小兵使我十分中意。我到外边去玩玩时，也常常带他一起去，人家不知道的，都以为这就是我的弟弟，有些人还说他很象我的样子。我不拘把他带到什么地方去，见到的人总觉得这小兵不坏。其实这小孩真是体面得出众的。一副微黑的长长的脸孔，一条直直的鼻子，一对秀气中含威风的眉毛，两个大而灵活的眼睛，都生得非常合式，比我六弟品貌还出色。

　　这小兵乖巧得很，气派又极伟大，他还认识一些字，能够看《三国演义》。我的六弟到南京把事办完要回湖南军队里去销差时，我就带开玩笑似的说："军官，咱们俩商量一下，打个交道，把你这个年轻人留下给我，我来培养他，他会成就一些事业。你瞧他那样子，是还值得好好儿来料理一下的！"

　　六弟先不大明白我的意思，就说我不应当用一个副兵，因为多一个人就多一种累赘。并且他知道我脾气不大好，今天欢喜的自然很有趣味，明天遇到不高兴时，送这小子回湘可不容易。

他不知道我意思是要留他的副兵在上海读书的，所以说我不应当多一个累赘。

我说："我不配用一个副兵，是不是？我不是要他穿军服，我又不是军官，用不着这排场！我要他穿的是学校的制服，使他读点书。"我还说及"倘若机会使这小子傍到一个好学堂，我敢断定他将来的成就比我们弟兄高明。我以为我所估计的绝不会有什么差错，因为这小兵决不会永远做小兵的。可是我又见过许多人，机会只许他当一个兵，他就一辈子当兵，也无法翻身。如今我意思就在另外给这小兵一种不同机会，使他在一个好运气里，得到他适当的发展。我认为我是这小兵的温室。"

我的六弟听到了我这种书生意见，觉得十分好笑，大声的笑着。

"那你简直在毁他！"他很认真的样子说。"你以为那是培养他，其中还有你一番好意值得感谢。你以为他读十年书就可以成一个名人，这真是做梦！你一定问过他了，他当然答应你说这是很好的。这个人不止是外表可以使你满意，他的另外一方面做人处，也自然可以逗你欢喜。可是你试当真把他关到一个什么学校里去看看，你就可以明白一个作了三年勤务兵在我们那个野蛮地方长大的人，是不是还可以读书了。你这时告诉他读书是一件好事，同时你又引他去见那些大学教授以及那些名人，你口上即不说这是读书的结果，他仍然知道这些人因为读了点书才那么舒服尊贵的。我听到他告我，你把他带到那些绅士的家中去，坐在软椅上，大家很亲热和气的谈着话，又到学校去，看看那些大学生，走路昂昂作态，仿佛家养的公鸡，穿的衣服又有各种样子，他乍一看自然也很羡慕，但是他正象你看军人一样。就只看到表面。你不是常常还说想去当兵吗？好，你何妨再去试试。我介绍你到一个队伍里去试试，看看我们的生活，是不是如你所想象的美，以及旁人所说及的坏。你欢喜谈到，你去详细生活一阵好了。等你到了那里拖一月两月，你才明白我们现在的队伍，是些什么生活。平常人用自己物质爱憎与自己道德观念作标准，批评到与他们生活完全不同的军人，没有一个人说得对。你是退伍的人，可是十年来什么也变了，如今再去看看，你就不会再写那种从容放荡的军人生活回忆了。战争使人类的灵魂野蛮粗糙，你能说这句话却并不懂它的真实意思。"

我原来同我六弟说的，是把他的小兵留下来读书的事，谁知平时说话不多的他，就有了那么多空话可说。他的话中意思，有笑我是十足书生的神气。我因为那时正很有一点自信，以为环境可以变更任何人性，且有点觉得六弟的话近于武断了。我问他当了兵的人就不适宜于进一个学校去的理由，是些什么事，有些什么例子。

六弟说："二哥，我知道你话里意思有你自己。你正在想用你自己作辩护，以为一个兵士并不较之一个学生为更无希望。因为你是一个兵士。你莫多心，我不是想取笑你，你不是很有些地方觉得出众吗？也不只是你自己觉得如此，你自己或许还明白你不会做一个好军人，也不会成一个好艺术家。（你自己还承认过不能做一个好公民，你原是很有自知之明！）人家不知道你时，人家却异口同声称赞过你！你在这情形下虽没有什么得意。可是你却有了一种不甚正确的见解，以为一个兵士同一个平常人有同样的灵魂这一件事情。我要纠正这个，你这是完全错误了的。平常人除了读过几本书学得一些礼貌和虚伪世故外，什么也不会明白，他当然不会理解这类事情。但是你不应当那么糊涂。这完全是两种世界两种阶级，把他牵强混合起来，并不是一个公平的道理！你只会做梦，打算一篇文章如何下手，却不能估计一件事情。"

"你不要说我什么，我不承认的。"我自然得分辩，不能为一个军官说输。"我过去同你说到过了，我在你们生活里，不按到一个地方好好儿的习惯，好好儿的当一个下级军官，慢慢的再图上进，已经算是落伍了的军人。再到后来，逃到另外一个方向上来，又仍然不能服从规矩和目下的社会习俗谋妥协，现在成了个不文不武的人，自然还是落伍。我自己失败，我明白是我的性格所形成，我有一个诗人的气质，却是一个军人的派头，所以到军队人家嫌我懦弱，好胡思乱想，想那些远处，打算那些空事情，分析那些同我在一处的人的性情，同他们身分不合。到读书人里头，人家又嫌我粗率，做事马胡，行为简单得怕人，与他们身分仍然不合。在两方面都得不到好处，因此毫无长进，对生活且觉得毫无意义。这是因为我的体质方面的弱点，那当然是毫无办法的。至于这小副兵，我倒不相信他依然象我这样子悲剧性。"

"你不希望他象你，你以为他可以象谁？还有，就是他当然也不会象你。他若当真同你一样，是一个只会做梦不求实际只会想象不要生活的人，他这时跟了我回去，机会只许他当兵，他将来还自然会做一个诗人。因为一个人的气质虽由于环境造成，他还是将因为另外一种气质反抗他的环境，可以另外走出一条道路。若是他自己不觉到要读书，正如其他人一样，许多人从大学校出来，还是做不出什么事业来。"

"我不同你说这种道理，我只觉得与其把这小子当兵，不如拿来读书。他是家中舍弃了的人，把他留在这里，送到我们熟人办的那个××中学校去，又不花钱，又不费事，这事何乐不为。"

我的六弟好象就无话可说了，问我××中学要几年毕业。

我说，还不是同别的中学一个样子，六年就可以毕业吗？六弟又笑了，摇着那个有军人风的脑袋。

"六年毕业，你们看来很短，是不是？因为你说你写小说至少也要写十年才有希望，你们看日子都是这样随便，这一点就证明你不是军人。若是军人，他将只能说六个月的。六年的时间，你不过使这小子从一个平常中学卒业，出了学校找一个小事做，还得熟人来介绍，到书铺去当校对，资格还发生问题。可是在我们那边，你知道六年的时间，会使世界变成什么样子？一个学生在六年内还只有到大学的资格，一个兵士在六年内却可以升到营连长。两件事比较起来，相差得可太远了。生长在上海，家里父兄靠了外国商人供养，做一点小小事情，慢慢的向上爬去，十年八年因为业务上谨慎，得到了外国资本家的信托，把生活举起，机会一来就可以发财，儿子在大学毕业，就又到洋行去做事，这是上海洋奴的人生观。另外不作外国商人的奴隶，不作官，宁愿用自己所学去教书，自然也还有人。但是你若没有依傍，到什么地方去找书教？你一个中学校出身的人，除了小学还可以教什么书？本地小学教员比兵士收入不会超过一倍，一个稍有作为的兵士，对于生活改变的机会，却比一个小学教员多十倍；若是这两件事平平的放在一处，你意思选择什么？"

我说："你意思以为六年内你的副兵可以做一个军官，是不是？"

"我意思只以为他不宜读书。因为你还不宜于同读书人在一处谋生活，他自然更不适当了。"

我还想对于这件事有所争论，六弟却明白我的意思，他就抢着说："你若认为你是对的，我尽你试验一下，尽事实来使你得到一个真理。"

本来听了他说的一些话，我把这小子改造的趣味已经减去一半了，但这时好象故意要同这一位军官斗气似的，我说"把他交给我再说。我要他从国内最好的一个大学毕业，才算是我的主张成功。"

六弟笑着："你要这样麻烦你自己，我也不好意思坚持了。"

我们算是把事情商量定局了，六弟三天即将回返湖南，等他走后我就预备为这未来的学士，找朋友补习数学和一切必需课程，我自己还预备每天花一点钟来教他国文，花一点钟替他改正卷子。那时是十月，两月后我算定他就可以到××中学去读书。我觉得我在这小兵身上，当真会做出一分事业来，因为这一块原料是使人不能否认可以治成一件值价的东西的。

我另外又单独的和这个小兵谈及，问他是不是愿意不回去，就留在这里读书，他欢喜的样子是我描摹不来的。他告我不愿意做将军，愿意做一个有知识的平民。他还就题发挥了一些意见，我认为意见虽不高明，气概却极难得。到后我把我们的谈话同六弟说及，六弟总是觉得好笑。我以为这是六弟军人顽固自信的脾气，所以不愿意同他分辩什么。

过了三天，三天中这小副兵真象我的最好的兄弟，我真不大相信有那么聪颖懂事的人。他那种识大体处，不拘为什么人看到时，我相信都得找几句话来加以赞美，才会觉得不辜负这小子。

我不管六弟样子怎么冷落，却不去看他那颜色，只顾为我的小友打算一切。我六弟给过了我一百块钱，我那时在另外一个地方，又正得到几十块钱稿费，一时没有用去，我就带了他到街上去，为他看应用东西。我们又到另一处去看中了一张小床，在别的店铺又看中其他许多东西。他说他不欢喜穿长衣，那个太累赘了一点，我就为他定了一套短短黑呢中山服，制了一件粗毛呢大衣。他说小孩子穿方头皮鞋合式一点，我就为他定制了一双方头皮鞋。我们各处看了半天，估计一切制备齐全，所有钱已用去一半，我还好象不够的样子，倒是他说不应当那么用钱，我们两个人才转回住处。我预备把他收拾得象一个王子，因为他值得那么注意。我预备此后要使他天才同年龄一齐发展，心里想到了这小子二十岁时，一定就成为世界上一个理想中的完人。他一定会音乐和图画，不擅长的也一定极其理解。他一定对于文学有极深的趣味，对于科学又有极完全的知识。他一定坚毅诚实，又一定健康高尚。他不拘做什么事都不怕失败，在女人方面，他的成功也必然如其他生活一样。他的品貌与他的德行相称，使同他接近的人都觉得十分爱敬。……

不要笑我，我原是一个极善于在一个小事情上做梦的人，那个头顶牛奶心想二十年后成家立业的人是我所心折的一个知己，我小时听到这样一个故事，听人说到他的牛奶泼在地上时，大半天还是为他惆怅。如今我的梦，自然已经早为另一件事破灭了。可是当时我自己是忘记了我的奢侈夸大想象的，我在那个小兵身上做了二十年梦，我还把二十年后的梦境也放肆的经验到了。我想到这小子由于我的力量，成就了一个世界上最完全最可爱的男子，还因为我的帮助，得到一个恰恰与他身分相称的女子作伴，我在这一对男女身边，由于他人的幸福，居然能够极其从容的活到这世界上。那时我应当已经有了五十多岁，我感到生活的完全，因为那是我的一件事业，一种成功。

到后只差一天六弟就要回转湖南销差去了，我们三人到一个照相馆里去拍了一个照相。把相照过后，我们三人就到××戏院去看戏，那时时候还不到，故就转到××园里去玩。

在园里树林子中落叶上走着，走到一株白杨树边，就问我的小朋友，爬不爬得上去，他说爬得上去。走了一会，又到一株合抱大枫树边，问这个爬不爬得上去，他又说爬得上去。一面走就一面这样说话，他的回答全很使我满意。六弟却独在前面走着，我明白他觉得我们的谈话是很好笑的。到后听到枪声，知道那边正有人打靶，六弟很高兴的走过去，我们也跟了过去，远远的看那些人伏在一堵土堆后面，向那大土堆的白色目标射击。我问他是不是放过枪，这小子只向着六弟笑，不敢回答。

我说，"不许说谎，是不是亲自打过？"

"打过一次。"

"打过什么？"

这小子又向着六弟微笑，不能回答。

六弟就说："不好意思说了吗？二哥，你看起他那样子老实温和，才真是小土匪！为他的事我们到××差一点儿出了命案。这样小小的人，一拳也经不起，到××去还要同别的人打架，把我手枪偷出去，预备同人家拼命。若不是气运，差一点就把一个岳云学生肚子打通了。到汉口时我检查枪，问他为什么少了一颗子弹，他才告我在长沙同一个人打架用了的。我问他为什么敢拿枪去打人，他说人家骂了他丑话，又打不过别人，所以想一枪打死那个人。"

六弟觉得无味的事，我却觉得更有趣味，我揪着那小子的短头发，使他脸望着我，不好躲避，我就说，"你真是英雄，有胆量。我想问你，那个人比你大多少？怎么就会想打死他？"

"他大我三岁，是岳云中学的学生，我同参谋在长沙住在××，六月里我成天同一个军事班的学生去湘河洗澡，在河里洗澡，他因为泅水比我慢了一点，和他的同学，用长沙话骂我屁股比别人的白，我空手打不过他，所以我想打死了他。"

"那以后怎么又不打死他？"

"打了一枪不中，子弹啃了膛，我怕他们捉我，所以就走脱了。"

六弟说："这种性情只好去当土匪，三年就可以做大王。再过一阵就会被人捉去示众。"

我说："我不承认你这话。他的胆量使他可以做大王，也就可以使他做别的伟大事业。你小时也是这样的。同人到外边去打架胡闹，被人用铁拳星打破了头，流满了一脸的血，说是不许哭，你就不哭。你所以现在做军官，也不失为一个好军人。若是象我那么不中用，小时候被人欺侮了，不能报仇，就坐在草地上去想，怎么样就学会了剑仙使剑的方法，飞剑去杀那个仇人，或者想自己如何做了官，派家将揪着仇人到衙门来打他一千板屁股，出出这一口气。单是这样空想，有什么用处？一个人越善于空想，也就越近于无用，我就是一个最好的榜样。"

六弟说："那你的脾气也不是不好的脾气，你就是因为这种天赋的弱点，成就了你另外一份天赋的长处。若是成天都想摸了手枪出去打人，你还有什么创作可写。"

"但是你也知道多少文章就是多少委屈。"

"好，我汉口那把手枪就送给你，要他为你收着，做你的保镖吧。从此有什么被人欺侮的事，都要这个小英雄去替你报仇好了。"

六弟说得我们大家都笑了。我向小兵说，"假若有一把手枪，将来我讨厌什么人时，要你为我去打死他们，敢不敢去动手？"他望了我笑着，略略有点害羞，毅然的说，"敢。"我很相信他的话，他那态度是诚恳天真，使人不能不相信的。

我自然是用不着这样一个镖客喔！因为始终我就没有一个仇人值得去打一枪。有些人见我十分沉静，不大谈长道短，间或在别的事上造我一点谣言，正如走到街上被不相识的狗叫了一阵的样子，原因是我不大理会他们，若是稍稍给他们一点好处，也就不至于吃惊受吓了。又有些自己以为读了很多书的人，他不明白我，看我不起，那也是平常的事。至于女人都不欢喜我，其实就是我把逗女人高兴的地方都太疏忽了一点，若我觉得是一种仇恨，那报仇的方法，倒还得另外打算，更用不着镖客的手枪了。

不过我身边有了那么一个勇敢如小狮子的伙伴，我一定从此也要强干一点，这是我顶得意的。我的气质即或不能许我行为强梁，我的想象却一定因为身边的小伴，可以野蛮放肆一点。他的气概给了我一种气力，这气力是永远还能存在而不容易消灭的。

那天我们看的电影是《神童传》，说一个孤儿如何奋斗成就一生事业。

第二天，六弟就动身回湖南去了。因六弟坐飞机去，我们送他到飞机场。六弟见我那种高兴的神气，不好意思说什么扫兴的话批评到小兵，他当到小兵告我，若是觉得不能带他过日子时，就送到南京师部办事处去，因为那边常有人回湖南，他就仍然可以回去。六弟那副坚决冷静的样子，使我感到十分不平，我就说："我等到你后来看他的成就，希望你不要再用你的军官身分看待他！"

"那自然是好的。你自信能成就他，恐怕的是他不能由你的造就。你就留下他过几个月看看罢。"

我纠正他的前面一句话，大声的说："过几年。"

六弟忙说，"好，过几年。一件事你能过几年不变，我自然也高兴极了。"

时间已到，六弟坐到飞机客座里去，不一会这飞机就开走了，我们待飞机完全不见时方回家来。回来时我总记到六弟那种与我意见截然相反的神气，觉得非常不平，以为六弟真是一个军人，看事情都简单得怕人，自信成见极深，有些地方真似乎顽固得很。我因为六弟说的话放在心上，便觉得更想耐烦来整顿我这个小兵，我也就想用事实来打破六弟的成见，我以为三年后暑假带这小兵回乡时，将让一切人为我处理这小孩子的成绩惊讶不已。

六弟走后我们预定的新生活便开始了，看看小兵的样子，许多地方聪明处还超过了我的估计，读书写字都极其高兴。过了四天，数学教员也找到了，教数学的还是一个大学教授！这大教授一到我处，见到这小兵正在读书，他就十分满意，他说，"这小朋友我很爱他，真是一个笑话。"我说："那就妙极了，他正在预备考××中学，你大教授权且来尽义务充一个小学教员，教他乘法除法同分数罢。"这大教授当时毫不迟疑就答应了。

许多朋友都知道我家中有一个小天才的事情了，凡是来到我住处玩的，总到亭子间小朋友处去谈谈。同了他玩过一点钟的，无一人不觉得他可爱，无一人不觉得这小子将来成就会超过自己。我的朋友音乐家××，就主张这小朋友学提琴，他愿意每天从公共租界极北跑来教他。我的朋友诗人××，又觉得这小孩应当成一个诗人。还有一个工程学教授宋先生，他的意见却劝我送小孩子到一个极严格的中学校去，将来卒业若升入北洋大学时，则他愿意帮助他三年学费。还有一个律师，一个很风趣的人，他说"为了你将来所有作品版税问题，你得让他成一个有名的律师，才有生活保障。"

大家都愿意这小朋友成为自己的同志，且因这个缘故，他们各个还向我解释过许多理由。为什么我的熟人都那么欢喜这小兵，当时我还不大明白，现在才清楚，那全是这小兵有一个迷人的外表。这小兵，确实是太体面一点了。我的自信，我的梦，也就全是为那个外表所骗而成的！

　　这小兵进步是很快的，一切都似乎比我预料得还顺利一点，我看到我的计划，在别人方面的成功，感到十分快乐。为了要出其不意使六弟大吃一惊，目前却不将消息告给六弟。为这小兵读书的原因，本来生活不大遵守秩序的我，也渐渐找出秩序来了。我对于生活本来没有趣味，为了他的进步，我象做父亲的人在佳子弟面前，也觉得生活还值得努力了。

　　每天我在我房中做事情，他也在他那间小房中做事情，到吃饭时就一同往隔壁一个外国妇人开的俄菜馆吃牛肉汤同牛排。清早上有时到××花园去玩，有时就在马路沿走走。晚上饭后应当休息一会儿时节，不是我为他学西北绥远包头的故事，就是学东北的故事。有时由他说，则他可以告我近年来随同六弟到各处剿匪的事情，他用一种诚实动人的湘西人土话，说到六弟的胆量。说到六弟的马。说到在什么河边滩上用盒子枪打匪，他如何伏在一堆石子后面，如何船上失了火，如何满河的红光。又说到在什么洞里，搜索残匪，用烟子熏洞，结果得到每只有三斤多重的白老鼠一共有十七只，这鼠皮近来还留在参谋家里。又说到名字叫作"三五八"的一个苗匪大王，如何勇敢重交情，不随意抢劫本乡人。凡事由于这小兵说来，搀入他自己的观念，仿佛在这些故事的重述上，见到一个小小的灵魂，放着一种奇异的光，我在这类情形中，照例总是沉默到一种幽杳的思考里，什么话也没有可说。因这小朋友观念、感想、兴味的对照，我才觉得我已经象一个老人，再不能同他一个样子了。这小兵的人格，使我在反省中十分忧郁，我在他这种年龄上时，却除了逃学胡闹或和了一些小流氓蹲在土地上掷骰子赌博以外，什么也不知道注意的。到后我便和他取了同样的步骤，在军队里做小兵，极荒唐的接近了人生。但我的放荡的积习，使我在作书记时，只有一件单汗衣，因为自己一洗以后即刻落下了行雨，到下楼吃饭时还没有干，不好意思赤膊到楼下去同副官们吃饭，我就饿过一顿饭。如今这小兵，却俨然用不着人照料也能够站起来成一个人，因这小兵的人格，想起我的过去，以及为过去积习影响到的现在，我不免感觉到十分难过。

日子从容的过去，一会儿就有了一个月，小兵同我住在一处，一切都习惯了，有时我没有出门，要他到什么地方去看看信，也居然做得很好。有时数学教员不能来，他就自己到先生那里去。时间一久，有些性质在我先时看来，认为是太粗卤了一点的，到后也都没有了。

有一天，我得到我的六弟由长沙来的一个信，信上说着：……二哥，你的计划成功了没有？你的兴味还如先前那样浓厚没有？照我的猜想，你一定是早已觉得失败了。我同你说到过的，"几个月"你会觉得厌烦，你却说"几年"也不厌烦，我知道你这是一句激出的话，你从我的冷静里，看出我不相信你能始终其事，你样子是非常生气的。可是你到这时一定意见稍稍不同了。我说这个时，我知道你为了骄傲，为了故意否认我的见解，你将仍然能够很耐烦的管教我们的小兵，你一定不愿意你做的事失败。但是，明明白白这对你却是很苦的，如今已经快到两个月了，你实在已经够受了，当初小孩子的劣点以及不适宜于读书的根性，倘若当初是因为他那迷人的美使你原谅疏忽，到如今，他一定使你渐渐的讨厌了。

……我希望你不要太麻烦自己。你莫同我争执，莫因拥护你那做诗人的见解，在失败以后还不愿意认账。我知道你的脾气，因为我们为这件事讨论过一阵，所以你这时还不愿意把小兵送回来，也不告我关于你们的近状。

可是我明白，你是要在这小子身上创造一种人格，你以为由于你的照料，由于你的教育，可以使他成一个好人。

但是这是一种夸大的梦，永远无从实现的。你可以影响一些人，使一些人信仰你，服从你，这个我并不否认的。

但你并不能使那个小兵成好人。你同他在一处，在他是不相宜的，在你也极不相宜。我这时说这个话时也许仍然还早了一点，可是我比你懂那个小兵，他跟了我两年，我知道他是什么材料。他最好还是回来，明年我当送他到军官预备学校去，这小子顶好的气运，就是在军队中受一种最严格的训练，他才有用处，才有希望。

……你不要以为我说的话近于武断，我其实毫无偏见。现在有个同事王营长到南京来，他一定还得到上海来看看你，你莫反对我这诚实的提议，还是把小兵交给那个王同事带回去。两个月来我知道你为他用了很多的钱，这是小事，最使我难过的，还是你在这个小兵身上，关于精神方面损失得很多，将来出了什么事，一定更有给你烦恼处。

……你觉得自信并不因这一次事情的失败而减去，我同你说一句笑话，你还是想法子结婚。自己的小孩，或者可以由自己意思改造，或者等我明年结婚后，有了小孩，半岁左右就送给你，由你来教养培植。我很相信你对小孩教育的认真，一定可以使小孩子健康和聪敏，但一个有了民族积习稍长一点的孩子，同你在一块，会发生许多纠纷！

……

六弟的信还是那么军人气度，总以为我是失败了，而在斗气情形下勉强同他的小兵过日子的。尤其他说到那个"民族"积习，使我很觉得不平。我很不舒服，所以还想若果姓王的过两天来找寻我时，我将不会见他。

　　过了三天，我同小兵出外到一个朋友家中去，看从法国寄回来的雕刻照片，返身时，二房东说有一个军官找我，坐了一会留下一个字条就走了。看那个字条，才知道来的就是姓王的。先是六弟只说同事王营长，如今才知道六弟这个同事，却是我十多年前的同学。我同他在本乡军士技术班做学生时，两个人成天皆从家中各打了一根竹子，预备到学校去练习撑篙跳，我们两个人年纪都极小，每天穿灰衣着草鞋扛了两根竹子在街上乱撞，出城时，守城兵总开玩笑叫我们做小猴子，故意拦阻说是小孩子不许扛竹子进出，恐怕戳坏他人的眼睛。这王军官非常狡猾，就故意把竹子横到城门边，大声的嚷着说是守城兵抢了他的撑篙跳的杆儿。想不到这人如今居然做营长了。

　　为了我还想去看看我这个同学，追问他撑篙跳进步了多少，还想问他，是不是还用得着一根腰带捆着身上，到沙里去翻筋斗。一面我还想带了小兵给他看看，等他回去见到六弟时，使六弟无话可说，故当天晚上，我们在大中华饭店就见面了。

　　见到后一谈，我们提到那竹子的事情，王军官说："二爷，你那个本领如今倒精细许多了，你瞧你把一丈长的竹子，缩短到五寸，成天拿了它在纸上画，真亏你！"

　　我说："你那一根呢？"

　　他说，"我的吗？也缩短了，可是缩短成两尺长的一枝笛子。我近来倒很会吹笛子。"

　　我明白他说的意思，因为这人脸上瘦瘦白白的，我已猜到他是吃大烟了。我笑着装作不甚明白的神气，"吹笛子倒不坏，我们小时都只想偷道士的笛子吹，可是到手了也仍然发不成声音来。"

　　军官以为我愚，领会不到他所指的笛子是什么东西，就极其好笑。

"不要说笛子罢，吹上了瘾真是讨厌的事！"

我说，"你难道会吃烟了吗？"

"这算奇怪的事吗？这有什么会不会？这个比我们俩在沙坑前跳三尺六容易多了。不过这些事倒是让人一着较好，所以我还在可有可无之间，好象唱戏的客串，算不得脚色。"

"那么，我们那一班学撑篙跳的同学，都把那竹子截短了。"

"自然也有用不着这一手的，不过习惯实在不大好，许多拿笔的也命'枪'，无从编遣。"

说到这里我们记起了那个小兵了，他正站在窗边望街，王军官说："小鬼头，你样子真全变了，你参谋怕你在上海捣乱，累了二先生，要你跟我回去，你是想做博士，还想做军官？"

小兵说，"我不回去。"

"你跟了二先生这么一点日子，就学斯文得没有用处了。你引我的三多到外面玩玩去。你一定懂得到'白相'了。你就引他到大马路白相去，不要生事，你找个小馆子，要三多请你喝一杯酒，他才得了许多钱。他想买靴子，你引他买去，可不要买象巡捕穿的。"

小兵听到王军官说的笑话，且说要他引带副兵三多到外面去玩，望着我只是笑，不好作什么回答。

王军官又说："你不愿同三多玩，是不是？你二先生现在到大学堂教书，还高兴同我玩，你以为你就是学生，不能同我副兵在一起白相了吗？"

小兵见王军官好象生了气，故意拿话窘着他，不会如何分辩，脸上显得绯红。王军官便一手把他揪过去，"小鬼头，你穿得这样体面，人又这样标致，同我回去，我为你做媒讨个标致老婆，不要读书了罢。"

小兵益觉得不好意思，又想笑又有点怕，望着我想我帮帮他的忙，且听我如何吩咐，他就照样做去。

我见到我这个老同学爽利单纯，不好意思不让他陪勤务兵出去玩，我就说："你熟习不熟习买靴子的地方？"

他望了我半天，大约又明白我不许他出去，又记到我告过他不许说谎，所以到后才说："我知道。"

王军官说："既然知道，就陪三多去。你们是老朋友，同在一堆，你不要以为他的军服就辱没了你的身分。你骗不了我，你的样子倒象学生，你的心可不是学生。你莫以为我的勤务兵像貌蠢笨，三多是有将军的分的。你们就去罢，我同你二先生还要在这里谈谈话，回头三多请你喝酒，我就要二先生请我喝酒。……"

王军官接着就喊，"三多，三多。"那副兵当我们来时到房中拿过烟茶后，出去似乎就正站立在门外边，细听我们的谈话，这时听到营长一叫，即刻就进来了。

这副兵真象一个将军，年纪似乎还不到十六岁，全身就结实得如成人，身体虽壮实却又非常矮短，穿的军服实在小了一点，皮带一束，因此全身绷得紧紧的如一木桶，衣服同身体便仿佛永远在那里作战。在一种紧张情形中支持，随时随处身上的肉都会溢出来，衣服也会因弹性而飞去。这副兵样子虽痴，性情却十分好，他把话都听过了，一进来就笑嘻嘻的望着小兵。

王军官一见到自己勤务兵的痴样子，做出十分难受的神情，"三大人，我希望你相信我的忠告，少吃喝一点，少睡一点！你到外面去瞧瞧，你的肉快要炸开了。我要你去爬到那个洋秤上去过一下磅，看这半个月来又长了多少，你磅过没有？人家有福气的人肥得象猪，一定是先做官再发体，你的将军还没有得到，在你的职务上就预先发起胖来，将来怎么办？"

那勤务兵因为在我面前被王军官开着玩笑，仿佛一个十几岁处女一样，十分腼腆害羞，说道，"我不知为什么总要胖。"

"沈参谋告你每天喝酸醋一碗，你试验过没有？"

那勤务兵说不出话来，低下头去，很有些地方象《西游记》上的猪八戒，在痴呆中见出妩媚。我忍不住要笑了，就拈了一支烟来，他见到时赶忙来刮自来火。我问他，是什么乡下的，今年有了多大岁数？他告我他是高枧的人，搬到城里住，今年还只十五岁。我又问他为什么那么胖，他十分害羞的告我说，是因为家中卖牛肉同酒，小小儿吃肉就发了膘。

王军官告三多可以跟着小兵去玩，我不好意思不让他们去，到后两人就出去了。

我同这个老同学谈了许多很有趣味的话，到后我就说："营长，你刚才说的你的未来将军请我的未来学士喝酒，我就来做东，只看你欢喜吃什么口味。"

王军官说，"什么都欢喜，只是莫要我拿刀刀叉叉吃盘中的饭，那种罪我受不了。"

第二天我们早约定了要到王军官处去的，因为一去我怕我的"学士"又将为他的"将军"拖去，故告诉他，今天不要出去，就在家中读书。等一会儿一个杜先生同一个孙先生或许还要来。（这些朋友是以到我处看看小兵为快乐的。）我又告他，若是杜教授来了，他可以接待客人到他小房间里去，同客人玩玩。把话嘱咐过后，我就到大中华饭店找寻王军官去了。晚上我们又一同到一个电影院去消磨了两个钟头，那时已经快要十二点钟了，我很担心一个人留在住处的小兵，或者还等候着我没有睡觉，所以就同王军官分了手，约好明天我送他上车过南京。回来时，我奇怪得很，怎么不见了小兵。

我先以为或者是什么朋友把他带走看戏去了，问二房东有什么朋友来找我，二房东恰恰日里也没有在家，回来时也极晏。

我又问到二房东家的佣人，才知道下午有一个小大块头兵士来邀他出去，他们说的本乡话，她听不懂。出门时还是三点钟以前。我算定这兵士就是王军官处那个勤务兵三多，来邀他玩，他不好推辞，以为这一对年轻人一定是到什么"大世界"热闹场所去玩，所以把回家的时间也忘却了。当时我就很生气，深悔昨天不应该带他到那里去，今天又不该不带他去。

我坐在房中等着，预备他回来时为他开门，一直等过了十二点还毫无消息。我以为不是喝醉了酒，就一定是在外面闯了乱子，不敢回来，住到那将军住处去了。这些事我认为全是那个王军官的副兵勾引的，所以非常讨厌那个小胖子。我想此后可再不同这军官来往了，再玩一天我的学士就会学坏，使我为他所有一切的打算，都将付之泡影。

到十二点后他不回来，我有点疑心，就到他住身的亭子间去，看看是不是留得什么字条，看了一下，却发现了他那个箱子位置有点不同，蹲下去拖出箱子看看，他的军衣都不见了。我忽然明白他是做些什么事了，非常生气，跑回到我自己房中来，检察我的箱子同写字台的抽屉，什么东西都没有动过，一切秩序井然如旧，显然他是独自私逃走去的。我恐怕王军官那边还闹了乱子，拐失了什么东西，赶忙又到大中华饭店去，到时正见王军官生气骂茶房，见我来了才不作声，还以为我是来陪他过夜的，就说："来的好极了，我那将军这时还不回来，莫非被野鸡捉去了！”

我说：“恐怕他逃了，你赶快清查一下箱子，有些东西失落没有。”

“那里有这事，他不会逃的。”

“我来告你，我的学士也不在家了！你的将军似乎下午三点钟时候，就到我住处邀他，两人一块儿走了！”

王军官一跳而起，拖出箱子一看，发现日前为太太兑换的金饰同钞票，全在那里，还有那枝手枪，也搁在那里，不曾有人动过。他一面搜检其他一个为朋友们代买物件所置的皮箱，一面同我说：“这小土匪，我看不出他会逃走！”看到另外一口箱子也没有什么东西失掉，王军官松了一大口气，向我摇着头说：“不会逃走，不会逃走，一定是两人看戏散场太晚，恐怕责备不敢回来了。一定是被野鸡拉去了。上海野鸡这样多，我这营长到乡下的威风，来到这生地方被她们一拉也得头昏，何况我那个宝贝。我真为他们担心。”

我摇头否认这种设想，“恐怕不是这样，我那个学士，他把军服也带走了。”

王军官先还笑着，因为他见到自己重要东西没有失掉，所以总以为这两个人是被妓女扣留到那里过夜的，所以还露着羡慕的神气，笑说他的“将军”倒有福气。他听到我说是小兵军服也拿走了，才相信我的话，大声的辱骂着“杂种”，同时就打着哈哈大笑。他向我笑着说：“你六弟说这小子心野得很，得把他带回去，只有他才管得住这小土匪，不至于多事，话有道理。我还没有和你好好的来商量，事情就发生了。我想不到是我那个将军居然也想逃走，你看他那副尊范，居然在那全是板油的肚子里，也包得有一颗野心。他们知道逃走也去不远，将来终有方法可以知道所去的地方，恐怕麻烦，所以不敢偷什么东西。……”说到这里，这军官突然又觉得这事一定另外还有蹊跷了，因为既然是逃走，一个钱不拐去，他们又到什么地方去了呢？

若说别处地方有好事情干，那么两个宝贝又没有枪械，徒手奔走去会做出什么好事情？

他说："这个事我可不明白了！我不相信我那个将军，到另外一个地方去比他原来的生活还好！你瞧他那样子，是不是到别的地方去就可以补上一个大兵的名额？他除了河南人耍把戏，可以派他站到帐幕边装傻子收票以外，没有一个去处是他合式的地方！真是奇怪的世界，这种傻瓜还要跳槽！"

我说："我也想过了，我那一位也不应当就这样走去的。我问你，你那将军他是不是欢喜唱戏？他若欢喜唱戏，那一定是被人骗走了。由他们看来，自然是做一个名角也很值得冒一下险。"

王军官摇着头连说："绝对不会，绝对不会。"

我说："既不是去学戏，那真是古怪事情。我们应当赶即写几个航空信到各方面去，南京办事处，汉口办事处，长沙，宜昌，一定只有这几个地方可跑，我们一定可以访得出他们的消息。明天早上我们两人还可到车站上去看看，到轮船上去看看。"

"拉倒了罢，你不知道这些土匪的根基是这样的，你对他再好也无益处。不要理他们算了。这些小土匪，有许多天生是要在各种古怪境遇里长大成人的，有些鱼也是在逆水里浑水里才能长大。我们莫理他，还是好好睡觉罢。"

我这个老同学倒真是一个军人胸襟，这件事发生后，骂了一阵，说了一阵，到后不久依然就躺在沙发上呼呼睡着了。我是因为告他不能同谁共床，被他勒到一个人在床上睡的。想到这件事情的突然而至，而为我那个小兵估计到这事不幸的未来，又想到或者这小东西会为人谋杀或饿死，到无人知道的什么隐僻地方，心中轮转着辘轳，听着王军官的鼾声，响四点钟了我才稍稍的合了一下眼。

第二天八点，我们就到车站上去，到各个车上去寻找，看到两路快慢车的开去后，又赶忙走到黄浦江边，向每一只本日开行的轮船上去探询。我们又买了好几份报纸，以为或者可以得到一点线索，结果自然什么也没有得到。

当天晚上十一点钟，那个王军官一个人上车过南京去了，我还送他到车上去。开车后，我出了车站，一个人极其无聊，想走到北四川路一个跳舞场去看看，是不是还可以见到个把熟人。因为我这时回去，一定又睡不着。我实在不愿意到我那住处去，我想明天就要另外搬一个家。我心上这时难受得很，似乎一个男子失恋以后的情形，心中空虚，无所依傍。从老靶子路一个人慢慢儿走到北四川路口，站了一会，见一辆电车从北驶来，心中打算不如就搭个车回去，说不定到了家里，那个小兵还在打盹等候着我回来！可是车已上了，这一路车过海宁路口时，虹口大旅社的街灯光明烛照，引起了我的注意，我临时又觉得不如在这旅馆住一夜，就即刻跳下了车。到虹口大旅社我看了一间小小房间，茶房看见我是单身，以为我或者是来到这里需要一个暗娼作陪的，就来同我搭话，到后见我告他不要什么，只嘱咐他重新上一壶开水就用不着再来时，他看到我抑郁不欢，或许猜我是来此打算自杀的人。

我因为上一晚没有睡好，白天又各处奔走累了一天，当时倒下去就睡着了。

第二天大清早我回到住处，计划搬家的事，那个听差为我开门时，却告我小朋友已经回来了。我听到这个消息，心中说不分明的欢喜，一冲就到三楼房中去，没有见到他。又走过亭子间去，也仍然没有见到。又走到浴间去找寻，也没有人。那个听差跟在我身后上来，预备为我升炉子，他也好象十分诧异，说："又走了吗？"

我还以为他或因为害羞躲在床下，还向床下看过一次。我急急促促的问他："这是怎么回事，他什么时候到这儿来？"

听差说："昨天晚上来的，我还以为他在这里睡。"

我说："他没说什么话吗？"

听差说："他问我你是什么时候出去的。"

"没说别的了吗？"

"他说他饿了，饭还不曾吃，到后吃了一点东西，还是我为他买的。"

"一个人吗？"

"一个人。"

"样子有什么不同吗？"

听差好象不明白我问他这句话的意义，就笑着说："同平常一样长得好看，东家都说他象一个大少爷。"

我心里乱极了，把听差哄出房门，匐的把门一关，就用手抱着头倒在床上睡了。这事情越来越使我觉得奇怪，我为这迷离不可摸捉的问题，把思想弄成纷乱一团。我真想哭了。

我真想殴打我自己，我又来深深的悔恨自己，为什么昨天晚上没有回来！我又悔恨昨天我们为了找寻这小兵，各处都到过了，为什么不回到自己住处来看看！

使我十分奇怪的，是这小东西为什么拿了衣服逃走又居然回来？若说不是逃走，那这时又到哪里去了呢？难道是这时又跑到大中华去找我们，等一会儿还回来吗？难道是见我不回来，所以又逃走了吗？难道是被那个"将军"所骗，所以逃回来，这时又被逼到逃走了吗？

事情使我极其糊涂，我忽然想到他第二次回来一定有一种隐衷，一定很愿意见见我，所以等着我，到后大约是因为我不回来，这小兵心里害怕，所以又走去了。我想到各处找寻一下，看看是不是留得有什么信件，以及别的线索，把我房中各处皆找到了，全没有发现什么。到后又到他所住的房里去，把他那些书本通通看过，把他房中一切都搜索到了，还是找不出一点证据。

因为昨天我以为这小兵逃走，一定是同王军官那个勤务兵在一处，故找寻时绝不疑心他到我那几个熟人方面去。此时想起他只是一个人回来，我心里又活动了一点，以为或者是他见我不回来，所以大清早走到我那些朋友处找我去了。我不能留在住处等候他，所以就留下了一个字条，并且嘱咐楼下听差，倘若是小兵回来时，叫他莫再出去，我不久就会回来的。我于是从第一个朋友家找到第二个朋友家，每到一处当我说到他失踪时，他们都以为我是在说笑话，又见到我匆匆忙忙的问了就走，相信这是一个事实时，就又拦阻了我，必得我把情形说明，才许我脱身。我见到各处都没有他的消息，又见到朋友们对这事的关心，还没有各处走到，已就心灰意懒明白找寻也是空事了。先前一点点希望，看看又完全失败，走到教小兵数学的教授家去，他的太太还正预备给小朋友一枝自来水笔，要××教授今天下半天送到我住处去，我告他小兵已逃走了，这两夫妇当时惊诧失望的神气，我真永远忘不了。

各处绝望后，我回家时还想或者他会在火炉边等我，或者他会睡在我的床上，见我回来时就醒了。听差为我开门的样子，我就知道最后的希望也完了。我慢慢的走到楼上去，身体非常疲倦，也懒得要听差烧火，就想去睡睡，把被拉开，一个信封掉出来了。我象得到了救命的绳子一样，抓着那个信封，把它用力撕去一角，上面只写着这样一点点话："二先生，我让这个信给你回来睡觉时见到。我同三多惹了祸，打死了一个人，三多被人打死在自来水管上。我走了。你莫管我，请你暂时莫同参谋说。你保佑我罢。"

为了我想明白这将军究竟因什么事被人打死在自来水管子上，自来水管又在什么地方，被他们打死的另外一个又是什么人，因此那一个冬天，我成天注意到那些本埠新闻的死亡消息，凡是什么地方发现了一个无名尸首时，我总远远的跑去打听。但是还仍然毫无结果。只有一次听到一个巡警被人打死的消息，算起日子来又完全不对。我还花了些钱，登过一个启事，告诉那个小兵说，不愿意回来，也可以回湖南去，我想来这启事是不是看得到，还不可知，若见到了，他或者还是不会回湖南去的。

这就是我常常同那些不大相熟爱讲故事的人说笑话时，说我有一个故事，真象一个传奇，却不愿意写出这原因！有些人传说我有一个稀奇的恋爱，也就是指这件事而言的。有了这件事以后，我就再也不同我的六弟通信讨论问题了。我真是一个什么小事都不能理解的人，对于性格分析认识，由于你们好意夸奖我的，我都不愿意接受。因为我连一个十三四岁的小孩子，还为他那外表所迷惑，不能瞭解，怎么还好说懂这样那样。至于一个野蛮的灵魂，装在一个美丽盒子里，在我故乡是不是一件常有的事情，我还不大知道；我所知道的，是那些山同水，使地方草木虫蛇皆非常厉害。我的性格算是最无用的一种型，可是同你们大都市里长大的读书人比较起来，你们已经就觉得我太粗糙了。

一九三一年五月十五日完成

三　三

　　杨家碾坊在堡子外一里路的山嘴路旁。堡子位置在山弯里，溪水沿到山脚流过去，平平的流到山嘴折弯处忽然转急，因此很早就有人利用到它，在急流处筑了一座石头碾坊，这碾坊，不知从什么时候起，就叫杨家碾坊了。

　　从碾坊往上看，看到堡子里比屋连墙，嘉树成荫，正是十分兴旺的样子。往下看，夹溪有无数山田，如堆积蒸糕，因此种田人借用水力，用大竹扎了无数水车，用椿木做成横轴同撑柱，圆圆的如一面锣，大小不等竖立在水边。这一群水车，就同一群游手好闲的人一样，成日成夜不知疲倦的咿咿呀呀唱着意义含糊的歌。

　　一个堡子里只有这样一座碾坊，所以凡是堡子里碾米的事都归这碾坊包办，成天有人轮流挑了仓谷来，把谷子倒到石槽里去后，抽去水闸的板，枧槽里水冲动了下面的暗轮，石磨盘带着动情的声音，即刻就转动起来了。于是主人一面谈着一件事情，一面清理到簸箩筛子，到后头上包了一块白布，拿着个长把的扫帚，追逐着磨盘，跟着打圈儿，扫除溢出槽外的谷米，再到后，谷子便成白米了。

到米碾好了，筛好了，把米糠挑走以后，主人全身是灰，常常如同一个滚到豆粉里的汤圆。然而这生活，是明明白白比堡子里许多人生活还从容，而为一堡子中人所羡慕的。

凡是到杨家碾坊碾过谷子的，都知道杨家三三。妈妈十年前嫁给守碾坊的杨，三三五岁，爸爸就丢下碾坊同母女，什么话也不说死去了。爸爸死去后，母亲作了碾坊的主人，三三还是活在碾坊里，吃米饭同青菜小鱼鸡蛋过日子，生活毫无什么不同处。三三先是望到爸爸成天全身是糠灰，到后爸爸不见了，妈妈又成天全身是糠灰，……于是三三在哭里笑里慢慢的长大了。

妈妈随着碾槽转，提着小小油瓶，为碾盘的木轴铁心上油，或者很兴奋的坐在屋角拉动架上的筛子时，三三总很安静的自己坐在另一角玩。热天坐到有风凉处吹风，用包谷秆子作小笼，冬天则伴同猫儿蹲到火桶里，剥灰煨栗子吃。或者有时候从碾米人手上得到一个芦管作成的唢呐，就学着打大傩的法师神气，屋前屋后吹着，半天还玩不厌倦。

这磨坊外屋上墙上爬满了青藤，绕屋全是葵花同枣树，疏疏的树林里，常常有三三葱绿衣裳的飘忽。因为一个人在屋里玩厌了，就出来坐在废石槽上洒米头子给鸡吃。在这时，什么鸡欺侮了另一只鸡，三三就得赶逐那横蛮无理的鸡，直等到妈妈在屋后听到鸡声代为讨情时才止。

这磨坊上游有一潭，四面有大树覆荫，六月里阳光照不到水面。碾坊主人在这潭中养得有几只白鸭子，水里的鱼也比上下溪里多。照一切习惯，凡靠自己屋前的水，也算是自己财产的一份。水坝既然全为了碾坊而筑成的，一乡公约不许毒鱼下网，所以这小溪里鱼极多。遇到有不甚面熟的人来钓鱼，看到潭边幽静，想蹲一会儿，三三见到了时，总向人说："不行，这鱼是我家潭里养的，你到下面去钓罢。"人若顽皮一点，听到这个话等于不听到，仍然拿着长长的竿子，搁到水面上去安闲的吸着烟管，望到这小姑娘发笑，使三三急了，三三便喊叫她的妈，高声的说："娘，娘，你瞧，有人不讲规矩，钓我们的鱼，你来折断他的竿子，你快来！"娘自然是不会来干涉别人钓鱼的。

母亲就从没有照到女儿意思折断过谁的竿子，照例将说："三三，鱼多咧，让别人钓吧。鱼是会走路的，上面总爷家塘里的鱼，因为欢喜我们这里的水，都跑来了。"三三照例应当还记得夜间做梦，梦到大鱼从水里跃起来吃鸭子，听到这个话，也就没有什么可说了，只静静的看着，看这不讲规矩的人，究竟钓了多少鱼去。她心里记着数目，回头好告给妈妈。

有时因为鱼太大了一点，上了钓，拉得不合式，撇断了钓竿，三三可乐极了，仿佛娘不同自己一伙，鱼反而同自己是一伙了的神气，那时就应当轮到三三向钓鱼人咧着嘴发笑了。但三三却常常急忙跑回去，把这事告给母亲，母女两人同笑。

有时钓鱼的人是熟人，人家来钓鱼时，见到了三三，知道她的脾气，就照例不忘记问："三三，许我钓鱼吧。"三三便说："鱼是各处走动的，又不是我们养的，怎么不能钓。"

钓鱼的是熟人时，三三常常搬了小小木凳子，坐到旁边看鱼上钩，且告给这人，另一时谁个把钓竿撇断的故事。到后这熟人回到磨坊时，把所得的大鱼分一些给三三家。三三看着母亲用刀剖鱼，掏出白色的鱼脬来，就放到地下用脚去踹，发声如放一枚小爆仗，听来十分快乐。鱼洗好了，揉了些盐，三三就忙取麻线来把鱼穿好，挂到太阳下去晒。到有客时，这些干鱼同辣子炒在一个碗里待客，母亲如想到折钓竿的话，将说："这是三三的鱼。"三三就笑，心想着："怎么不是三三的鱼？潭里的鱼若不是我照管，早被看牛小孩捉完了。"

　　三三如一般小孩，换几回新衣，过几回节，看几回狮子龙灯，就长大了。熟人都说看到三三是在糠灰里长大的。一个堡子里的人，都愿意得到这糠灰里长大的女孩子作媳妇，因为人人都知道这媳妇的妆奁是一座石头作成的碾坊。照规矩，十五岁的三三，要招郎上门也应当是时候了。但妈妈有了一点私心，记得一次签上的话语，不大相信媒人的话语，所以这磨坊还是只有母女二人，不曾有谁添入。

　　三三大了，还是同小孩子一样，一切得傍着妈妈。母女两人把饭吃过后，在流水里洗了脸，望到行将下沉的太阳，一个日子就打发走了。有时听到堡子里的锣鼓声音，或是什么人接亲，或是什么人做斋事，"娘，带我去看，"又象是命令又象是请求的说着，若无什么别的理由推辞时，娘总得答应同去。去一会儿，或停顿在什么人家喝一杯蜜茶，荷包里塞满了榛子胡桃，预备回家时，有月亮天什么也不用，就可以走回家。遇到夜色晦黑，燃了一把油柴！毕毕剥剥的响着爆着，什么也不必害怕。若到总爷家寨子里去玩时，总爷家还有长工打了灯笼送客，一直送到碾坊外边。只有这类事是顶有趣味的事。在雨里打灯笼走夜路，三三不能常常得到这机会，却常常梦到一人那么拿着小小红纸灯笼，在溪旁走着，好象只有鱼知道这会事。

　　当真说来，三三的事，鱼知道的比母亲应当还多一点，也是当然的。三三在母亲身旁，说的是母亲全听得懂的话，那些凡是母亲不明白的，差不多都在溪边说的。溪边除了鸭子就只有那些水里的鱼，鸭子成天自己哈哈哈的叫个不休，哪里还有耳朵听别人说话！

　　这个夏天，母女两人一吃了晚饭，不到黄昏，总常常过堡子里一个人家去，陪一个将远嫁的姑娘谈天，听一个从小寨来的人唱歌。有一天，照例又进堡子里去，却因为谈到绣花，使三三回碾坊来取样子，三三就一个人赶忙跑回碾坊来，快到屋边时，黄昏里望到溪边有两个人影子，有一个人到树下，拿着一枝竿子，好象要下钓的神气，三三心想这一定是来偷鱼的，照规矩喊着："不许钓鱼，这鱼是有主人的!"一面想走上前去看是什么人。

就听到一个人说："谁说溪里的鱼也有主人? 难道溪里活水也可养鱼吗?"

另一人又说："这是碾坊里小姑娘说着玩的。"

那先一个人就笑了。

旋即又听到第二个人说，"三三，三三，你来，你鱼都捉完了!"

三三听到人家取笑她，声音好象是熟人，心里十分不平!

就冲过去，预备看是谁在此撒野，以便回头告给母亲。走过去时，才知道那第二回说话的人是总爷家管事先生，另外同一个从没见过面的年青男人。那男人手里拿的原来只是一个拐杖，不是什么钓竿。那管事先生是一个堡子里知名人物，他认得三三，三三也认识他，所以当三三走近身时，就取笑说： "三三，怎么鱼是你家养的? 你家养了多少鱼呀!"

三三见是总爷家管事先生，什么话也不说了，只低下头笑。头虽低低的，却望到那个好象从城里来的人白裤白鞋，且听到那个男子说："女孩很聪明，很美，长得不坏。"管事的又说："这是我堡里美人。"两人这样说着，那男子就笑了。

到这时，她猜到男子是对她望着发笑! 三三心想："你笑我干吗?"又想："你城里人只怕狗，见了狗也害怕，还笑人，真亏你不羞。"她好象这句话已说出了口，为那人听到了，故打量跑去。管事先生知道她要害羞跑了，故说："三三，你别走，我们是来看你碾坊的。你娘呢。"

"娘不在。"

"到堡子里听小寨人唱歌去了，是不是？"

"是的。"

"你怎么不欢喜听那个？"

"你怎么知道我不欢喜？"

管事先生笑着说："因为看你一个人回来，还以为你是听厌了那歌，担心这潭里鱼被人偷尽，所以……"三三同管事先生说着，慢慢的把头抬起，望到那生人的脸目了，白白的脸好象在什么地方看到过，就估计莫非这人是唱戏的小生，忘了擦去脸上的粉，所以那么白……那男子见到三三不再怕人了，就问三三："这是你的家里吗？"

三三说："怎么不是我家里？"

因为这答话很有趣味，那男子就说：

"你住在这个山沟边，不怕大水把你冲去吗？"

"嗨，"三三抿着小小的美丽嘴唇，狠狠的望了这陌生男子一眼，心里想："狗来了，狗来了，你这人吓倒落到水里，水就会冲去你。"想着当真冲去的情形，一定很是好笑，就不理会这两个人，笑着跑去了。

从碾坊取了花样子回向堡子走去的三三，在潭边再上游一点，望到那两个白色影子还在前面，不高兴又同这管事先生打麻烦，于是故意跟到这两个人身后，慢慢的走着。听到两个人说到城里什么人什么事情，听到说开河，又听到说学务局要总爷办学校，因为这两人全都不知道有人在后面，所以自己觉得很有趣味。到后又听到管事先生提起碾坊，提起妈妈怎么人好，更极高兴。再到后，就听到那城里男人说："女孩子倒真俏皮，照你们乡下习惯，应当快放人了。”

那管事的先生笑着说：“少爷欢喜，要总爷做红叶，可以去说说。不过这磨坊是应当由姑爷管业的。”

三三轻轻的呸了一口，停顿了一下，把两个指头紧紧的塞了耳朵。但仍然听到那两人的笑声，想知道那个由城里来好象唱小生的人还说些什么，所以不久就仍然跟上前去。

那小生说些什么可听不明白，就只听那个管事先生一人说话，那管事先生说：“少爷做了磨坊主人，别的不说，成天可有新鲜鸡蛋吃，也是很值得的！”话一说完，两人又笑了。

三三这次可再不能跟上去了，就坐在溪边的石头上，脸上发着烧，十分生气。心里想：“你要我嫁你，我偏不嫁你！我家里的鸡纵成天下二十个蛋，我也不会给你一个蛋吃。”坐了一会，凉凉的风吹脸上，水声淙淙使她记忆起先一时估计中那男子为狗吓倒跌在溪里的情形，可又快乐了，就望到溪里水深处，一人自言自语说：“你怎么这样不中用！管事的救你，你可以喊他救你！”

到宋家时，宋家婶子正说起一件已经说了一会儿的事情，只听宋家妇人说：“……他们养病倒希奇，说是养病，日夜睡在廊下风里让风吹，……脸儿白得如闺女，见了人就笑，……谁说是总爷的亲戚，总爷见他那种恭敬样子，你还不见到。福音堂洋人还怕他，他要媳妇有多少！”

母亲就说：“那么他养什么病？”

“谁知道是什么病？横顺成天吃那些甜甜的药，什么事情不做在床上躺着。在城里是享福，到乡里也是享福。老庚说，害第三期的病，又说是痨病，说也说不清楚。谁清楚城里人那些病名字。依我想，城里人欢喜害病，所以病的名字特别多；我们不能因害病耽搁事情，所以除打摆子就只发烧肚泻，别的名字的病，也就从不到乡下来了。”

另外一个妇人因为生过瘰疬，不大悦服宋家妇人武断的话，就说："我不是城里人，可是也害城里人的病。"

"你舅妈是城里人！"

"舅妈管我什么事？"

"你文雅得象城里人，所以才生疬子！"

这样说着，大家全笑了起来。

母女两人回去时，在路上三三问母亲："谁是白白脸庞的人？"母亲就照先前一时听人说过的话，告给三三，堡子里总爷家中，如何来了一位城里的病人，样子如何美，性情如何怪。一个乡下人，对于城中人隔膜的程度，在那些描写里是分明易见的，自然说得十分好笑。在平常时节，三三对于母亲在叙述中所加的批评与稍稍过分的形容，总觉得母亲说得极其俨然，十分有味，这时不知如何却不大相信这话了。

走了一会，三三忽问：

"娘，娘，你见到那个城里白脸人没有呢？"

妈妈说："我怎么见到他？我这几天又不到总爷家里去。"

三三心想："你不见到怎么说了那么半天。"

三三知道妈妈不见到的，自己倒早见到了，便把这件事保守着秘密，却十分高兴，以为只有自己明白这件事情，此外凡是说到城里人的都不甚可靠。

两人到潭边，三三又问：

"娘，你见到总爷家管事先生没有？"

若是娘说没有见过，反问她一句，那么，三三就预备把先前遇到总爷家那两个人的一切，都说给妈妈听了。但母亲这时正想起别一个问题，完全不关心三三的话，所以三三把方才的事瞒着母亲，一个字不提。

第二天三三的母亲到堡子里去，在总爷家门前，碰到那个从城里来的白脸客人，同总爷的管事先生。那管事先生告她，说他们昨天曾到碾坊前散步，见到三三，又告给三三母亲说，这客人是从城里来养病的客人。到后就又告给那客人，说这个人就是碾坊的主人杨伯妈。那人说，真很同三小姐相象。那人又说三三长得很好，很聪敏，做母亲的真福气。说了一阵话，把这老妇人说快乐了，在心中展开了一个幻景，想起自己觉得有些近于糊涂的事情，忙匆匆的回到碾坊去，望到三三痴笑。

三三不知母亲为什么今天特别乐，就问母亲到了什么地方，遇到了谁。

母亲想，应当怎么说才好，想了许久才说："三三，昨天你见到谁？"

三三说："我见到谁？没有。"

娘就笑了，"三三你记记，晚上天黑时，你不看见两个人吗？"

三三以为是娘知道一切了，就忙说，"人是有两个的，一个是总爷家管事的先生，一个是生人……怎么？"

"不怎么。我告你，那个生人就是城里来的先生，今天我见到他们，他们说已经同你认识了，我们说了许多话。那少爷象个姑娘样子。"母亲说到这里时，想起一件事好笑。

三三以为妈妈是在笑她，偏过头去看土地上灶马，不理母亲。

母亲说："他们问我要鸡蛋，你下半天送二十个去，好不好？"

三三听到说鸡蛋，打量昨天两个男人说的笑话都为母亲知道了，心里很不高兴，说道：　"谁去送他们鸡蛋，娘，娘，我说……他们是坏人！"

母亲奇怪极了，问："怎么是坏人？什么地方坏？"

三三红了脸不愿答应，母亲说：

"三三，你说什么事？"

迟了许久，三三才说："他们背地里要找总爷做媒，把我嫁给那个白脸人。"

母亲听到这天真话什么也不说，笑了好一阵。到后看到三三要跑了，才拉着三三说："小报应，管事先生他们说笑话，这也生气吗？谁敢欺侮你？……"说到后来三三也被说笑了。

她到后来就告给娘城里人如何怕狗的话，母亲听到不作声，好久以后，才说："三三，你真是还象小丫头，什么也不懂。"

第二天，妈妈要三三送鸡子到砦子里去，三三不说什么，只摇头。妈妈既然答应了人家，就只好亲自送去。母亲走后，三三一个人在碾坊里玩，玩厌了又到潭边去看白鸭，看了一会鸭子，等候母亲还不回来，心想莫非管事先生同妈妈吵了架，或者天热到路上发了痧？……心里老不自在，回到碾坊里去。

但是过了一会，母亲可仍然回来了。回到碾坊一脸的笑，跨着脚如一个男子神气，坐到小凳上，告给三三如何见到那先生，那先生如何要她坐到那个用粗布做成的软椅子上去，摇着荡着象一个摇篮。又说到城里人说的三三为何不念书，城里女人全念书。又说到……三三正因为等了母亲半天，十分不高兴，如今听到母亲说到的话，莫名其妙，不愿意再听，所以不让母亲说完就走了。走到外边站到溪岸旁，望着清清的溪水，记起从前有人告诉她的话，说这水流下去，一直从山里流一百里，就流到城里了。她这时忖想……什么时候我一定也不让谁知道，就要流到城里去，一到城里就不回来了。但若果当真要流去时，她愿意那碾坊，那些鱼，那些鸭子，以及那一匹花猫，同她在一处流去。同时还有，她很想母亲永远和她在一处，她才能够安安静静的睡觉。

母亲看不见到三三，站在碾坊门前喊着："三三，三三，天气热，你脸上晒出油了，不要远走，快回来!"

三三一面走回来，一面就自己轻轻的说："三三不回来了!"

下午天气较热，倦人极了，躺到屋角竹凉床上的三三，耳中听着远处水车陆续的懒懒的声音，眯着眼睛望到母亲头上的髻子，仿佛一个瘦人的脸，越看越活，朦朦胧胧便睡着了。

她还似乎看到母亲包了白帕子，拿着扫帚追赶碾盘，绕屋打着圈儿，就听到有人在外面说话，提到她的名字。

只听到说："三三到什么地方去了，怎么不出来?"

她奇怪这声音很熟，又想不起是谁的声音，赶忙走出去，站在门边打望，才望到原来又是那个白脸的人，规规矩矩坐在那儿钓鱼。过细看了一下，却看到那个钓竿，是总爷家管事先生的烟杆，一头还冒烟。

拿一根烟杆钓鱼，倒是极新鲜的事情，但身旁似乎又已经得到了许多鱼，所以三三非常奇怪。正想去告母亲，忽然管事先生也从那边来了。

好象又是那一天的那种情景，天上全是红霞，妈妈不在家，自己回来原是忘了把鸡关到笼子里，因此赶忙跑回来捉鸡的。如今碰到这两个人，管事先生同那白脸城里人，都站在那石墩子上，轻轻的在商量一件事情。这两人声音很轻，三三却听得出，是一件关于不利于己的行为。因为听到说这些话，又不能嗾人走开，又不能自己走开，三三就非常着急，觉得自己的脸上也象天上的霞一样。

那个管事先生装作正经人样子说："我们是来买鸡蛋的，要多少钱把多少钱。"

那个城里人，也象唱戏小生那么把手一扬，就说，"你说错了，要多少金子把多少金子。"

三三因为人家用金子恐吓她，所以说，"可是我不卖给你，不想你的钱，你搬你家大块金子来，到场上去买老鸦蛋吧。"

管事先生于是又说："你不卖行吗，你舍不得鸡蛋为我做人情，你想想，妈妈以后写庚帖，还少得了管事先生吗?"

那城里人于是又说："向小气的人要什么鸡蛋，不如算了吧。"

三三生气似的大声说："就算我小气也行。我把鸡蛋喂虾米，也不卖给人！我们不羡慕别人的金子宝贝。你同别人去说金子，恐吓别人吧。"

可是两个人还不走，三三心里就有点着急，很愿意来一只狗向两个人扑去。正那么打量着，忽然从家里就扑出来一条大狗，全身是白色，大声汪汪的吠着，从自己身边冲过去，即刻这两个恶人就落到水里去了。

于是溪里的水起了许多水花，起了许多大泡，管事先生露出一个光光的头在水面，那城里人则长长的头发，缠在贴近水面的柳树根上，情景十分有趣。

可是一会儿水面什么也没有了，原来那两个人在水里摸了许多鱼，全拿走了。

三三想去告给妈妈，一滑就跌下了。

刚才的事原来是做一个梦。母亲似乎是在灶房煮午饭，因为听到三三梦里说话，才赶出来的。见三三醒了，摇着她问，"三三，三三，你同谁吵闹。"

三三定了一会儿神，望妈妈笑着，什么也不说。

妈妈说："起来看看，我今天为你焖芋头吃。你去照照镜子，脸睡得一片红！"虽然照到母亲说的，去照了镜子，还是一句话不说。人虽早清醒，还记得梦里一切的情景，到后来又想起母亲说的同谁吵闹的话，才反去问母亲，究竟听到吵闹些什么话。妈妈自然是不注意这些的，所以说听不分明，三三也就不再问什么了。

直到吃饭时，妈妈还说到脸上睡得发红，所以三三就告给老人家先前做了些什么梦，母亲听来笑了半天。

第二次送鸡蛋去时，三三也去了。那时是下午。吃过饭后，两人进了总爷家的大院子。在东边偏院里，看到城里来的那个客，正躺在廊下藤椅上，望到天上飞的鸽子。管事的不在家，三三认得那个男子，不大好意思上前去，就让母亲过去，自己站在月门边等候。母亲上前去时节，三三又为出主意，要妈妈站在门边大声说，"送鸡蛋来的了，"好让他知道。母亲自然什么都照到三三主意作去，三三听到母亲说这句话，说到第三次，才引起那个白白脸庞的城里人注意，自己就又急又笑。

三三这时是站在月门外边的。从门罅里向里面窥看，只见到那白脸人站起身来，又坐下去，正象梦里那种样子。同时就听到这个人同母亲说话，说到天气和别的事情，妈妈一面说话一面尽掉过头来，望到三三所在的一边。白脸人以为她就要走去了，便说："老太太，你坐坐，我同你说话很好。"

妈妈于是坐下了，可是同时那白脸城里人也注意到那一面门边有一个人等候了，"谁在那里，是不是你的小姑娘?"

看到情形不好，三三就想跑。可是一回头，却望到管事先生站在身后，不知已站了多久。打量逃走自然是难办到的，到后就被管事先生拉着袖子，牵进小院子来了。

听到那个人请自己坐下，听到那个人同母亲说那天在溪边见到自己的情形，三三眼望到另一边，傍到母亲身旁，一句话不说，巴不得即刻离开，可是想不出怎样就可以离开。

坐了一会儿，出来了一个穿白袍戴白帽装扮古怪的女人。

三三先还以为是男子，不敢细细的望。到后听到这女人说话，且看她站到城里人身旁，用一根小小管子塞到那白脸男子口里去，又抓了男子的手捏着，捏了好一会，拿一枝好象笔的东西，在一张纸上写了些什么记号。那先生问"多少豆，"就听到回答说："同昨天一样。"且因为另外一句话听到这个人笑，才晓得那是一个女人。这时似乎妈妈那一方面，也刚刚才明白这是一个女人，且听到说"多少豆"，以为奇怪，所以两人望望，都抿着嘴笑了起来。

看到这母女生疏的情形，那白袍子女人也觉得好笑，就不即走开。

那白脸城里人说，"周小姐，你到这地方来一个朋友也没有，就同这个小姑娘做个朋友吧。她家有个好碾坊，在那边溪头，有一个动人的水车，前面一点还有一个好堰坝，你同她做朋友，就可到那儿去玩，还可以钓些鱼回来。你同她去那边林子里玩玩吧，要这小姑娘告你那些花名草名。"

这周小姐就笑着过来，拖了三三的手，想带她走去。三三想不走，望到母亲，母亲却做样子努嘴要她去，不能不走。

可是到了那一边，两人即刻就熟了。那看护把关于乡下的一切，这样那样问了她许多，她一面答着，一面想问那女人一些事情，却找不出一句可问的话，只很稀奇的望到那一顶白帽子发笑。觉得好奇怪，怎么顶在头上不怕掉下来。

过后听到母亲在那边喊自己的名字，三三也不知道还应当同看护告别，还应当说些什么话，只说妈妈喊我回去，我要走了，就一个人忙忙的跑回母亲身边，同母亲走了。

母女两人回到路上走过了一个竹林，竹林里正当到晚霞的返照，满竹林是金色的光。三三把一个空篮子戴在头上，扮作钓鱼翁的样子，同时想起总爷家养病服侍病人那个戴白帽子的女人，就和妈妈说："娘，你看那个女人好不好？"

母亲说，"哪一个女人？"

三三好象以为这答复是母亲故意装作不明白的样子，因此稍稍有点不高兴，向前走去。

妈妈在后面说，"三三，你说谁？"

三三就说："我说谁，我问你先前那个女子，你还问我！"

"我怎么知道你是说谁？你说那姑娘，脸庞红红白白的，是说她吗？"

三三才停着了脚，等着她的妈。且想起自己无道理处，悄悄的笑了。母亲赶上了三三，推着她的背，"三三，那姑娘长得好体面，你说是不是？"

三三本来就觉得这人长得体面，听到妈妈先说，所以就故意说，"体面什么？人高得象一条菜瓜，也是体面！"

"人家是读过书来的，你不看她会写字吗？"

"娘，那你明天要她拜你做干娘吧。她读过书，娘近来只欢喜读书的。"

"嗨，你瞧你！我说读书好，你就生气。可是……你难道不欢喜读书的吗？"

"男人读书还好，女人读书讨厌咧。"

"你以为她讨厌，那我们以后讨厌她得了。"

"不，干吗说'讨厌她得了？'你并不讨厌她！"

"那你一人讨厌她好了。"

"我也不讨厌她！"

"那是谁该讨厌她？三三，你说。"

"我说，谁也不该讨厌她。"

母亲想着这个话就笑，三三想着也笑了。

三三于是又匆匆的向前走去，因为黄昏太美，三三不久又停顿在前面枫树下了，还要母亲也陪她坐一会，送那片云过去再走。母亲自然不会不答应的。两人坐在那石条上了，三三把头上的篮儿取下后，用手整理头发。就又想起那个男人一样短短头发的女人。母亲说："三三，你用围裙揩揩脸，脸上出汗了。"三三好象不听到妈妈的话，眺望到另一方，她心中出奇，为什么有许多人的脸，白得象茶花。她不知不觉又把这个话同母亲说到了，母亲就说，这就是他们称呼为城里人的理由，不必擦粉脸也总是很白的。

三三说："那不好看，"母亲也说"那自然不好看。"三三又说："宋家的黑子姑娘才真不好看。"母亲因为到底不明白三三意思所在，拿不稳风向，所以再不敢攘言，就只貌作留神的听着，让三三自己去作结论。

三三的结论就只是故意不同母亲意见一致，可是母亲若不说话时，自己就不须结论，也闭了口，不再作声了。

是另外一天，有人从大寨里挑谷子来碾坊的，挑谷子的男人走后，留下一个女人在旁边照料到一切。这女人具一种欢喜说话的性格，且不久才从六十里外一个寨上吃喜酒回来，有一肚子的故事，许多乡村消息，得和一个人说说才舒服，所以就拿来与碾坊母女两人说。母亲因为自己有一个女儿，有些好奇的理由，专欢喜问人家到什么地方吃喜酒，看到些什么体面姑娘，看到些什么好嫁妆。她还明白，照例三三也愿意听这些故事，所以就向那个人，问了这样又问那样，要那人一五一十说出来。

三三却静静的坐在一旁，用耳朵听着，一句话不说。有时说的话那女人以为不是女孩子应当听的，声音较低时，三三就装作毫不注意的神气，用绳子结连环玩，实际上仍然听得清清楚楚。因为听到那些怪话，三三忍不住要笑了，却别过头去悄悄的笑，不让那个长舌妇人注意到。

到后那两个老太太，自然而然就说到总爷家中的来客，且说到那个白袍白帽的女人了。那妇人说：她听人说，这白帽白袍女人，是用钱雇来的，雇来照料那个先生，好几两银子一天。但她却又以为这话不十分可靠，她以为这人一定就是城里人的少奶奶，或者小姨太太。

三三的妈妈意见却同那人的恰恰相反，她以为那白袍女人，决不是少奶奶。

那妇人就说，"你怎么知道不是少奶奶？"

三三的妈说，"怎么会是少奶奶。"

那人说："你告我些道理。"

三三的妈说，"自然有道理，可是我说不出。"

那人说："你又不看见，你怎么会知道。"

三三的妈说，"我怎么不看见？……"

两人争着不能解决，又都不能把理由说得完全一点，尤其是三三的母亲，又忘记说是听到过那一位喊叫过周小姐的话，来用作证据。三三却记到许多话，只是不高兴同那个妇人去说，所以三三就用别种的方法打乱了两人不能说清楚的问题。三三说，"娘，莫争这些事情，帮我洗头吧，我去热水。"

到后那妇人把米碾完挑走了。把水热好了的三三，坐在小凳上一面解散头发，一面带着抱怨神气向她娘说："娘，你真奇怪，欢喜同老婆子说空话。"

"我说了些什么空话？"

"人家媳妇不媳妇，管你什么事！"

……

母亲想起什么事来了，抿着口痴了半天，轻轻的叹了一口气。

过几天，那个白帽白袍的女人，却同总爷家一个小女孩子到碾坊来玩了。玩了大半天，说了许多话。妈妈因为第一次有这么一个稀客，所以走出走进，只想杀一只肥母鸡留客吃饭，但又不敢开口，所以十分为难。

三三则把客人带到溪下游一点有水车的地方去，玩了好一阵，在水边摘了许多金针花，回来时又取了钓竿，搬了凳子，到溪边去陪白帽子女人钓鱼。

溪里的鱼好象也知道凑趣，那女人一根钓竿，一会儿就得了四条大鲫鱼，使她十分欢喜。到后应当回去了，女人不肯拿鱼回去，母亲可不答应，一定要她拿去。并且听白帽子女人说南瓜子好吃，就又为取了一口袋的生瓜子，要同来的那个小女孩代为拿着。

　　再过几天，那白脸人同总爷家管事先生，也来钓了一次鱼，又拿了许多礼物回去。

　　再过几天那病人却同女人在一块儿来了，来时送了一些用瓶子装的糖，还送了些别的东西，使主人不知如何措置手脚。因为不敢留这两个尊贵人吃饭，所以到两人临走时，三三母亲还捉了两只活鸡，一定要他们带回去。两人都说留到这里生蛋，用不着捉去，还不行，到后说等下一次来再杀鸡，那两只鸡才被开释放下了。

　　自从这两个客人到来后，碾坊里有点不同过去的样子，母女两人说话，提到"城里"的事情就渐渐多了。城里是什么样子，城里有些什么好处，两人本来全不知道。两人只从那个白脸男子、白袍女人的神气，以及平常从乡下人听来的种种，作为想象的根据，摹拟到城里的一切景况，都以为城里是那么一种样子：一座极大的用石头垒就的城，这城里就有许多好房子。每一栋好房子里面住了一个老爷同一群少爷；每一个人家都有许多成天穿了花绸衣服的女人，装扮得同新娘子一样，坐在家里，什么事也不必作。每一个人家，屋子里一定还有许多跟班同丫头，跟班的坐在大门前接客人的名片，丫头便为老爷剥莲心去燕窝毛。城里一定有很多条大街，街上全是车马。城里有洋人，脚干直直的，就在这类大街上走来走去。城里还有大衙门，许多官如包龙图一样，威风凛凛，一天审案到夜，夜了还得点了灯审案。城里还有好些铺子，卖的是各样稀奇古怪的东西。城里一定还有许多大庙小庙，庙里成天有人唱戏，成天也有人看戏。看戏的全是坐在一条板凳上，一面看戏一面剥黑瓜子。坏女人想勾引人就向人打瞟瞟眼。城门口有好些屠户，都长得胖敦敦的。城门口还有个王铁嘴，专门为人算命打卦。

　　这些情形自然都是实在的。这想象中的都市，象一个故事一样动人，保留在母女两人心上，却永远不使两人痛苦。他们在自己习惯生活中得到幸福，却又从幻想中得到快乐，所以若说过去的生活是很好的，那到后来可说是更好了。

但是，从另外一些记忆上，三三的妈妈却另外还想起了一些事情，因此有好几回同三三说话到城里时，却忽然又住了口不说下去。三三问到这是什么意思，母亲就笑着，仿佛意思就只是想笑一会儿，什么别的意思也没有。

三三可看得出母亲笑中有原因，但总没有方法知道这另外原因究竟是什么。或者是妈妈预备要搬到城里，或者是作梦到过城里，或者是因为三三长大了，背影子已象一个新娘子了，妈妈惊讶着，这些躲在老人家心上一角儿的事可多着呐。三三自己也常常发笑，且不让母亲知道那个理由。每次到溪边玩，听母亲喊"三三你回来吧"，三三一面走一面总轻轻的说："三三不回来了，三三永不回来了。"为什么说不回来，不回来又到些什么地方来落脚，三三并不曾认真打量过。

有时候两人都说到前一晚上梦中到过的城里，看到大衙门大庙的情形，三三总以为母亲到的是一个城里，她自己所到又是一个城里。城里自然有许多，同寨子差不多一样，这个是三三早就想到了的。三三所到的城里，一定比母亲那个还远一点，因为母亲凡是梦到城里时，总以为同总爷家那堡子差不多，只不过大了一点，却并不很大。三三因为听到那白帽子女人说过，一个城里看护至少就有两百，所以她梦到的，就是两百个白帽子女人的城里！

妈妈每次进寨子送鸡蛋去，总说他们问三三，要三三去玩，三三却怪母亲不为她梳头。但有时头上辫子很好，却又说应当换干净衣服才去。一切都好了，三三却常常临时又忽然不愿意去了。母亲自然是不强着三三的。但有几次母亲有点不高兴了，三三先说不去，到后又去；去到那里，两人是都很快乐的。

人虽不去大寨，等待妈妈回来时，三三总很愿意听听说到那一面的事情。母亲一面说，一面望到三三的眼睛，这老人家懂得到三三心事。她自己以为十分懂得三三，所以有时话说得也稍多了一点，譬如关于白帽子的女人，如何照料白脸的男子那一类事，母亲说时总十分温柔，同时看三三的眼睛，也照样十分温柔，于是，这母亲，忽然又想到了远远的什么一件事，不再说下去；三三也想到了另外一件事，不必妈妈说话了，这母女就沉默了。

砦子里人有次又过碾坊来了，来时三三已出到外边往下溪水车边采金针花去了。三三回碾坊时，望到母亲同那个管事先生商量什么似的在那里谈话，管事一见到三三，就笑着什么也不说。三三望望母亲的脸，从母亲脸上颜色，她看出象有些什么事，很有点蹊跷。

那管事先生见到三三就说："三三，我问你，怎么不到堡子里去玩，有人等你！"

三三望到自己手上那一把黄花，头也不抬说，"谁也不等我。"

管事先生说："你的朋友等你。"

"没有人是我的朋友。"

"一定有人！想想看，有一个人！"

"你说有就有吧。"

"你今年几岁，是不是属龙的？"

三三对这个谈话觉得有点古怪，就对妈妈看着，不即作答。

管事先生却说："你不说我也知道，你妈妈还刚刚告我，四月十七，你看对不对？"

三三心想，四月十七，五月十八你都管不着，我又不希罕你为我拜寿。但因为听说是妈妈告的，三三就奇怪，为什么母亲同别人谈这些话。她就对母亲把小小嘴唇扁了一下，怪着她不该同人说到这些，本来折的花应送给母亲，也不高兴了，就把花放在休息着的碾盘旁，跑出到溪边，拾石子打飘飘梭去了。

不到一会儿，听到母亲送那管事先生出来了，三三赶忙用背对到大路，装着望到溪对岸那一边牛打架的样子，好让管事先生走去。管事先生见三三在水边，却停顿到路上，喊三姑娘，喊了好几声，三三还故意不理会，又才听到那管事先生笑着走了。

管事先生走后，母亲说："三三，进屋里来，我同你说话。"

三三还是装作不听到，并不回头，也不作答。因为她似乎听到那个管事先生，临走时还说，"三三你还得请我喝酒，"这喝酒意思，她是懂得到的，所以不知为什么，今天却十分不高兴这个人。同时因为这个人同母亲一定还说了许多话，所以这时对母亲也似乎不高兴了。

到了晚上，母亲因为见到三三不说话，与平时完全不同了，母亲说："三三，怎么，是不是生谁的气？"

三三口上轻轻的说："没有，"心里却想哭一会儿。

过两天，三三又似乎仍然同母亲讲和了，把一切事都忘掉了，可是再也不提到大寨里去玩，再也不提醒母亲送鸡蛋给人了。同时母亲那一面，似乎也因为了一件事情，不大同三三提到城里的什么，不说是应当送鸡蛋到大寨去了。

日子慢慢的过着，许多人家田堤的新稻，为了好的日头同恰当的雨水，长出的禾穗皆垂了头。有些人家的新谷已上了仓，有些人家摘着早熟的禾线，舂出新米各处送人尝新了。

因为寨子里那家嫁女的好日子快到了，搭了信来接母女两人过去陪新娘子。母亲正新为三三缝了一件葱绿布围裙要三三去住两天。三三没有什么理由可以说不去，所以母女二人就带了些礼物到寨子里来了。到了那个嫁女的家里，因为一乡的风气，在女人未出阁以前，有展览妆奁的习惯，一寨子的女人都可来看，就见到了那个白帽子的女人。她因为在乡下除了照料病人就无什么事情可作，所以一个月来在乡下就成天同乡下女人玩玩，如今随了别的女人来看嫁妆，所以就碰到了这母女两人。

一见面，这白帽子女人就用城里人的规矩，怪三三母亲，问为什么多久不到总爷家里来看他们；又问三三为什么忘了她。这母女两人自然什么也不好说，只按照到一个乡下人的方法，望到略显得黄瘦了的白帽子女人笑着。后来这白帽子的女人，就告给三三妈妈，说病人的病还不什么好，城里医生来了一次，以为秋天还要换换地方，预备八月里就回城去，再要到一个顶远的有海的地方养急。因为不久就要走了，所以她自己同病人，都很想母女两人，同那个小小碾坊。

这白帽子女人又说：曾托过人带信要她们来玩的，不知为什么他们不来。又说她很想再来碾坊那小潭边钓鱼，可是因为天气热了一点，不好出门。

这白帽子女人，望到三三的新围裙，裙上还扣了朵小花，式样秀美，就说："三三，你这个围腰真美，妈妈自己作的是不是？"

三三却因为这女人一个月以来脸晒红多了，就望到这个人的红脸好笑，笑中包含了一种纯朴的友谊。

母亲说，"我们乡下人，要什么讲究东西，只要穿得上身就好了。"因为母亲的话不大实在，三三就轻轻的接下去说，"可是改了二次。"

那白帽子女人听到这个话，向母女笑着，"老太太你真有福气，做你女儿的也真有福气。"

"这算福气吗？我们乡下人哪里比得城里人好。"

因为有两个人正抬了一盒礼过去，三三追了过去想看看是什么时，白帽子女人望着三三的背影，"老太太，你三姑娘陪嫁的，一定比这家还多。"

母亲也望那一方说，"我们是穷人，姑娘嫁不出去的。"

这些话三三都听到，所以看完了那一抬礼，还不即过来。

说了一阵话，白帽子女人想邀母女两人进砦子里去看看病人。

母亲看到三三有点不高兴，同时且想起是空手，乡下人照例又不好意思空手进人家大门，所以就答应过两天再去。

又过了几天，母女二人在碾坊，因为谈到新娘子敷水粉的事情，想到白帽子女人的脸，一到乡下后就晒红了许多的情形，且想起那天曾答应人家的话了，所以妈妈问三三，什么时候高兴去寨子里看"城里人"。三三先是说不高兴，到后又想了一下，去也不什么要紧，就答应母亲不拘哪一天去都行。既然不拘什么时候，那么，自然第二天就可以去了。

因为记起那白帽子女人说的话，很想来碾坊玩，故三三要母亲早上同去，好就便邀客来，到了晚上再由三三送客回去。母亲却因为想到前次送那两只鸡，客人答应了下次来吃，所以还预备早早的回来，好杀鸡款客。

一早上，母女两人就提了一篮鸡蛋，向大砦走去。过桥，过竹林，过小小山坡，道旁露水还湿湿的，金铃子象敲钟一样，叮叮的从草里发出声音来，喜鹊喳喳的叫着从头上飞过去。母亲走在三三的后面，看到三三苗条如一根笋子，拿着棍儿一面走一面打道旁的草，记起从前总爷家管事先生问过她的话，不知道究竟是些什么意思。又想到几天以前，白帽子女人说及的话，就觉得这些从三三日益长大快要发生的事，不知还有许多。

她零零碎碎就记起一些属于别人的印象来了……一顶凤冠，用珠子穿好的，搁到谁的头上？二十抬贺礼，金锁金鱼，这是谁？……床上撒满了花，同百果莲子枣子，这是谁？……那三三是不是城里人？……若不是滑了一下，向前一窜，这梦还不知如何放肆做下去。

因为听到妈妈口上连作呸呸，三三才回过头来，"娘，你怎么，想些什么，差点儿把鸡蛋篮子也摔了。你想些什么？"

"我想我老了，不能进城去看世界了。"

"你难道欢喜城里吗？"

"你将来一定是要到城里去的！"

"怎么一定？我偏不上城里去！"

"那自然好极了。"

两人又走着，三三忽然又说："娘，娘，为什么你说我要到城里去？你怎么想起这件事？"

母亲忙分辩说，"你不去城里，我也不去城里。城里天生是为城里人预备的，我们有我们的碾坊，自然不会离开。"

不到一会儿，就望到大寨那门楼了，门前有许多大榆树和梧桐。两人进了寨门向南走，快要走到时，就望见榆树下面，有许多人站立，好象在看热闹，其中还有一些人，忙手忙脚的搬移一些东西，看情形好象是发生了什么事情，或者来了远客，或者还是别的原因。母女两人也不什么出奇，依然慢慢的走过去。三三一面走一面说："莫非是衙门的委员来了，娘，我在这里等你，你先过去看看吧。"妈妈随随便便答应着，心里觉得有点蹊跷，就把篮子放下要三三等着，自己赶上前去了。

这时恰巧有个妇人抱了自己孩子向北走，预备回家去，看到三三了，就问，"三三，怎么你这样早，有些什么事。"但同时却看到了三三篮里的鸡蛋了，"三三，你送谁的礼呢?"

三三说："随便带来的。"因为不想同这人说别的话，于是低下头去，用手盘弄那个盘云的绿围腰扣子。

那妇人又说，"你妈呢?"

三三还是低着头用手向南方指着，"过那边去了。"

那女人说，"那边死了人。"

"是谁死了?"

"就是上个月从城中搬来在总爷家养病的少爷，只说是病，前一些日子还常常出外面玩，谁知忽然就死了。"

三三听到这个，心里一跳，心想，难道是真话吗?

这时节，母亲从那边也知道消息了，匆匆忙忙的跑回来，心门冬冬跳着，脸儿白白的，到了三三跟前，什么话也不说，拉着三三就走，好象是告三三，又象是自言自语的说，"就死了，就死了，真不象会死!"

但三三却立定了，问，"娘，那白脸先生死了吗?"

"都说是死了的。"

"我们难道就回去吗?"

母亲想想，真的，难道就回去?

因此母女两人又商量了一下，还是到过去看看，好知道究竟是些什么原因。三三且想见见那白帽子女人，找到白帽子女人，一切就明白了。但一走进大门边，望见许多人站在那里，大门却敞敞的开着，两人又象怕人家知道他们是来送礼的，不敢进去。在那里就听到许多人说到这个白脸人的一切，说到那个白帽子女人，称呼她为病人的媳妇，又说到别的，都显然证明这些人并不和这两个城里人有什么熟识。

三三脸白白的拉着妈妈的衣角，低声的说"娘，走。"两人就走了。

到了磨坊，因为有人挑了谷子来在等着碾米，母亲提着蛋篮子进去了，三三站立溪边，望到一泓碧流，心里好象掉了什么东西，极力去记忆这失去的东西的名称，却数不出。

母亲想起三三了，在里面喊着三三的名字，三三说："娘，我在看虾米呢。"

"来把鸡蛋放到坛子里去，虾米在溪里可以成天看!"因为母亲那么说着，三三只好进去了。水闸门的闸板已提起，磨盘正开始在转动，母亲各处找寻油瓶，为碾盘轴木加油，三三知道那个油瓶挂在门背后，却不做声，尽母亲各处去找。三三望着那篮子，就蹲到地下去数着那篮里的鸡蛋，数了半天，到后碾米的人，问为什么那么早拿鸡蛋到别处去，送谁，三三好象不曾听到这个话，站起身来又跑出去了。

一九三一年八月五日至九月十七日作于青岛

医　生

　　在四川的 R 市的白医生，是一个有风趣的中年独身外省人，因为在一个市镇上为一些新旧市民看病，医术兼通中西内外各症，上午照规矩到市中心一个小福音医院治病，下午便夹了器械药品满街各处奔跑。天生成的好脾气，一切行为象在一种当然情形下为人服务，一个市镇上的人都知道，谁也不愿意放弃这个麻烦医生的权利，因此生意兴隆，收入却总不能超过一个平常医生。这好人三月来忽然失踪不见了，朋友们都十分着急，各处找寻得到一点消息。大江中恰在涨桃花水时节，许多人以为这人一定因为散步掉到江里去，为河伯雇去治病，再不会回到 R 市来了。医生虽说没有多少田地银钱，但十年来孤身作客，所得积蓄除了一些家什外，自然还有一笔小小产业。正当各处预备为这个人举行一个小小追悼会时节，因为处置这人的一点遗产，教会中人同地方绅士，发生了一些不同的意见，彼此各执一说，无从解决。一个为绅士说话常常攻击过当地教会的某通讯社，便造作一身无稽的谣言，说是医生落水并非事实，近来实在住到一个一百里外的地方养息自己的病。这消息且用着才子的笔调，讥评到当地的教会，与当地的贫民，以为医生的病是这两方面献给的酬劳。这其中自然还有一些为外人不能明白的黑幕，总不外处置医生身后产业的纠纷。这消息登出以后，教会即刻派人到所说的地方去找寻，结果自然很是失望，并没有找到医生。但各方面的人都很希望这消息不完全无因，所以追悼会便没有即刻举行。可是，正当绅士同教会为医生遗产事调解分派妥当那一天，许多人正在医生住处推举委员负责办理追悼会时，医生却悄悄的从门外进来了。

他非常奇怪有那么多的人在他房子里吃酒，好象是知道他今天会回来的一样，十分喜欢。嗅的喊了一声，他就奔向一个主席的座边去，抓着了那个为他开追悼会的主席的手只是乱摇，到后在大家的惊讶中，又一一同所有在座的人握手。

医生还是好好活着的，虽然瘦了一点，憔悴了一点，肮脏了一点，人仍然是那么精神。在座的人见到医生突如其来，大家都十分骇异，先一时各人在心上盘算到各人所能得到的好处，因此一来，完全失去了。大家都互相望到不好说话，以为医生已经知道了他们的事情。主席更见得着忙，把那个关于处置医生产业及追悼会的用费议案压到肘子下去，同所有在座诸人用眼睛打知会。医生却十分高兴，以为这样凑巧真是难得的事情。他猜想一定是做主席朋友接到了他的口信，因他只是打量托人带了一个口信来，他以为这口信送到了，算定他在今天回来，这些有义气重感情的朋友，大家才一同约在这里欢迎他的。他告诉在座熟人，今天真是有趣味的一天，应当各人尽醉才许回去。

那个主席，含含混混，顺到医生的意见，催用人把席面摆出。上了席，喝了三杯，各个客人见到医生的快乐脸孔，就都把自己心上应抱惭的事情渐渐忘记了。医生便说今天实在难得，当到大家正好把这十几天所经过的一段离奇故事，报告一下。他提议在这故事说出以前，各人应当再喝十大杯。于是众人遵命各尽其量再喝了些酒，没有一个人好意思推辞。吃了一阵，喝了一阵，大家敷衍了一顿空话，横顺各人心里明白，谁也不愿意先走，因为一走又恐怕留到这里的人说他的坏话。

吃够了，医生说："今天妙极了，我要说说我的故事给大家听。"本来大家都无心听这个故事，可是没有一个人口上不赞成。其时那个主席正被厨子请出到外边窗下去，悄悄的问询今天的酒席明天应当开谁的账，主席谎说这是公份，慢慢儿再说，很不高兴的走进去。医生因为平时同主席很熟，就说："仁兄，我同你说一个新《聊斋》的故事，明天请我吃一席酒，就请在座同人作陪，如何？"大家听到有酒吃，全拍手附和这件事，医生于是极其高兴的说他十天来所经过的那件事："我想同你们说，在最近的日子里，我遇到过一次意外事情，几几乎把这时在这里同我这些最好的朋友谈天的机会也永远得不到了。关于近十天来我的行踪，许多熟人多不知道，一定都很着急。你们不是各处都打听过，各处写过信去探问过，到后还是没有结果吗？不过，我今天可回来了，你们瞧瞧我手臂上这个记号，这个伤痕，就明白它可为我证明十几日前所经过的生活中，一定有了些不儿戏的冒险事情发生。我让这一处伤痕来说话，让我的脸来说话，（因为平常没有那么白，）假如它们是会说明一切过去的，那么，我猜想，这故事的重述，一定能够给你们一些趣味。它们如今是不会说话的，正象在沉默的等待我把那个离奇的经过说出给大家听听。我看你们的神气，就有人要说：'一个平常人所有的故事，不会是不平常的。'不要那么说！有许多事情全是平常人生活中所遭遇的，但那事情可并不平常。我为人是再平常没有了，一个医生，一个大夫，一个常常为你们用恶意来作笑嘲称呼的'催命鬼'。社会上同我一样过着日子的，谁能够计数得完全？社会上同我一样平庸一样不知本行事业以外什么的，谁能够计算得清楚？我们这种人，总而言之是很多很多的。我哪里能够知道明天的世界？我能明白我明天是不是还可以同你们谈天没有？你们之中谁能够明白回家去的路上，不会忽然被一个疯狗咬伤？总而言之，我们真是不行的。我们都预料不到明天的事。每一个人都有意外事情发生，每一个人都不能打算。事情来了，每一个人都只是把那张吃肉说谎的口张大，露出那种惊讶神气。

　　我凭这手臂上的伤痕，请你们相信我，这整十天来，曾做了整十天古怪的人物，稀奇的囚犯。我认识一个男子，还认识一个妇人，我同他们真是十分熟习，可是他们究竟认识我没有，那妇人她明白我是一个什么人，她那个眼睛，望到我，好象是认得我，可是，我不愿意再想起她，想起她时我心里真难受。我不是在你们面前来说大话，我是一个远方郎中，成天得这里跑跑那里望望的一个人，就是社会上应分活动不定的一个小点，就因为这身分，我同这个妇人住在一处，有十天守着这样一个妇人过日子，多稀奇的一件事！

　　我把话说得有点糊涂了，忘了怎么样就发生了这样事情。听我说罢，不要那么笑我！我不是说笑话，我要告诉你们我为什么同一个妇人住了十天的事，我并不把药方写错，我只把秩序稍稍弄乱而已。

　　我的失踪是三月十七，这个日子你们是知道的。那天的好天气你们一定还有人记得。这个春天来了时，花呀草呀使人看来好象不大舒服，尤其是太阳，晒到人背上真常常使人生气。我又不是能够躲到家里的人，我的职务这四月来派上了多少分差事，人家客客气气的站到我面前说：'先生，对不起，××又坏了，你来看看罢，对不起，对不起！'或者说：'我们的宝宝要先生给他药，同时我们为先生预备得有好酒。'……我这酒哪里能戒绝？天气是这样暖和，主人又是这样殷勤，莫说是酒，就是一杯醋我也得喝下肚去。就因为那天在上东门余家，喝了那么一杯，同那老太太谈了半天故事，我觉得有点醉意，忽然想起一些做小孩子的事情，我不愿意回转到我的家中等待病人叫唤了。到后我向上东门的街上走了一阵，出了街，又到堤上走了一阵。这个雨后放晴的晚春，给我的血兴奋起来，我忘记了我所走的路有多远。待到我把脚步稍稍停顿留在一家店铺前面时，我有点糊糊涂涂，好象不知不觉，就走了有十里路远近，停脚的一家，好象是十里庄卖洋线最有名的一家。

为什么就到了这里，我真一点不清楚。听到象是很熟耳的一个人喊我的声音，我回头去看时，才见到两个人，却不知道在什么地方曾认识过。他们向我点头，要我进那铺子里去。本来我不想答应的，因为我觉得有了很久不曾到过十里铺来，十里铺象已很热闹许多了，我想沿街走去，看看有什么人在路上害热病没有。

那时从一个小弄堂里，跑出一个壮实得象厨子模样的年青人来，脸儿红红的似乎等了我许久的样子，见了我就一把揪着衣角不放。我是一个医生，被一个不识面的人当街揪着，原不算什么奇怪事情，我因职业的经验，养成惯于应付这些事情的人了。那时这人既揪着我不放手，我知道有什么事情发生了，我说：'怎么样，我的师傅，是不是热油烧了你那最好帮手的指头？'好象这句话只是我自己说来玩玩的一句话，他明白医生是常常胡乱估计当前的主顾的，只说着'你来了真好'，就拉着我向一条小巷里走去。我一面走一面望到这厨子大师傅模样的年青人侧面，才明白我有了点糊涂。我认识他是地保一类有身分的人的儿子了。我心想一定是这憨人家里来了客，爸爸嘱咐他请几个熟人作陪，故遇到了我后，就拉着跑回家去了。这酒我并不想喝的，因为陪什么委员我并不感兴趣，我说：'老弟，你慢走一点，我要问你，究竟是怎么一回事。你不能把我随便拉去的，我这时不可为你陪什么阔人喝酒，我不能受你家的款待。我还有许多别的事情要即刻去做，我是一个郎中，偷闲不得，李家请我开方子，张家请我开方子，我的事情很多！'可是这个人一句话也不说，还是把我拖着走过一条有牛粪的肮脏小巷，又从一个园墙缺口处爬进去，经过一个菜园，我记得我脚下踹倒了许多青菜。我们是那么匆忙，全是从菜畦上践踏，毫不知道顾惜这些嫩嫩的菜苗。你们明白的，一个医生照例要常常遇到这类稀奇事情的，人家的儿子中风了，什么太太为一百钱赌气闹玩似的用绳子套到颈项上去了，什么有身分的胖子跌到地下爬不起身了，总而言之，这些事情在这个小城里成天会发生一件两件。出了事的人，第一个记起要找寻的便是医生。照例他们见了你话也不必多说，只要一手捞着你就带着你飞跑，许多人疑心你会逃脱，还只想擒你的衣领，因为那么才可以走得更快一点。若不是我胁下常常夹了一个药包，若不是我在这市镇上很有了些年岁，那些妇人家中发生了什么事情时，蓬头散发眼泪汪汪当街一把扭着，不让我分辩，拖着就走，不是有许多笑话了吗？若是这里的警察，全不认识我，他为了执行他那神圣的责任，见到这情形，我不是还得跟他到局里去候质吗？可是我是一个成天在街上走，成天在街上被拉的人，大家对我都认识了，大家都不注意我被人拖拖拉拉是为什么事了。我自己，自然更不能奇怪拉我的人了。如今就正是这样子。这人拖我从菜园里走，我也随了他走，这人拖我从一个农庄人家前门走进又打后门走出，我也毫不觉得奇怪。我听到有些狗对我汪汪的吠，有许多鸡从头上飞过去，心里却想这一定不是喝酒陪客的事，一定出了别的什么岔子，这人才那么慌张失措，才那么着急，这人家里或者有一个人快要落气了，或者已经落气我赶去也无济于事了。想到这样还想到那样，我的酒意全失于奔跑中。我走得有点发喘，却很愿意快到一点，看看是不是我还能帮这个人一点忙。一个医生人人都说是没有良心同感情的，你们可不知道当我被一个陌生人拉着不放向前奔窜时，我心里涌着多少同情。我为一点自私，为了一点可以说是不高明的感情，我很愿意有许多人都在垂危情形中，却因为我处治得法回复转来。我要那种自信，就是我可以凭我这经验以及热忱，使我的病人都能化险为夷。可是，经过我的诊治，不拘是害急病的，害痨病的，他一连到过我处有好几回，或是我到过他处一连有好几回，到后当他没有办法死去的时节，我为了病人的病，为了自己的医道，我的寂寞，谁也不会相信有那么久那么深。我常常到街上遇见一些熟人的脸孔，我从这些脸孔上，想及那人请我为他家里人治病时如何紧张惶遽，到后人要死了他又如何悲哀，人死过一阵了他又如何善忘，我心上真有说不尽的难受。你们看，这就是你们说的没良心的医生的事！他每天就这么想，为这些人事光景暗暗的叹息。他每天还得各处去找那些新的惆怅，每天必有机会可以碰到一件两件。……让我说正经事情吧，我不是说我被那个人在我不熟习的路上拖走了好一会儿吗？

　　到后我们到野外了。这人还是毫不把我放松，看情形我们应走的路还很远，我心里有点不安了。我说：'汉子，你这是怎么啦，你那么忙，我是不愿意再走一步了的。我是上了年纪的人，不如你这样精壮。我们应当歇一会儿，吐吐气。'他望了我一下，看出我的不中用处了，稍稍把脚步放慢了一点。

　　因为两人把脚步放慢了一点，我才能够注意一下，望清楚我们是在一条小小的乡村路上走，走完了一坪水田，就得上山了。我心里打算这人的家一定是住在山寨堡子里的，家里有媳妇生养儿子，媳妇难产血晕，使他也发疯了。不知为什么我那时却以为把事情猜准了，就问他说：'她不说话是不是？'他说：'是的。''那无妨，你用水喷过她吗？'他好象奇怪的很，向我望着：'用水可以喷吗？'我点点头，又问他：'有多久了咧？'他好象在计算日子，又象计算不清楚，忽然重新想起病人的危险情形，就又拉着我飞跑了，我以为我很明白他的意思，我以为我很理解这个人，因为凭我的经验，我的信心，与对于病人的热情，一定到了地后就能够使病人减少一点痛苦，且可使这男子的心安静，不至于发痫发狂。我一面随了这个年青人奔跑，一面还记到许多做父亲的同做母亲的生养儿子的神气，把一些过去的事当成一种悦目开心的影片，一件两件的回忆着，不明白这从容打哪儿得到的。

　　我愿意比他走得更快一点，可是，我实在不行了。他不让我休息一会儿，我就得倒在水田里了。我已经跑了太多的路，天气实在太好了，衣服又穿多了一点，胁下夹的一包又并不轻松，并且脚下的路不是为我这惯于在市中石路散步的医生而预备的，前一些日子的雨使这条路润滑难行。我的皮鞋，我担心到它会要滑滚，我说：'不行了，不行了，我要坐到水田里去了。我是医生，充军的匆忙我受不了。我头昏了。……'

　　我当真已头昏眼花了，我只想蹲下去，只想蹲下去，我不晓得为什么到后来就留在一个人家空房里了。我一切都糊糊涂涂，醒回来时，睁开眼睛，似乎已经天夜了，房中只一点点光，这光还象是从一个很远很远的地方来的，是什么光我也糊糊涂涂认识不清楚。我想了一会儿，记起先前的事了，我记得我怎么随了一个汉子奔跑，在那水田塍上乱走，我如何想休息，如何想坐，到后就不十分清楚了。我想我难道是做梦吗？摸了一下自己的前额，又似乎完全不是做梦。我因为觉得所在的地方十分清静凉爽，用手摸摸所坐草席以外是些什么东西，抓到一把干爽的细石沙子。我再去回想先前的事，我明白已经无意中跌到路旁的地窟窿下来了。我所在地方若不是一个地窟窿，便应当是一个山峒，因为那些细细的沙子，是除了山峒不会有的。我想喊喊看，是不是还有为人救出的希望，喊了两三声不曾听到什么回声。我住的地方当真不是什么房子，可是也不是什么地眼，因为若果我是无意中掉下的，我不应当恰恰就掉到这草席上。并且我摸了一下全身，没有什么伤处。当我手向左边一点闪着微光的东西触着时，我才知道那正是我的一套为人治病的家业，显然我是为人安置到这儿地方来的。

我明白一定是那个人乘我失去知觉时节背来这地方，而且明白这是一个可以住人的干峒里，不过明白了这些时，我反而惶恐不安了。因为这样子，不正是被人当作财神捉绑，安置到这里来取赎的吗？我真不明白为什么他们计算到我这样一个人的头上来了。想不到我这点点产业，还够得上这样认真。我很纳闷无从知道这地方究竟离我们市上有多远。

当我记起传闻上绑猪撕票的事情时，我知道我的朋友们一定着急得很，因为我只是一个人，一切都得你们照料，真有耗费你们精神的许多事情要做。关于绑票我以为是财主的一份灾难，料不到这事我也有分的。我思索不出这些人对我注意的理由，却相信我已经成为他们的一只肥羊。

因为久了一点，我能把前后事多思索了一下，记忆得到我为什么下乡，为什么碰到这样一个人，为什么被他牵走，并且我们在路上又说了些什么话，我就觉得这事亏他们安排得这样巧妙。这一次，一定是他们打听得出我在 R 市上的地位，想要我的朋友破费了。想起那个土匪假扮的痴人样子时，我就很好笑，因为我从没有想到那种人也会做什么坏事。

　　既然把我捉来了，什么时候可以见他们的首领？见了他们的首领，万一开口问我要十万五万，我怎么向这个山上大王设词？我打算了好一会，还没有一个好计划可以安然脱身。

　　我只希望票价少一点，把我自己一点积蓄倒出便可以赎身，免得拖累其他熟人。我并且愿意早早出去，也不必惊动官厅，不然派些兵来搜索，土匪走了，他们把我留到这里，军队照规矩又只能到村子里朝天放放空枪，抓了一些鸡鸭，牵了一些猪羊，捉了一些平常农庄人，振队鸣鼓回去报功，我还得饿死在这山峒里，真是无意思的事情。

　　峒中没有一个人，我也没有被绳子捆缚，可是我心里明白，我被人捉到这里来，既看作财神，不是轻易能逃走的。峒中无一个人，峒外一定就下得有机关埋伏，表面仿佛很疏忽，实际上可没有我的自由。因为诱骗我到这儿来的本领既然就已不小，那作头目的也就当然早已注意到这些事了。我以为外边一定埋伏得有喽罗，手里拿得有刀，把身隐藏在峒外，若见到我想逃走时，为了执行任务起见，一定毫不客气就是那么一刀。我从前曾经见过一个想从土匪寨里逃走，到后两只耳朵被刀削去的人，我不愿意挨那么一下。况且这里既是匪寨，离城市一定不近，我逃到什么地方不会被这些人捉回去受罪？

　　可是我想了很久，又喊了两声，始终没有人回答，我的心可活动一点了。我以为或者他们全到别处吃饭去，把我忘却了，也未可知。就壮了自己的胆，慢慢的走到有光处去。我摸到地下沙子十分干燥，明白不会在半路陷到水里去。便慢慢的爬行过去，才知道前面是一个大石头，外面的光从石罅处透进来，受了转折，故显得极其微弱。从那个石罅里望出去，但望到另外一块黑色石头，还是不知道我究竟在什么地方，离有人家处多远。从那石头上的光线看，我知道天色已经快晚了。我心里着急起来，因为挨饿不是我十分习惯的事情，半天没有水喝，也应当吃一点什么东西才行。如今既不见到一个人，什么事情都不明白，什么时候有人来还不知道，我应当怎么过这一夜？

我有点着急，且有点奇怪，是我究竟从什么地方进到这峒里来。因为那个石罅绝不能容一个人进出，那么一定还有一个别的机关遮掩到这山峒的出入了。我到后就爬在地下各处摸去。这峒并不很宽，纵横不会到十五丈，我即刻就知道了这峒的面积，且明白了这峒里十分干燥。不多久，我摸到一扇用木柱作成的栅门了。我很小心的防备到外面小喽罗那一刀，轻轻的去推动那一扇门。这扇门似乎特别坚固，但似乎没有下杠，我并不十分用力已经就把门推开了。我心跳得很，但是十分欢喜。为了防备那一刀，好久好久没有作声。到后又自言自语说了一句话，证明了门的那一边实在没有什么埋伏了，才把门推开摸过去。我真是一个傻瓜，原来这是一个绝路！这是峒里另外一部分，被人用木门隔开，专为贮藏粮食的仓库。我脚下全是山薯，手又触着了一个大瓮，我很小心把手伸进瓮里去时，就摸着了许多圆圆的鸡卵。另外我又摸到一件东西，使我欢喜得喊叫起来。

我原来摸到一些纸，我想起只要有一根自来火，就可以搓一个纸捻烛照峒中一切了。我真是傻瓜，这样半天才想起自来火！我真是傻瓜，平常烟也不吸，若是早会吸烟，那么身边一定就有救命的东西了。我记起了自来火的用处，可没有方法找寻得到一根自来火。

我仍然坐在我那草席上面，等候天派给我一份的灾难，如何变化，如何收场。我心想若是上帝不到这峒中来，那我着急也无益。不知又过了多久，忽然听到一点细微的声音，象是离得很远，先还以为是耳朵嗡鸣，又过一会，声音象已近了许多，猜想事情快要发生变化了，我心里很镇静，一点不忙，一点不怕，因为我想若是见到什么山大王，我有许多话可以解释，不至于十分吃亏。等了一会，那声音又渐远渐小，显然是对于我的事没有帮助了，自然十分失望。可是我还能够听到声音，却证明我不至于同有人住的村落很远，不至于同人世隔绝。并且我最担心的不是土匪的苛求，还是被人关到这山峒里饿死。如今无意中发现了仓库，峒中存得有那么多粮食，一时既不至于饿死，那么别的当然不足过虑了。

我糊糊涂涂又睡了，快要睡去时，我想或者我仍然是在做梦，一觉醒来就不同了的。我的情形，不是上帝同魔鬼的试炼，或者就是什么朋友的恶作剧。因为我同几个朋友讨论过峨嵋山隐士道者的存在问题，我曾科学的研究了一会仙人在四川一省迷信的来源，证明一个仙人也不会存在，如今或者就是受这些朋友的作弄也不可知。我不知为什么，又感觉到我再也不会错误了。我觉得既然是这种作弄，三天五天也未可知，我着急还是毫无用处，到了时候，他们会来为我开门，或用另外一种离奇的方法放我回去。我那时稍稍有点不快乐的，就是以为他们同我开玩笑也不要紧，可不要因此担搁了医院那方面病人的事情。我担心作弄我的只顾及作弄我，却忘了为我向医院告假，使别人着急很不成事。

到后我似梦非梦，见到我身边有一个人，拿了一个小灯烛照各处，并且照我的脸。我吓了一跳，便一跃而起，才明白并不是梦。我还是被困留到这个峒里。峒里多了一个人，也不知道他打哪儿来的。他似乎来了很有了些时间，他看到我转身了，才拿了灯过来照看。从那种从容不迫的情形上看来，我就明白他是这里的主人了。他站在我面前，先是把脸躲在灯光后面，我看不清楚这人是什么像貌，到后却忽然明白了。

我象忽然发了狂，忘了顾忌，大声的向他说：'是的，是的，你这个人干吗关我到这儿受罪？我不答应你！'这就是装作傻瓜拉我来的那个男子，不同处，不过先前十分匆促，如今十分镇静罢了，他望到我不作声，还是先前望我那种神气。我从那个人的眼睛里，即刻看出了一点秘密，这是一个不折不扣的疯子，可不是一个喽罗！山寨上的伙计，我还可以同他讲讲道理，讨论一下赎身的价钱，用一些好话启导他，用一些软话哀求他。如今站在我面前的却是一个不管人事的疯子，上帝他也不怕，魔鬼也吓不了他，这一来，我可难于自处了。

他把我找来，说不定就是在那古怪的头脑里，有了一种什么离奇新鲜的计划，我这时不得不打量到在某一种古怪人的脑里古怪的传说，我会不会为这个人煮吃？会不会为这个人杀死？若果免不了这灾难，真是一件冤屈的案子！我借着那灯光察看了一下峒中的情景，还是不明白这个怪人从什么地方忽然而来。借重灯光我看到去我坐处稍远一点，还有一个东西，不知是衣包还是一束被盖，那个怪人见我已经注意到那一边了，忽然一只手象一个铁抓子，扣定了我的膀子，'你看去，你看去，'那声音并不十分凶狠，可是有极大的魔力，我不能自主的站了起来，随同他走过去，才明白那是一个睡着的病人。我懂到他的意思了，心里很好笑我自己先前所作的估计，我错认了人，先还以为他是疯子，现在可明白了。

待到我蹲身到那病人身边时，我才看清楚这是一个女人，身体似乎很长，乌青的头发，蜡白的脸，静静的躺在那里不动，正象故事上说的为妖物所迷的什么公主。当我的手触着了那女人的额部时，象中了电一样，即刻就站起来了。因为这是一个死得冰冷的人，不知已经僵了多久，医生早已用不着，用得着的只是扛棺木的人了。那怪人见我忽然站起身了，似乎还并不怎么奇异。我有点生气了，因为人即或再蠢，也不会不知道这件事，把一个死得冰冷的人勒逼到医生，这不是一个天大玩笑吗？我略显出一点愤慨的神气，带嚷带骂的说：

'不行，不行，这人已经无办法了。你应该早一点，如今可太迟了!'

'怎么啦？'他说，奇怪的是他还很从容。'她不行吗？你不说过可以用水喷吗？'我心里想这傻瓜，人的死活还没有知道，真是同我开玩笑！我说：'她死了，你不知道吗？一个死人可以用水喷活，那是神仙的事！我只是个医生，可并不是什么神仙!'他十分冷静的说：'我知道她是死了的。'我觉得更生气了，因为他那种态度使我觉得今天是受了一个傻东西的骗，真是三十年倒绷孩儿，料想不到，心上非常不快乐。我说：'你知道她死了，你就应当请扛棺木的来送葬，请道师和尚来念经，为什么把个医生带来？我有什么办法!'

'你为我救救她!'

'她死了!'

'因为她死才要你救她!'

'不行，不行，我要走了。让我回去吧，我那边还有好些病人等着。我不能再同你这样胡缠。你关了我太久，耽搁我多少时间，原来只是要我做这件傻事。我是一个大夫，可不是一个耶稣。你应当放我出去，我不能同死人作伴，也不欢喜同你住在一处!'

我说了很多的话，软话硬话通不顶事。到后来我又原谅了这个人了，我想起这人不理会我的要求的理由了。年纪青青的忽然死了同伴，这悲哀自然可打倒他，使他失去平常的理知。我若同这种人发牢骚，还是没有什么益处。他这时只知道医生可以帮他的忙，他一定认得我，才把我找来，我若把话说过分了，绝望了，他当真发了狂，在这峒中扼杀我也做得出。我要离开这个地方，自然还得变更一点策略，才有希望。为了使他安慰起见，我第二次又蹲到那个死尸边旁去，扣着那冰冷的手，就着摇摇不定的一点灯光，检察那死者的脸部同其他各部。我有点奇怪我的眼睛了，因为过细瞧那死人时，我发现这人是个为我从没有看到过的长得体面整齐的美女人，女人的脸同身四肢都不象一个农庄人家的媳妇。还有使我着骇的，是那一身衣服，式样十分古怪，在衣服上留下有许多黄土，有许多黄土。我抬头望望那个怪人，最先还是望到那一对有点失神却具有神秘性的眼睛。

　　'我不明白你，这是怎么一回事，你打哪儿背她来的？'

　　'……'

　　'我要明白她从什么地方来的。'

　　'我从坟里背她来的。'

　　'怎么？从什么地方！'

　　'从坟里！'

　　'她死了多久你知道吗？……你知道她死了又挖出来吗？……'

　　他惨惨的笑着，点点头，那个灯象是要坠到我头上的样子，我糊涂而且惊讶，又十分愤怒，'你这人，真奇怪！你从什么地方带来还是带到什么地方好了！你做了犯罪的事还把我来拉在一起，我要告发你，使你明白这些玩笑开得过分了一点！……'不知为什么我想这样说却说不出口，那个固定不移的眼睛，同我相隔不到一丈远近，很有力量的压服了我。我心上忽然恐惧起来了。

　　这个疯子，他从坟墓里挖了个死尸，带到这峒中来，要我为他起死回生，若是我办不好这件差事，我一定就会死在他手中。我估计了一下，想乘他不注意时节把他打倒，才可以希望从死里逃生。可是他象很懂得我的主意，他象很有把握，知道我不能同他对抗。我的确也注意到他那体魄了。我若是想打什么主意，一定还得考虑一下，若是依靠武力，恐怕我得吃亏，还不如服从命运为妥当。我忽然聪明了许多，明白我已经是这个人的俘虏，强硬也毫无用处了。就装成很镇静，说话极其和平，我说："我真糊涂，不知怎么帮忙。你这是怎么啦？你是不是想要我帮助你，才把我带来？你是不是因为要救活她，才用得着我？你是不是把她刚才从土里刨出？"他没有做声，我想了一下，就又说："朋友，我们应当救她，我懂你意思。我们慢慢的来，我们似乎还得预备一点应用的东西。这是不是你的家里？我要喝一口儿水，有热的可妙极了，你瞧我不是有多久不喝水，应当口渴了吗？"他于是拿灯过去，为我取了一个葫芦来，满葫芦清水，我不知道那水是否清洁，可是也只得喝了一口。喝过了水觉得口甜甜的，才放了心。

　　我想套套他的口气，问他我们是不是已经离了市镇有十里路。他不高兴作声。我过一会儿，又变更了一个方法，问他是不是到镇上去办晚饭。他仍然不做声。末后我说我要小便，他不理会我，望到另外一个地方，我悄悄的也顺了他的目光望过去，才看出这峒是长狭的，在另外一端，在与仓库恰相反对的一个角落，有一扇门的样子，我心里清楚，那一定就是峒门，我只装着不甚注意，免得他疑心。我说我实在饿了，一共说了两三次，这怪人，把灯放下，对我做了个警告的一瞥，向那个门边走去。只听到訇的一响，且听到一种落锁的声音，这人很快的就不见了。我赶忙跟过去，才知道是一扇极粗糙的木栅门，已经向外边反杠了。从那栅门边隐隐看到天光，且听到极微极远的犬吠声音，我知道这时已经是夜间了。这人一去，不知道是为我去找饭吃，还是去找刀来杀我灭口。他在这里我虽然有点惧怯，但到底还有办法，如今这峒里只是我同这个死尸，我不知道我应当怎么办。若果他一去不再回来，过一天两天，这个尸骸因为天气发酵起了变化，那我可非死不可了。这怪人既然走了，我想乘到有一盏灯，可以好好的来检察一下这个尸身，是不是从尸身上可以发现一点线索。

我把灯照到这个从棺木里掏出的尸骸，细细的注意，除了这个仿佛蜡人的尸骸美丽得使我吃惊以外，我是什么也没有得到的。我先是不明白这人的装饰如何那么古怪，到现在可明白了，因为殉葬才穿这样衣裳。幸亏我是一个医生，年纪已经有了那么大，我的冷静使我忘却同一个死尸对面有什么难受。这女人一定死了有两天左右了，很稀奇的是这个死人，由我看来却看不出因什么病而死，那神气安静眉目和平仿佛只是好好儿睡着的样子，若不是肢体冰冷，真不能疑心那是一个死人。这个人为什么病死得那么突兀？把她从土里取出的一个是不是她的丈夫？这些事在我成为一种无从解决的问题。假若他是她的丈夫，那么他们是住在什么地方，做些什么的人物？假若这妇人只是他的情人，那么她是谁家的媳妇？许多问题都兜在我的心上不能放下。

我实在有一点儿饿了。这怪男子把我关闭到这幽僻的山峒里，为这个不相识的死尸作伴，还不知道他什么时候才能回来。我同时担心这一盏灯过夜或者油还不够，所以拿了灯到仓库去，照看了一下，是不是还有油瓶，才知道仓库里东西足够我半个月的粮食，油坛，水缸，全好好的预备在那儿。

我随手拿了几个山薯充饥，到后把灯放在尸身边，还是坐到我自己那一张草席上，等候事情的变化。我的表已早停了，不知道时间过了多久，等了又等，还是不见那个人来。

我这样说下去，是还得说一整天，要把那一夜的事情说完，如今也还得说一夜。为了节省一些时间，且说第三次我见到这怪男子，他命令我在那个妇人身上做一个医生所能做的事。我先是不知道向一个疯子同一个尸骸还有什么事可做的，到后倒想起皮包里一点儿防腐性药品了，我便把这些药全为注射到死尸身上去，一面安慰他表示我已尽了力，一面免得那尸身发生变化。告他我所能做的事已经完全做过，别的事再无从奉命了，他望到我似乎还很相信。可是当我说出'你放我回去'的话时，我把话一说出口，就知道我说错了，因为我从那两个眼睛里，陡然看到了一些东西，他同时同我说了一句话，使我全身发抖。他说：'要七天才好出去。'这个期限当然是我受不了的，这是全无道理的言语。可是我是一个医生，而他却是一个疯子，他就有他的正当道理了。我当时还以为可用口去解释，就同他分辩了一阵，我说这是做不到的，因为有许多人等着我。我说你放我出去了，我不会向人谈论。我说……这分辩就等于向石头讨论，他不禁止我的说话，听来却只微微的笑着。他的主张就是石头，不可移动，他的手腕又象铁打就的，我绝对不能和他用武力来解决。

在毫无办法的情形中，我就想只有等候这个人睡眠时候偷了他的钥匙才好逃走。为我的自卫计，打死一个疯子本来没有什么罪过，我若有机会征服这个人，事到危急是用不着再选择什么手段的。但是在这个怪人面前，我什么小机会也得不到。我逃走吗，他永远不知道疲倦，永远不闭闭眼睛。加灯上的油，给我的东西吃，到了夜里引导我到栅门外去方便，他永远是满有精神。他独自出去时，从不忘记锁门，在峒里时，却守在尸身边，望到尸身目不转睛，又常常微笑，用手向尸身作一种为我所不懂的稀奇姿势。若是我们相信催眠术或道术，我以为他一定可以使这个死尸复活的。

他不睡觉，这事就难处置了。我皮包里的安眠药片恰恰又用尽了，想使什么方法迷醉他也无办法。他平常样子并不凶横，到了我蓄意逃走时，只稍稍一举步，他就变了另外一个魔鬼了。他明白我要走，即或是钥匙好好的放在他身边，他也不许我走近栅门的。到后我不知是吓怕得糊涂了，还是为峒中的环境头昏了，把逃走的气概完全失去，忽然安静下来，就把生命听凭天意，也不再想逃走了。

就是那么过了一天，两天，三天，……吃的就是那仓库中的各样东西，口渴了就喝清水，倦了就睡。

当我默默的坐在一个角隅不作声时，我听到他自言自语，总是老说那一句话，'她会活的。她会活的。'我一切都失望了，人已无聊极了，听到他这样说时，也就糊糊涂涂的答应他说：'她会活的。她会活的。'我得到一个稀奇的经验，是知道人家说的坟墓里岁月如何过去的意思了。我的经验给我一种最好的智慧，因为这是谁也想象不及的。第一天一点钟就好象一年，第二三天便不同了，我不放心的，似乎还不是峒里的自身，却是市上的熟人。我忽然失了踪，长久不见回来，你们不是十分难过吗？你们不是花了许多钱各处去探听，还花了许多钱派人到江边下游去打捞吗？你们一定要这样关心的。可是料不到我就只陪伴一个疯子，一个死人，在山峒里过了那么多日子，过了那么久连太阳也不见到的日子！

既毫无机会可以逃出，我有点担心那个死人。天气已经不行了，身上虽注射了一点儿药，万一内脏发了肿，组织起了变化，我们将怎么来处置这件事情？这疯子若见到死人变了样子，他那荒唐的梦不能继续再作时，是不是会疑心到我的头上来？

我记得为这点顾虑，我曾同疯子说了许多空话。我用各样方法从各方面去说，希望他明白一点。我的口在这个沉默寡言的疯子面前，可以说是完全无用了。我把话说尽了，他还只是笑。他还知道计算日子，他不忘记这个，同时也不忘记'七天'那种意义。大约这怪人从什么地方，记起了人死七天复生的话，他把死尸从土里翻取出来，就是在试验那七天复活的话可靠不可靠。他也许可我七天再出峒去，一定就是因为那时女人已经再活回来，才用不着我这个医生。若是七天并没有活回的希望，恐怕罪名都将归在我的账上，不但不许我走，还得我为他背尸去掩埋，也未可知。总之，下一刻什么古怪事都随时会发生的，我只能等待，别无作为。

他也可以疑心是我不许这女人复活。在他混乱的头脑里，他就有权利随意凑合一种观念，倘若这观念是不利于我的，我要打过这难关真是不很容易。

他是一个疯子，可疯得特别古怪。他恰恰选到这一天等在那里，我恰恰在那天想到乡下去，我们恰恰碰到一处了，于是这事就恰恰落在我的头上。一切的凑巧，使我疑心自己还是象梦里的人物。不过做梦不应当那么长久，我计算日子，用那糊乱对上时间的表，细数它的分秒，已经是第四天了。

还有第五天，我听到从那个怪人的口里，反复的说是'只有两天'的一句话时，欢喜的心同忧惧的心合混搅扰在一处，这人只记到再过两天，女人就会复活的，我却担心到两天后我的境遇。他答应我的话很靠不住，一定可以临时改变。向一个疯人讨那人世也难讲究的'信实'，原是十分不可靠的。我不能向他索取一句空话，同时也就无从向他索取一句有信用的话。这人一切的行为，都不是我可以思索理解得到的，用尽了方法试作各种计划，我还是得陪了他，听他同女人谈那些我理解不及的费话，度着这山峒中黯淡的日子。

让我很快的说第六天的事罢。这一天我看到那疯子的眼睛放光，我可着急起来了。他一个人走出去折了许多山花拿到峒里来，自己很细心的在那里把花分开放到死尸身边各处去。他那种高兴神气，在我看来结果却是于我十分不利，因为除了到时女人当真复活外，我绝对没有好处。

我不得不旧事重提，问他什么时候让我出去。本来我平常为人也就够谦卑了，我用着十分恭顺的态度，向他说：'同年，我可以去了吗？你现在已经用不着我了。'他好象不懂这句话的意义，过了一会儿，我又说：'我想回去了，不要到这里打你的岔。'

'……'

'我贺喜你，很愿意预备一点礼物送你，你明白吗？我想随意为你办一两样礼物，回去就可以买来。'

'……'

'你让我出去一会儿，看看太阳，吹吹风，好不好？我非常欢喜太阳，你说太阳不可爱吗？'

'……'

'我们如今真好象弟兄了，我们应当喝一点酒，庆祝这好事好日子。你不欢喜喝一杯那种辣辣的甜甜的烧酒吗？我实在想得那么一小杯酒。我觉得酒是好的。'

'……'

'你到什么地方折得那么多花？这花真美，不是桃花吗？几天来就开了，我也想去摘一点儿。你不是会爬树吗？我看你那样子一定很有点本领，因为你……我们到外边去取一个鸟窠来玩玩，你说好不好？'

'……'

'你会不会打鸟？你见过洋枪不见过？若欢喜这东西，我可以送你一枝。到我们那里取来试试，你一定非常满意。那种枪到茨棚里打野鸡，雪地里打斑鸠，全很合用。'

'……'

'我们吃的山薯真好，你打哪儿弄来的？你庄上有这个，是不是？你吃鸡蛋不用火烧，本事很好。这鸡蛋是自己家养的鸡下的，因为很新鲜，我看得出。'

'……'

'你看不看戏？我好象在戏场上见到你。'

'……'

我把枚乘七发的本领完全使用到这个"王子"方面，甜言蜜语的问他这样又问他那样，他竟毫不动心。他虽似乎听我的话，可是我明白这话说来还是费话。但我除了用空话来自救外，无其他方法可以脱去这危险地方，故到后我把方向再转变了一下，同他又来说关于起死回生的故事。我想这些齐东野语一定可以抓着他的想象。我为他说汉武故事，说王母成仙，东方朔偷桃挨打的种种情形，说唐明皇游月宫的情形，说西施浣纱的情形，说桃花源，说马玉龙和十三妹，皇帝、美人、剑仙、侠客，我但凭我所知道的，加上自己的胡诌，全说给这个人听。说去说来我已计穷了，他还是笑笑，不质问我一句话，不赞美，不惑疑，就只用一个微笑来报答我的工作。我相信，若果我是正在向一个青年女人求爱，我说话的和气，态度的诚恳，以及我种种要好的表示，女人即或最贞洁也不好意思再拒绝我的。可是遇到这个怪人，我就再说一年，也仍然完全失败了。

让事情凑巧一点罢，因为一切都原是很凑巧的。我虽然遭了失败，可并不完全绝望。见到他虽不注意我的话，却并不就不高兴我说话。我只有一天的日子了，我断定明天若是女人没有复活，我就得有些不可免的灾难，若不乘到今天想出法子自救，到时恐赶不及了。我的生路虽不是用言语可得来，我的机会还是得靠到一点迎合投机的话。我认清了这是一个重要问题，坐在席上打算了老半天，到后又开了口。我明白先说那个方向不很对，还得找新的道儿，就说……

这可中了。他笑得比先前放肆了一点，他有点惊愕，有点对于我知识渊博的稀奇。他虽仍然不让步，当我重新提出意见，以为放我出去可好一点的时候，在摇头中我看出点头的意思。那时还是白天，我请求他许可我到栅门外去望望，他不答应可否，我看到有了让步，就拖了他的手走到栅边去，他到后便为我开了门。

我看到太阳了！看到太阳光下的一切山，尖尖的山峰各处矗起来，如象画上的东西，到后我看到我的脚下，可差一点儿晕了。原来我们的山峒，前面的路是那么陡险，差不多一刀切下的石壁，真是梦境的景致！我一面敷衍到他，望到他的颜色，一面只能把那条下去的路径稍稍注意一下，即刻就被他一拖，随后那扇厚重的栅门訇的一关，我仍然回到地狱魔窟里了。

到了晚上，我们各吃了一点山薯，一些栗子，我估计是我最好的机会来了，我重新把我日里说的那件事，提出来作为题目，向他说着，我并且告他，他应当让我避开一会儿。我见到他向我微笑，误会了他的意思，以为有了转机了，说话得更动人了一点。我形容从那些古怪的路到天堂去的人如何多，我在作撒旦的传教人，心里有点糊涂，不知应当说什么话才是我的活路，口上却离不了要他去试验的谵言。

我以为这样就可以脱身，谁知我把事情完全弄错了，我这手臂这一只受伤的手臂，即刻就为他扭着，到后头上似乎受了重重的一击，醒回来时，我仿佛做梦，不知为什么却睡在稻草囤上。我是被夜风冷醒的，醒回来时还是非常迷乱，我看到天上的星子，仿佛全要掉下的样子，天角上流星曳着长长的苍白的线儿，远远的又听到狗叫，听到滩声。时间似乎去天亮已经不远了，因为我听到鸡声。我心想，这是我的幻觉，还是我已经仍然活到这世界上来了？

到后我被一个乡下人发现了，因为我告他是市上医院的人，在他家里休息了一天，那时我已衰弱得躺到那草囤上一整日夜了，问这个人：我才知道我已离开市上有了五十里。

你们要知道我今天刚一会儿打那里来，是不是？你们瞧我的脸嘴，我刚从市外一个理发馆里出来，我不是有十天不刮过脸了吗？我恐怕进城来吓了别人，所以才到那里坐坐，还欠了账跑来的，这师傅并不认识我，只告他是街上的先生，他也放得下心，可见得我们这地风气不坏，人心那么朴实。"

第二天，一个 R 市都知道了医生的事情，都说医生见了鬼。

一九三一年四月廿四日完成，上海

黔小景

　　三月间的贵州深山里，小小雨总是特别多，快出嫁时乡下姑娘们的眼泪一样，用不着什么特殊机会，也常常可以见到。春雨落过后，大小路上烂泥如膏，远山近树全躲藏在烟里雾里，各处有崩坏的土坎，各处有挨饿太久全身黑区区的老鸦，天气早晚估计到时常常容易发生错误，许多小屋子里，都有面色憔悴的妇人，望到屋檐外的景致发愁。

　　官路上，这时节正有多少人在泥里雨里奔走。这些人中有作兵士打扮送递文件的公门中人，有向远亲奔差事的人，有骑了马回籍的小官，有行法事的男女巫师，别忘记，这种人有时是穿了鲜明红色缎袍，一边走路一边吹他手中所持镶银的牛角，招领到一群我们看不见的天兵天将鬼神走路的。单独的或结伴的走着。最多的是小商人，这些活动分子，似乎为了一种行路的义务，长年从不休息，在这官路上来往。他们从前一辈父兄传下的习惯，用一百八十的资本，同一具强健结实的身体，如云南小马一样，性格是忍劳耐苦的，耳目是聪明适用的；凭了并不有十分把握的命运，只按照那个时节的需要，三五成群的扛负了棉纱，水银，白蜡，桔子，官布，棉纸，以及其他两地所必需交换的出产，长年用这条长长有名无实的官路，折磨他们那两只脚，消磨到他们的每一个日子中每人的生命。

因为新年的过去，新货物在节候替移中，有了巨量的吞吐出纳，各处春货都快要上市了，加之雪后的春晴，行路方便，这些人，各在家中先吃得饱饱的，睡得足足的，选了好的日子上路。官路上商人增加了许多，每一个小站上，也就热闹了许多。

但吹花送寒的风，却很容易把春雨带来。春雨一落后，路上难走了。在这官路上作长途跋涉的人，因此就有了一种灾难。落了雨，日子短了许多，许多心急的人，也不得不把每日应走的里数缩短，把到达目的地的日子延长了。

于是许多小站上的小客舍里，天黑以前都有了商人落脚。

这些人一到了站上，便象军队从远处归了营，纪律总不大整齐，因此客舍主人便忙碌起来了。他得为他们预备水，预备火，照料一切，若客人多了一点，估计坛子里余米不大敷用时，还得忙匆匆的到别一家去借些米来。客人好吃喝时，还得为他们备酒杀鸡。主人为客烧汤洗脚，淘米煮饭，忙了一阵，到后在灶边矮脚台凳上，辣子豆腐牛肉干鱼排了一桌子，各人喝着滚热的烧酒，嚼着粗粝的米饭。把饭吃过后，就有了许多为雨水泡得白白的脚，在火堆边烘着，那些善于说话的人，口中不停说着各样在行的言语，谈到各样撒野粗糙故事。火光把这些饶舌的或沉默的人影，各拉得长短不一，映照到墙上去。过一会，说话的沉默了。有人想到明早上路的事，打了哈欠，有人打了盹，低下头时几几乎把身子栽到火中去。火光也渐渐熄灭了，什么人用铁火箸搅和着，便骤然向上卷起通红的火焰。外面雨声或者更大了一点，或者已结束了，于是这些人，觉得应当到了睡觉时候了。

到睡时，主人必在屋角的柱上，高高的悬着一盏桐油灯，站到一个凳子上去把灯芯爬亮了一点，这些人，到门外去方便了一下。因为看到外面极黑，便说着什么地方什么时节豹狼吃人的旧话，虽并不畏狼，总问及主人，这地方是不是也有狼把双脚搭在人背后咬人颈项的事情。一面说着，各在一个大床铺的草荐上，拣了自己所需要的一部分，拥了发硬微臭的棉絮，就这样倒下去睡了。

半夜后，或者忽然有人为什么声音吼醒了。这声音一定还继续短而洪大的吼着，山谷相应，谁个听来也明白这是老虎的声音。这老虎为什么发吼，占据到什么地方，生谁的气？

这些人是不会去猜想的。商人中或者有贩卖虎皮狼皮的人，听到这个声音时，他就估计到这东西的价值，每一张虎皮到了省会客商处，能值多少钱。或者所听到的只是远远的火炮同打锣声音，人可想得出，这时节一定有什么人攻打什么村子，各处是明亮的火把，各处是锋利的刀，无数用锅烟涂黑的脸，在各处大声喊着。一定有砍杀的事，一定有妇人惊惊惶惶哭哭啼啼抱了孩子，忙匆匆的向屋后竹园茨棚跑去的事，一定还有其他各样事情。因为人类的仇怨，使人类作愚蠢事情的机会，实在太多了。但这类事同商人又有什么关系？这事是决不会到他们头上来的。一切抢掠焚杀的动机，在夜间发生的，多由于冤仇而来。听一会，锣声止了，他们也仍然又睡着了。

有一天，有那么两个人，落脚到一个孤单的客栈里。一个扛了一担作账簿用的棉纸，一个扛了一担染色用的五棓子。

他们因为在路上耽误了些时间，掉在大帮商人后面了几里路，不能追赶上去。落雨的天气照例断黑又极早，年纪大一点的那个人，先一口腹中作泻，这时也不愿意再走路了，所以不到黄昏，两人就停顿下来了。

他们照平常规矩，到了站，放下了担子，等候烧好了水，就脱下草鞋，一同在灶边一个木盆里洗脚。主人是一个孤老，头上发全是白的，走路腰弯弯的如一匹白鹤。今天是他的生日，这老年人白天一个人还念到这生日，想不到晚上就来那么两个客人了。两个客一面洗脚，一面就问有什么吃的。

这老人站到一旁好笑，说："除了干豇豆，什么也没有了。"

年青那个商人说："你们开铺子，用豇豆待客吗？"

"平常有谁肯到我们这里住？到我这儿坐坐的，全是接一个火吃一袋烟的过路人。我这干豇豆本来留着自己吃的，你们是我这店里今年第一人客。对不起你们，马马虎虎凑乎吃一顿吧。我们这里买肉，远得很，这里隔寨子，还有二十四里路，要半天工夫。今天本来预备托人买点肉，落了雨，前面村子里就无人上市。"

"除了豇豆就没有别的吗？"客人意思是有没有鸡蛋。

老人说："还有点红薯。"

红薯在贵州乡下人当饭，在别的什么地方，城里人有时却当菜，两个客人都听人说过，有地方，城里人吃红薯是京派，算阔气的，所以现在听到说红薯当菜就都记起"京派"的称呼，以为非常好笑，两人就很放肆的笑了一阵。

因为客人说饿了，这主人就爬到凳子上去，取那些挂在梁上的红薯，又从一个坛子里抓取干豇豆，坐到大门边，用力在一个小砧上，轧着那些豇豆条。

这时门外边雨似乎已止住了，天上有些地方云开了眼，云开处皆成为桃红颜色，远处山上的烟雾好象极力在凝聚，一切光景在到黄昏里明媚如画，看那样子明天会放晴了。

坐在门边的主人，看到天气放了晴，好象十分快乐，拿了筛子放到灶边去，象小孩子的神气自言自语说着：“晴了，晴了，我昨天做梦，也梦到今天会晴。”有许多乡下人，在落春雨时都只梦到天晴，所以这时节，一定也有许多人，在向另一个人说他的梦。

他望着客人把脚洗完了，赶忙走到房里去，取出了两双鞋子来给客人。那个年青一点的客，一面穿鞋一面就说：“怎么你的鞋子这样同我的脚合式！”

年长商人说：“老弟，穿别人的新鞋非常合式，主有酒吃。”

年青人就说：“伯伯，那你到了省城一定得请我喝一杯。”

年长商人就笑了：“不，我不请你喝。这兆头是中在你讨媳妇的，我应当喝你的喜酒。”

“我媳妇还在吃奶咧。”同时他看到了他伯伯穿那双鞋子，也似乎十分相合，就说：“伯伯，你也有喜酒吃。”

两个人于是大声的笑着。

那老人在旁边听到这两个客人的调笑，也笑着。但这两双鞋子，却属于他在冬天刚死去的一个儿子所有的。那时正似乎因为两个商人谈到家庭儿女的事情，年青人看到老头子孤孤单单的在此住下，有点怀疑，生了好奇的心。

“老板，你一个人在这里住吗？”

“我一个人。”说了又自言自语似的，“嗳，就是我一个人。”

“你儿子呢？”

这老头子这时节，正因为想到死去的儿子，有些地方很同面前的年青人相象，所以本来要说“儿子死了，”但忽然又说：“儿子上云南做生意去了。"

那年长一点的商人，因为自己儿子在读书，就问老板，在前面过身的小村子里，一个学塾，是"洋学堂"还是"老先生"？

这事老板并不明白，所以不作答，就走过水缸边去取水瓢，因为他看到锅中的米汤涨腾溢出，应当取点米汁了。

两个商人靸了鞋子，到门边凳子上坐下，望到门外黄昏的景致。望到天，望到山，望到对过路旁一些小小菜圃（油菜花开得黄澄澄的，好象散碎金子）。望到踏得稀烂的那条山路（估晴过三天还不会干）。一切调子在这两个人心中引起的情绪，都没有同另外任何时节不同，而觉得稍稍惊讶。到后倒是望到路边屋檐下堆积的红薯藤，整整齐齐的堆了许多，才诧异老板的精力，以为在这方面一个生意人比一个农人大大不如。他们于是说，一个跑山路飘乡商人不如一个农人好，一个商人可是比一个农人生活高。因为一个商人到老来，生活较好时，总是坐在家里喝酒，穿了庞大的山狸皮袄子，走路时摇摇摆摆，气派如一个乡绅。但乡下人就完全不同了。两叔侄因为望到这些干藤，到此地一钱不值，还估计这东西到城里能卖多少钱。可是这时节，黄昏景致更美丽了，晚晴正如人病后新愈，柔和而十分脆弱，仿佛在微笑，又仿佛有种忧愁，沉默无言。

这时老板在屋里，本来想走出去，望到那两个客人用手指点对面菜畦，以为正指到那个土堆，就不出去了。那土堆下面，就埋得有他的儿子，是在这人死过一天后，老年人背了那个尸身，埋在自己挖掘的土坑里，再为他加上二十撮箕生土做成小坟，留下个标志的。

慢慢的夜就来了。

屋子里已黑暗得望不分明物件，在门外边的两个商人，回头望到灶边一团火光，老板却痴坐在灶边不动。年青人就喊他点灯，"老板，有灯吗？点个火吧。"这老人才站起来，从灶边取了一根一端已经烧着的油松树枝子，在空中划着，借着这个微薄闪动的火光去找取屋角的油瓶。因为这人近来一到夜时就睡觉，不用灯火也有好几个月了。找着了贮桐油的小瓶，把油倒在灯盏里去后，他就把这个燃好的灯，放到灶头上预备炒菜。

吃过晚饭后，这老人就在锅里洗碗，两个商人坐在灶口前，用干松枝塞到灶肚里去，望到那些松枝着火时，訇然一轰的情形，觉得十分快乐。

到后，洗完了碗，只一会儿，老头子就说，应当去看看睡处，若客人不睡，他想先睡。

把住处看好后，两个商人仍然坐在灶边小凳子上，称赞这个老年人的干净，以为想不到床铺比别处大店里还好。

老人说是要睡，已走到他自己那个用木头隔开的一间房里睡去了。不过一会儿，这人却又走出来，说是不想就睡，傍到两个商人一同在灶边坐下了。

几个人谈起话来，他们问他有六十几，他说应当再加十岁去猜。他们又问他住到这里有了多久，他说，并不多久，只二三十年。他们问他还有多少亲戚，在些什么地方，他就象为哄骗自己原因的样子，把一些多年来已经毫无消息了的亲戚，一一的数着，且告诉他们，这些人在什么地方，做些什么事。他们问他那个上云南做生意的儿子，什么时候回来看他一次，他打量了一下，就说："冬天过年来过一次，还送了他云南出的大头菜。"

说了许多他自己都不甚明白的话，自己为什么有那么多话可说，使他自己也觉得今天有点奇怪。平常他就从没有想到那些亲戚熟人，也从不想到同谁去谈这些事，但今天很显然的，是不必谈到的也谈到，而且近于自慰的谎话也说得很多了。到后，商人中那个年长的，提议要睡了，这侄儿却以为时间还太早了一点，托故他还不消化，要再缓一点。因此年长商人睡后，年青商人还坐到那条板凳上，又同老头子谈了许久闲话。

到末了，这年青商人也睡去了，老头子一面答应着明天早早的喊叫客人，一面还是坐在灶边，望着灶口的闪烁火光，不即起身。

第二天天明以后，他们起来时，屋子还黑黑的，到灶边去找火媒燃灯，希奇得很，怎么老板还坐在那凳上，什么话也不说。开了大门再看看，才知道原来这人半夜里死了。

这两个商人到后自然又上路了。他们已经跑到邻近小村子里，把这件事告给了村子里人，且在住宿应给的数目以外，另外加了一点钱。那么老了一个孤人，自然也很应当死掉了，如今恰恰在这一天死去，幸好有个人知道，不然死后到全身爬得是蛆时，还恐怕不会被人发现。乡下人那么打算着，这两个商人，自然就不会再有什么理由被人留难了。在路上，他们又还有路上的其他新事情，使他们很自然的也就忘掉那件事了。

他们在路上，在雨后崩坍的土坎旁，新的翻起的土堆上，发现印有巨大的山猫的脚迹，知道白天这地方是人走的路，晚上却是别的东西走的路，望了一会儿，估计了一下那脚迹的大小，过身了。

在什么树林子里，还会出人意外发现一个希奇的东西，悬在迎面的大树枝桠上，这用绳索兜好的人头，为长久雨水所淋，失去一个人头原来的式样，有时非常象一个女人的头。但任何人看看，因为同时想起这人就是先一时在此地抢劫商人的强盗，所以各存戒心，默默的又走开了。

路旁有时躺得有死人，商人模样或军人模样，为什么原因，在什么时候死到这里，无人过问，也无人敢去掩埋。依然是默默的看看，又默默的走开了。

在这条官路上，有时还可碰到二十三十的兵士，或者什么县里的警备队，穿了不很整齐的军服，各把长矛子同发锈的快枪扛到肩膊上，押解了一些满脸菜色受伤了的人走着。同时还有些一眼看来尚未成年的小孩子，用稻草扎成小兜，装着四个或两个血淋淋的人头，用桑木扁担挑着，若商人懂得规矩，不必去看那人头，也就可以知道那些头颅就是小孩的父兄，或者是这些俘虏的伙伴。有时这些奏凯而还的武士，还牵得有极膘壮的耕牛，挑得有别的家里杂用东西。这些兵士从什么地方来，到什么地方去，奉谁的命令，杀了那么多人，从什么聪明人领教学得把人家父兄的头割下后，却留下一个活的来服务？这都象早已成为一种习惯，真实情形谁也不明白，也不必须过问的。

商人在路上所见的虽多，他们却只应当记下一件事，是到地时怎么样多赚点钱。因为这个理由，所以他们同税局的稽查验票人，在某一种利益相通的事情上，好象就有一种希奇的"友谊"或谅解必须成立。如何达到目的，一个商人常常在路上也很费思索的。

一九三一年十月十日

中　年

因为在北京××大学里办事的一个朋友，来信寄给久蹾在上海的我，那来信上说的是：

……快来吧，你这个疑心重不知自爱的人，别担心到了北京会有什么不吉利事情。你来看看我们如何过日子，这就很可以给你开心了！你不高兴注意我们俗人，我为你预备得有一个好地方，去俗人同熟人都很远，白天同你作伴的是芦苇，晚上陪你谈话的是蛤蟆，还有……你别让我这学科学的人，为了形容一个住处还来费力描写，这天气本还不必令人出汗，可是我因为写这个信，手心已全是汗了。……你来吧，莫要我再写信好了！

我虽被上海方面人说到"很从容"的留在上海过日子，实际上人并不从容，我的表面生活沉静，心上却十分暴躁。因为任何人皆只见到我一个倦于生存的外表，所以任何人皆不知道我的心如何跳跃。久留在上海，我在糊涂中，也许终会做出一些朋友们认为很糊涂的事情。所以北京一方面来信要我去，上海一方面熟人就劝我走。都以为不妨到北京看看，到后另一个朋友且为我把钱筹好，把一切全预备好了。

因此我坐了两整天的火车，同一个据说是将军的人物，在一个车箱里谈了两整天的空话。车到了正阳门后，从正阳门站下车，白白的太阳还仍然像四年前我所见到的太阳，我跳上一辆多灰的洋车，这洋车向大车过处烟尘骤起的前门拱洞跑去。第四天，我就来到前次给我写信的那个朋友为我预备的空屋里住下了。

朋友夏君把我款待到这个幽僻无人的地方，真使我十分满意。这地方虽为学校安置了许多办事教书人，邻近我住处的却很少。他们住的是闹热地方，我这里，却同旁的屋子相去很远，独立在这宽大花园一角的。

我住的是一个亭子，这亭子据说原从圆明园搬移来的，刻镂极精细的白石亭基，古怪的撑柱横梁，可以使人想象到一些已成为精灵了的故事人物。亭子太大了，故已用白木板壁隔离成两间，我住的是左边的一间，右边却没有人。

亭子外边的景色，诚如朋友所说，是十分美的。芦苇同蛤蟆都在我眼底耳边，不久即完全熟习了。每到黄昏时，我把晚饭吃过后，就爬到亭子外栏杆上去，抱膝看天上的云，并且不久我就知道有两只灰鹤每天照例的休息地方，我知道我屋顶承簷柱上空隙处，有许多麻雀蹲到上面休息，我知道一个小小的黑影在空中晃过时，不是燕子却是一只蝙蝠。

芦苇在我面前展开，这时看来便如一个湖，风过时，偃伏成细碎而长条的波浪。我不是诗人，望到这个照例是无话可说的。亭子前面有一段缺少芦苇处，全是种有细秧的水田，日里只能见到白腹青羽的燕子，掠水贴地飞去，到了晚上，许多藏在芦苇里的水鸡，皆追逐出来了。朦胧里望到这些黑色小小东西的游戏，这几天又正是真珠梅开放的时节，坐在栏杆上的我，隐约嗅到花香，常常一坐下来就很久很久。

到这个地方来我的确安静多了。上海我住的是地当法租界电车总厂的要道，每日从早到晚我耳朵里都是隆隆的车声，作事总作不好，性情就变成特别容易生气的人了。这几日，上海大致更热了，如果我还留在上海，窗上的西晒使房子像一个甑子，我的文章一定是写不出的。如今我到了这里，每天总能很安静的作我所要作的事情，朋友来看望我时，见到我桌上的成绩，都觉得十分高兴。有时我们坐到栏杆上去谈天，谈到两人平生所经历的地方，谈到六月时清风的可爱，这亭子，实在就是园中一个最好迎受晚凉的亭子，朋友的科学态度，给我的印象，同到这亭子给我的浪漫情绪相纠结，我照例是要发笑的。这地方，使我的确安静多了。

不过，因为这地方是个幽僻无人的地方，我将在我的分上，见到一些关于年青男女觉得极新鲜的事情。这些事情到这里的二十天内，在黄昏里我一共就见过了五次。有两次我看到人家在我常坐的栏杆上接吻。有两次我看到一对人并肩坐在那栏杆上，或者已接过吻了，或者正在等候方便接吻。另外一次我看到一个女人，傍着在那里哭泣。那照例是我初从外边回来，又照例是这些年青人知道我不会在房里，才有这种事情发生的。到后我还是重新跑去，远远的跑到亭子背后松树编成的排道里去了。我将在那里散步，看黄昏里包围的天地，估计到两个人已应当分手时我才敢回去。

回去时，望到刚才有人坐处，我常常只能作苦笑，来到这里的女人，也许就正是一个生来最丑的女人，但同男子来到这无人地方，恰恰在这黄昏里，能够伴着所爱悦的人，默默的，把这一个微抖的嘴唇，贴到那一个微抖的嘴唇上去，两人什么也不说，只默默的拥抱，又默默的离开，这些事，是人生的诗。即或这女子同男子是两个如何卑俗的灵魂，他们到这里来所作的事情，还是像一首诗的。

想起这些情形时，我很觉得软弱了。因为我不是那种读诗的人，我的性情，我的习惯，都不能如一个老人那么冲澹温和，这"人生的诗"有时是很恼怒到我的。诗句已消失了，人已不见了，依约里有时还闻到一种余香，在无风的黄昏里散布。我有点难受了，便躺到床上去。可是不久我仍然又起来了。我仍然出去，坐到适间年青女人所坐处，静静的遐想一切，到后便使我笑起来了。一个中年人的情怀，心情上的"小小罪孽，那不消说是常常存在意识里，而又常常要作一些希奇的估计，免不了使自己看来也很惊讶的。

我遇到这些时节，坐到那里常常比平时更久，忘了我晚上工作的时间，也忘了我其他事情。

因为这类事，并不为朋友所知道，所以朋友来时，有时带了一个新的同学过来，总问我："在这里是不是觉得寂寞，觉得吓怕?"我照例将说："这里不是使人寂寞的地方，我也并不觉得可怕。我是一个见过许多日头月亮的人，所以你们受不了的我总能忍受下去。"我说到这样话时，朋友听到的意义，却并不同我自己听到的意义一样，因为我这里还包含有一种秘密，这些能够明白"定性分析"或"社会学"或"英国国会之制度"一类学问的年青人。全不知道我这秘密的。

天气渐渐热了，在房中做事，也不大方便了，有时我便移了桌椅出去，茶壶茶杯同墨水瓶之类也得带出去。早上同下午，既不会有人来玩，我都觉得在外面做事；一面望到微风里的芦苇偃伏，一面写些什么时，比枯坐房中尽盘旋到一个故事为方便多了。有时我过××去了，听差忘了为我把一切东西搬进屋里去，回来时，茶壶照例常常是干了的。在去××学校的大路上，我总可以碰到一些××大学的女人，我想象到我茶壶中的茶最后一滴干在谁个口里时，我便仿佛得到了说不分明的东西。也许用我的茶杯喝茶的人，正是那几个成天在园子里收拾花木的粗人，但我曾听到朋友说过，他有一个女同学，喝过亭子里的苦茶。我以为一定不止一个。在我处照料茶水的听差，见到我喝水好像特别喝得多，总得说"天气很热"。我从没有说那茶不是我一个人喝尽的，因为我不愿意他去洗那杯子。

让我从记事册里，检查一下日子，这一天是不是二十七。正是那一天，西山的日头沉到山后背去了，远望西山只剩一抹紫，天上填满了夜云，屋里的灯应当发光了，我因为想起一个可纪念的朋友，心中有点烦乱。晚饭业已吃过了，不知如何心上觉得十分狼狈。平常时节我在这样情形，正同一般故事上常常提到的中年人一样，我是要故意虐待我自己，勉强来工作的。寂寞了，我就作事，我有许多许多文章，就那么写成印好分散到国内各处去了。但另外一时节，心上纷乱了，我一件小事也作不下去，即呆在桌边也觉得无益，就各处跑去。我的住处外边是通西山的大道，历史上很在点名气的圆明园遗址又在附近不远，我毫无目的向任何方向走去，也不至于迷途。西郊附近的地方既是一片平原，当地小村落人家的狗又从不随便咬人，走夜路没有土匪也没有野狼，故我无目的底走了许久，有时不知不觉走了极远的路，到后觉得不行了，才向一个附近人家雇了一匹小驴回家，回到住处时，大门大致已掩上多时了。

那时我既不能作事，也不打量出去，只好躺在床上，静静的思索一切。从窗口望到外边黄昏的景色，望到为黄昏所侵蚀的亭子上纵横木梁，仿佛有些精灵在我身边。我想起一切人事哀乐的分野。

记起另一时在一个朋友家里吃酒，主人多喝了一杯，稍稍觉得过量了，这朋友拉了我的手，大声的教训我，告我说，他的未婚妻说过我是"永远寂寞的男子"，且说"即或同一个人做一些不规矩的事情，也仍然要想到另外一个事上去，而显得当前行为无聊的"。这人到后结了婚又离婚，那"一言中的"的女子，如今又嫁了一个人了。在我记忆里，却长有这样一个逗人动心的温暖的感觉。那女人的一句话成了我忧郁生活的粮食，我重复念到这一句话时，心中激动的十分厉害。这中年衰弱的心，不为当前生活而注意，却尽在想象中得失里而盘旋。但是，虽想到那些生命的过去，眼前使我心跳的事还是很多！

我的住处的屋外水阁，原是平常时节××学生谈话最好的一处，绕屋的长廊，铺得是极整齐的方砖，这时节长廊一带的真珠梅，开放得正是十分动人，黄昏里，照例常有即或是从脚步声音同微微的气息里也知道是年轻的女人们，伴着她姊妹朋友，来到这地方。她们从窗外过身时，隐约苗条的身影，以及她们的笑谑，她们的低声谈话，都给我一种动摇，搅起我心上一些暧昧的不端庄的欲望。这些声音渐渐的远了，投在我心上所起的微波，也渐渐的平静了，注目到窗外的黄昏，我似乎得到了什么同时也失掉了什么。有时这些年青人立在我的窗外，坐到我作事的椅子上去，轻轻的谈着一切儿女们事情，或只适宜于两个人商量到的事情，在这情形下，我便重新记起了我朋友那个太太说及的一句话，我很沉郁，但我还仍然不惊动这些不速之客，仍然凝视到窗外的黄昏。我很羡慕这个黄昏里的一切，本来这黄昏，应当是一个能领略黄昏的人所占有的，但那时节我仿佛与黄昏无分。一只蝙蝠或一只蝶类，在我的纱窗上作声，听到窗外人为了小小惊讶说出的笑话，本来以为房里没有人的她们，其中一个正要回去了，就常常说，"好像有人在偷听我们的话，我们应当走了"的话时，我心中总十分感动。到后人就当真走了，我那时，很愿意打谁一掌，又仿佛被人打了一掌。

在给一个朋友的信里，我曾经说过那种意思的话：这世界有一些人在"生活"里"存在"，有一些人又在"想象"里"生活"。我自然应属于后面的一种人。坐到水阁前椅子上或栏杆上，与最知心的朋友，捏着手挨着身子，消受这平静美丽的黄昏的人走去了，我一个人便到适间有女人所在处，慢慢的散步来回的走着，把自己分成两个人，谈论到一切问题。我把那最美的词辩给我想象里的另一个人，我自己说的话，总是虽诚实却并不十分聪明的话。到后"我们"就坐下了，"我们"在黄昏里终于沉默了。到那时，我眼睛湿了。我向虚空微笑，向虚空点头，向虚空伸出瘦瘦的手儿，什么也没有捏到。一个大水鸟之类，振动翅膀在我头上飞过去，即刻又消失了，抬起头来搜寻那声音时，才知道天上已有了许多小小星子，正如比喻中女人的眼睛，凝视到我，也不害羞，也不旁瞬。

我这时躺在床上并不爬起，另一个日子里的黄昏使我出神。

已经夜了，应当使灯发亮了，我还得把一个短短的文章趁到夜里灯下来写完，好明早便可寄发出去。但我并不注意这件事，也不打量出去。我躺在床上，听到园外大路上有大车过身，慢慢的，钝重而闷人的，转动到那两个轮子，我想了好一会保留在我记忆里一切形象的马匹，那些马匹仿佛是我朋友一样，我们有一种真实的友谊。

这塌车到后远去了，于是听到廊的一端有人说话的声音。于是听到有两个人走路脚步的声音，这声音，由于习惯虽还隔得很远，我就明白是一对年青男女了。我知道他们所取的路线，一定要经过我的窗下。我算定他们见到这地方的僻静，要由于男子的提议，稍稍耽搁一会。这两人将在无意中为我带来一点喜悦，同时也带来一点忧愁。

长廊到了我的窗下，因为一个水阁的位置，忽然宽阔展开了。这两人不久就从窗下过身，到了水阁前面，那男的一个，如我可想象的神气，温柔的说：

"不要走了，到这里坐坐吧。"

女的轻轻的说："这里有人住。"

虽这样说两人似乎仍然停下了。

两人似乎就并肩立在栏杆前面，眺望园中的暮景，沉默了很久时间。

到后什么话也不说，大约女的先走了，男的也跟着走去了。听到声音去远以后，我想爬起来在窗边望望。本来还打算到外面去坐坐，忽然又觉得这样一来便触着了别人的忌讳，也即刻中止了。

过了一会，听到又有了第二种脚步声音，在廊下方砖上响着，从声音上我知道这是一个男子的脚步。原来这是我的朋友，这人到了窗下，想从纱窗里瞧望里面，看我是不是留在房里。因为无灯望不分明，就试着问我在不在里面。问了两声我还是静静的躺在床上，默不作答，这朋友到后就又向回路上走去了。

我正觉得我作的事不甚得体，想起来去追回那个朋友，又听到廊下另一端有了声音。我明白是先前那两个人。大约先一时因为恐怕我在房中，所以走到长廊尽头小亭子坐下，到后见到这里有人喊问，也不见屋中有人答应，以为我一定不在住处，所以又同女人来到窗外水阁前面了。

我听到这两个人坐到栏杆上，那个女的把鞋后跟敲着柱子，剥剥的响着。坐了许久，才听到男的说话，男的说了，女的也说，他们似乎在讨论到另一个人另一回事。

说些什么话我先还没有听得清楚，但久了一点，我才知道他们是讨论他们自己，也正如一般人那么在不甚习熟的情人面前，因为谁也没有即刻敢放肆的用那个微抖的嘴唇贴近另一个嘴唇的勇气，所以他们使用一些两人皆知道是废话的言语，支持到这当前不变的形式。他们把言语稍稍加重一点时，我便听到男的说，他自己近来"重了三磅"，女的说医生劝她"吃盐"。这分明全是空话，两人皆非常明白，因为这暮色笼罩一切，这平静美丽的黄昏，不是说盐说肉的时节！到后两人果然沉默了。再过了一会儿时节，我仿佛就听到有些声音，仿佛两人之间有了些小小争持。

这两人之间，一定发生了一种沉默的战争，譬如一只手想悄悄的搂着一样东西，那另外一只手便抗拒着，一个头想渐渐的并拢到那一个头，头也可以扭着偏着。或者这战争不是一只手的事，各人将使用两只手，各人皆脸儿发烧心儿急跳。

我打量爬起来看看，自然是办不到的，只躺在床上，猜想这战争的结局。我想到女的一定退到柱旁去，先是用手抵拒到一件新的事情，到后手便在意料以内情形下失败了，到后那男的两手，占领了应占领的地方，把女人的腰如一根带子围定，两张灼热的口搜寻到后便合拢去了。这估计，使我全身发抖，然而事实却正如我所估计，我听到嘴唇分离的声音，听到女的轻轻的一个叹息，听到那男子作每一个男子在这情形皆得作到的说明。那男子说：

"××，我先是站在天堂的门边，如今又到过天堂的里面了。"

女的似乎什么也没有说的，只数着自己心儿的跳跃。或者她想起的是这一个天堂的事，或者她还想起另外一个她自己也还不曾到过的天堂。

男的又说："我幸福得想哭了，信我说的话，我保留到这个平生最美的印象，一定同我生命一样长，一样久。"

女的说："我不相信，你们的口能欺侮人也能谎人。"

"我向你赌咒。我可以……"

"照例又都会赌咒发誓!"

重新起了战争，两人默默的，在我想象里所估计的情形下沉默了。大致长久的拥抱中，一只手的形势，是不是甘于维持在既得的现状下，我是不甚明白的。我猜想那些有教育的人，为了"好奇"，在一种方便中，他一定要用手旅行到一个新的地方去。他一定为一些新的发现所惊奇，也正如那个女子为了一些新的行为而害羞一样。仍然是手与手的抵拒，仍然是抵拒而投降了，我重复听到那个女子低低的一声叹息。

只仿佛听到男子说："我手如今镀了金。"

我的心，我的一切官觉，皆为这一个分量沉重的事情而压迫着。

人事的雷雨过去以后，我到后听到两人低低的笑了。

××学校的大钟响了几下，两人沉默的从长廊走去了，我数着那个女子的鞋底声音，我似乎跟着他们出了口园的大门，我似乎在路旁的电灯下，望到一个秀美苍白的脸子。我似乎听到那个女子在心上计算到自己的行为，把自己的身子，紧傍着那另一个男子。

好久好久我才爬起身来，开了门走出去，傍着那亭柱，站了半天不动。望到深蓝的天空，嵌满了小小星子，我似乎读了一首以人生作题材的诗，这诗的内容，保留到我记忆里，永远不能消失，也永远使我想到这诗的某一章，在脸上作着苦笑。

第二天，听差扫地时，拿了一条小小绸巾来，问是不是我掉下的。我说不是，听差便说一定是昨天女先生们玩时掉下的了，便预备拿回去，但我又把听差叫回来，告他手巾是我的。

听差好像看透了我心上的事，又好像以为正因为他猜准了我的心事，怕我生他的气，故告给我这手巾是在廊下拾起的。他见我不作声，俨然我的墨水瓶即刻就要抛掷到他头上去了，就忙把手巾放到桌上，忙退出去了。

望到手巾好像如露水湿透了的样子，我说："你倒一点水来吧，我有用处。"

水来后，本为预备把这手巾洗洗，到后却又想起了什么事情，不愿意洗了。

朋友口君来谈天，当笑话似的，说我黄昏时节，如到外边去跑跑，则这个地方，会有年青人赏识它的幽僻无人，作一些新鲜事情。我记到昨天的事，同另外那一条收藏在箱子里的手巾，我不愿理会我那个朋友的疯话，只坐到栏杆上去，要朋友告我这时芦苇里树林里有多少种鸟声。

我心想，这个五月结束，六月还刚开始！过了一会，忽然问朋友，到暑假时，是不是有许多年青男女学生都得回去，朋友大致这时正在考虑到一种黄昏里叫得动人的雀儿，想明白这鸣声同它的性生活有何等关系，所以就回答我说：

"凡是大声的叫，如杜鹃播谷一类，它的伴侣一定同它隔得很远。"

我说："我问你的是人，不是鸟。"

朋友还是不明白，就说："人自然不同。人并不叫，因为比鸟进步多了。"

听到朋友这答非所问的错误处，我只能皱了眉头望那博学朋友，什么话也不说了。

朋友走后我躺到床上去，等候黄昏的重来，黄昏终于又悄悄的来了。

上海关心到我生活的人，来信问，是不是人到了北京好一点？回信却说，很愿意再回上海。

廿年①六月廿一写于北京西郊十月改于青岛

---

① 即民国二十年，1931 年。

八骏图

《八骏图》题记

　　近一年来我的事务杂一点，生活琐碎麻烦一点，有时自己嘲笑自己，称为"好管闲事的人"。另外一时书评家给我那个"多产作家"的头衔，就不得不暂时让给几个朋友顶替了。这一来，说不上是社会的损失，对于我个人实在近于生命的浪费。正因为每个人有一个人的工作，我似乎不应当让一些费力不讨好的事务占去大部分时间，一面还俨然是逃避了那种世俗的嘲笑，搁下了我这枝笔。活在中国作一个人并不容易，尤其是活在读书人圈儿里。大多数人都十分懒惰，拘谨，小气，又全都是营养不足，睡眠不足，生殖力不足。这种人数目既多，自然而然会产生一个观念，就是不大追问一件事情的是非好坏，"自己不作算聪明，别人作来却嘲笑"的观念。这种观念普遍存在，适用到一切人事上，同时还适用到文学上。这观念反映社会与民族的堕落。憎恶这种近于被阉割过的寺宦观念，应当是每个有血性的青年人的感觉。目前的我仿佛把自己的工作已搁下了，我希望自明年起始，就能从自己工作上重新见出一分力量。这个集子的编印，说明我这一年来并没有完全放下我的原有工作，也没有完全消失那个力量。

一九三五年十二月十日作

八骏图

"先生，您第一次来青岛看海吗？"

"先生，您要到海边去玩，从草坪走去，穿过那片树林子，就是海。"

"先生，您想远远的看海，瞧，草坪西边，走过那个树林子——那是加拿大杨树，那是银杏树，从那个银杏树夹道上山，山头可以看海。"

"先生，他们说，青岛海同一切海都不同，比中国各地方海美丽。比北戴河呢，强过一百倍。您不到过北戴河吗？那里海水是清的，浑的？"

"先生，今天七月五号，还有五天学校才上课。上了课，您们就忙了，应当先看看海。"

青岛住宅区××山上，一座白色小楼房，楼下一个光线充足的房间里，到地不过五十分钟的达士先生，正靠近窗前眺望窗外的景致。看房子的听差，一面为来客收拾房子，整理被褥，一面就同来客攀谈。这种谈话很显然的是这个听差希望客人对他得到一个好印象的。第一回开口，见达士先生笑笑不理会。顺眼一看，瞅着房中那口小皮箱上面贴的那个黄色大轮船商标，觉悟达士先生是出过洋的人物了，因此就换口气，要来客注意青岛的海。达士先生还是笑笑的不说什么，那听差于是解嘲似的说，青岛的海与其他地方的海如何不同，它很神秘，很不易懂。

分内事情作完后，这听差搓着两只手，站在房门边说："先生，您叫我，您就按那个铃。我名王大福，他们都叫我老王。先生，我的话您懂不懂？"

达士先生直到这个时候方开口说话："谢谢你，老王。你说话我全听得懂。"

"先生，我看过一本书，学校朱先生写的，名叫《投海》，有意思。"这听差老王那么很得意的说着，笑眯眯的走了。天知道，这是一本什么书。

听差出门后，达士先生便坐在窗前书桌边，开始给他那个远在两千里外的美丽未婚妻写信。

　　瑗瑗：我到青岛了。来到了这里，一切真同家中一样。请放心，这里吃的住的全预备好好的！这里有个照料房子的听差，样子还不十分讨人厌，很欢喜说话，且欢喜在说话时使用一些新名词，一些与他生活不大相称的新名词。这听差真可以说是个"准知识阶级"，他刚刚离开我的房间。在房间帮我料理行李时，就为青岛的海，说了许多好话。照我的猜想，这个人也许从前是个海滨旅馆的茶房。他那派头很象一个大旅馆的茶房。他一定知道许多故事，记着许多故事。（真是我需要的一只母牛！）我想当他作一册活字典，在这里两个月把他翻个透熟。

　　我窗口正望着海，那东西，真有点迷惑人！可是你放心，我不会跳到海里去的。假若到这里久一点，认识了它，了解了它，我可不敢说了。不过我若一不小心失足掉到海里去了，我

一定还将努力向岸边泅来，因为那时我心想起你，我不会让海
把我攫住，却尽你一个人孤孤单单。

达士先生打量捕捉一点窗外景物到信纸上，寄给远地那个人看看，
停住了笔，抬起头来时窗外野景便朗然入目。草坪树林与远海，衬托得
如一幅动人的画。达士先生于是又继续写道：

我房子的小窗口正对着一片草坪，那是经过一种精密的设
计，用人工料理得如一块美丽毯子的草坪。上面点缀了一些不
知名的黄色花草，远远望去，那些花简直是绣在上面。我想起
家中客厅里你作的那个小垫子。草坪尽头有个白杨林，据听差
说那是加拿大种白杨林。林尽头便是一片大海，颜色仿佛时时
刻刻都在那里变化：先前看看是条深蓝色缎带，这个时节却正
如一块银子。

达士先生还想引用两句诗，说明这远海与天地的光色。一抬头，便
见着草坪里有个黄色点子，恰恰镶嵌在全草坪最需要一点黄色的地方。
那是一个穿着浅黄颜色袍子女人的身影。那女人正预备通过草坪向海边
走去，随即消失在白杨树林里不见了。人俨然走入海里去了。

没有一句诗能说明阳光下那种一刹而逝的微妙感印。

达士先生于是把寄给未婚妻的第一个信，用下面几句话作了结束：

学校离我住处不算远，估计只有一里路，上课时，还得上
一个小小山头，通过一个长长的槐树夹道。山路上正开着野

花，颜色黄澄澄的如金子。我欢喜那种不知名的黄花。

达士先生下火车时上午×点二十分。到地把住处安排好了，写完信，就过学校教务处去接洽，同教务长商量暑期学校十二个钟头讲演的分配方法。事很简便的办完了，就独自一人跑到海滨一个小餐馆吃了一顿很好的午饭。回到住处时，已是下午×点了。便又起始给那个未婚妻写信，报告半天中经过的事情。

　　瑗瑗：我已经过教务处把我那十二个讲演时间排定了。所有时间皆在上午十点前。有八个讲演，讨论的问题，全是我在北京学校教过的那些东西，我不用预备就可以把它讲得很好。另外我还担任四点钟现代中国文学，两点钟讨论几个现代中国小说家所代表的倾向。你想象得出，这些问题我上堂同他们讨论时，一定能够引起他们的兴味。今天五号，过五天方能够开学。

　　我应当照我们约好的办法，白天除了上堂上图书馆，或到海边去散步以外，就来把所见所闻一一告给你。我要努力这样作。我一定使你每天可以接到我一封信，这信上有个我，与我在此所见社会的种种，小米大的事也不会瞒你。

　　我现在住处是一座外表很可观的楼房。这原是学校特别为几个远地聘来的教授布置的。住在这个房子里一共有八个人，其余七个人我皆不相熟。这里住的有物理学家教授甲，生物学家教授乙，道德哲学家教授丙，汉史专家教授丁，以及六朝文学史专家教授戊等等。这些名流我还不曾见面，过几天我会把他们的神气一一告诉你。

我预备明天到校长家去，我明天将到他那儿吃午饭。我猜想得到，这人一见我就会说："怎么样？还可……？应当邀你那个来海边看看！我要你来这里不是害相思病，原就只是让你休息休息，看看海。一个人看海，也许会跌到海里去给大鱼咬掉的！"瑗瑗，你说，我应如何回答这个人。

下车时我在车站外边站了一会儿，无意中就见到一种贴在阅报牌上面的报纸。那报纸登载着关于我们的消息。说我们两人快要到青岛来结婚。还有许多事是我们自己不知道的，也居然一行一行的上了版，印出给大家看了。那个作编辑的转述关于我的流行传说时，居然还附加着一个动人的标题，"欢迎周达士先生"。我真害怕这种欢迎。我担心一会儿就会有人来找我。我应当有个什么方法，同一切麻烦离远些，方有时间给你写信。你试想想看，假若我这时正坐在桌边写信，一个不速之客居然进了我的屋子里，猝然发问："达士先生，你又在写什么恋爱小说！你一共写了多少？是不是每个故事都是真的？都有意义？"这询问真使人受窘！我自然没有什么可回答。然而一到第二天，他们仍然会写出许多我料想不到的事情！他们会说：达士先生亲口对记者说的。事实呢，他也许就从没见过我。

达士先生离开××时，与他的未婚妻瑗瑗说定，每天写一个信回××。但初到青岛第一天，他就写了三个信。第三个信写成，预备叫听差老王丢进学校邮筒里去时，天已经快夜了。

达士先生在住处窗边享受来到青岛以后第一个黄昏。一面眺望窗外的草坪，——那草坪正被海上夕照烘成一片浅紫色。那种古怪色泽引起他一点回忆。

想起另外某一时，仿佛也有那么一片紫色在眼底眩耀。那是几张紫色的信笺，不会记错。

他打开箱子，从衣箱底取出一个厚厚的杂记本子，就窗前余光向那个书本寻觅一件东西。这上面保留了这个人一部分过去的生命。翻了一阵，果然的，一个"七月五日"标的记事被他找出来了。

七月五日

一切都近于多余。因为我走到任何一处皆将为回忆所围困。

新的有什么可以把我从泥淖里拉出？这世界没有"新"，连烦恼也是很旧了的东西。

读完这个，有一点茫然自失。大致身体为长途折磨疲倦了，需要一会儿休息。

可是达士先生一颗心却正准备到一个旧的环境里散散步。他重新去念着那个二年前七月五日寄给南京的×的一个信稿。那个原信是用暗紫色纸张写的，那个信发出时，也正是那么一个悦人眼目的黄昏。

然而人类事情常常有其相左的地方，上帝同意的人不同意，人同意的命运又不同意。×终于怀着一点儿悲痛，嫁给一个会计师了。×作了另外一个人的太太后，知道达士先生尚在无望无助中遭送岁月，便来信问达士先生，是不是要她作点什么事。为他效点劳。达士先生便写了个信，意在告给×，莫用过去那点幻想折磨她自己。

×，你信我已见到了，一切我都懂。一切不是人力所能安排的，我们才莫过分去勉强。我希望我们皆多有一分理知，能够解去爱与憎的缠缚。

听说你是很柔顺贞静作了一个人的太太，这消息使熟人极快乐。……死去了的人，死去了的日子，死去了的事，假若还能折磨人，都不应当留在人心上来受折磨；所以不是一个善忘的人企想"幸福"，最先应当学习的就是善忘。我近来正在一种逃遁中生活，希望从一切记忆围困中逃遁。与其尽回忆把自己弄得十分软弱，还不如保留一个未来的希望较好。

谢谢您在来信上提到那些故事，恰恰正是我讨厌一切写下的故事的时节。一个人应当去生活，不应当尽去想象生活！若故事真如您称赞的那么好，也不过只证明这个拿笔的人，很愿意去一切生活里生活，因为无用无能，方转而来虐待那一只手罢了。

您可以写小说，因为很明显的事，您是个能够把文章写得比许多人还好的女子。若没有这点自信力，就应当听一个朋友忠厚老实的意见。家庭生活一切过得极有条理，拿笔本不是必需的事情。为你自己设想可不必拿笔，为了读者，你不能不拿笔了。中国还需要这种人，忘了自己的得失成败，来做一点事情。

我不久或过××来，我想看看那"我极爱她她可毫不理我"的女孩子。三年来我一切完了。我看看她，若一切还依然那么沉闷，预备回乡下去过日子，再不想麻烦人了。我应当保持一种沉默，到乡下生活十年。把最重要的一段日子费去。

再过两年我会不会那么活着？

一切人事皆在时间下不断的发生变化。第一，这个×去年病死了。

第二，那个女孩子如今已成达士先生的未婚妻。第三，达士先生现在已不大看得懂那点日记与那个旧信上面所有的情绪。

他心想：人这种东西够古怪了，谁能相信过去，谁能知道未来？旧的，我们忘掉它。一定的，有人把一切旧的皆已忘掉了，却剩下某时某地一个人微笑的影子还不能够忘去。新的，我们以为是对的，我们想保有它，但谁能在这个人间保有什么？

在时间对照下，达士先生有点茫然自失的样子。先是在窗边痴着，到后来笑了。目前各事仿佛已安排对了。一个人应知足，应安分。天慢慢的黑下来，一切那么静。

瑗瑗：暑期学校按期开了学。在校长欢迎宴席上，他似庄似谐把远道来此讲学的称为"千里马"；一则是人人皆赫赫大名，二则是不怕路远。假若我们全是千里马，我们现在住处，便应当称为"马房"了！

我意思同校长稍稍不同。我以为几个人所住的房子，应当称为"天然疗养院"才能名实相副。你信不信，这里的人从医学观点看来，皆好象有一点病。（在这里我真有个医生资格！）我不是说过我应当极力逃避那些麻烦我的人吗？可是，结果相反，三天以来同住的七个人，有六个人已同我很熟习了。我有时与他们中一个两个出去散步，有时他们又到我屋子里来谈天，在短短时期中我们便发生了很好的友谊。教授丁，丙，乙，戊，尤其同我要好。便因为这种友谊，我诊断他们都是病人。我说的一点不错，这不是笑话。这些教授中至少有两个人还有点儿疯狂，便是教授乙同教授丙。

我很觉得高兴，到这里认识了这些人，从这些专家方面，学了许多应学的东西。这些专家年龄有的已经五十四岁，有的还只三十左右。正仿佛他们一生所有的只是专门知识，这些知识有的同"历史"或"公式"不能分开，因此为人显得很庄严，很老成。但这就同人性有点冲突，有点不大自然。一个不到三十岁的小说作家，年龄同事业，从这些专家看来，大约应当属于"浪漫派"。正因为他们是"古典派"，所以对我这个"浪漫派"发生了兴味，发生了友谊。我相信我同他们的谈话，一面在检察他们的健康，一面也就解除了他们的"意结"。这些专家有的儿女已到大学三年级，早在学校里给同学写情书谈恋爱了，然而本人的心，真还是天真烂漫，这些人虽富于学识，却不曾享受过什么人生。便是一种心灵上的欲望，也被抑制着，堵塞着。我从这儿得到一点珍贵知识，原来十多年大家叫喊着"恋爱自由"这个名词，这些过渡人物所受的刺激，以及在这种刺激之下，藏了多少悲剧，这悲剧又如何普遍存在。

瑗瑗，你以为我说的太过分了是不是。我将把这些可尊敬的朋友神气，一个一个慢慢的写出来给你看。

达士

教授甲把达士先生请到他房里去喝茶谈天，房中布置在达士先生脑中留下那么一些印象：

房中小桌上放了张全家福的照片，六个胖孩子围绕了夫妇两人。太太似乎很肥胖。

　　白麻布蚊帐里有个白布枕头，上面绣着一点蓝花。枕旁放了一个旧式扣花抱兜。一部《疑雨集》，一部《五百家香艳诗》。大白麻布蚊帐里挂一幅半裸体的香烟广告美女画。

　　窗台上放了个红色保肾丸小瓶子，一个鱼肝油瓶子，一贴头痛膏。

　　教授乙同达士先生到海边去散步。一队穿着新式浴衣的青年女子迎面而来，擦身走过。教授乙回身看了一下几个女子的后身，便开口说：

　　"真希奇，这些女子，好象天生就什么事都不必做，就只那么玩下去，你说是不是？"

　　"……"

　　"上海女子全象不怕冷。"

　　"……"

　　"宝隆医院的看护，十六元一月，新新公司的卖货员，四十块钱一月。假若她们并不存心抱独身主义，在货台边相傚的机会，你觉不觉得比病房中机会要多一些？"

　　"……"

　　"我不了解刘半农的意思，女子文理学院的学生全笑他。"

　　走到沙滩尽头时，两人便越马路到了跑马场。场中正有人调马。达士先生想同教授乙穿过跑马场，由公园到山上去。教授乙发表他的意见，认为那条路太远，海滩边潮水尽退，倒不如湿砂上走走有意思些。于是两人仍回到海滩边。

　　达士先生说：

　　"你怎不同夫人一块来？家里在河南，在北京？"

　　"……"

"小孩子读书实在也麻烦，三个都在南开吗?"

"……"

"家乡无土匪倒好。从不回家，其实把太太接出来也不怎么费事；怎么不接出来?"

"……"

"那也很好，一个人过独身生活，实在可以说是洒脱，方便。但是，有时候不寂寞吗?"

"……"

"你觉得上海比北京好? 奇怪。一个二十来岁的人，若想胡闹，应当称赞上海。若想念书，除了北京往那里走。你觉得上海可以——"

那一队青年女子，恰好又从浴场南端走回来。其中一个穿着件红色浴衣，身材丰满高长，风度异常动人。赤着两只脚，经过处，湿砂上便留下一列美丽的脚印。教授乙低下头去，从女人一个脚印上拾起一枚闪放真珠光泽的小小蚌螺壳，用手指轻轻的很情欲的拂拭着壳上粘附的砂子。

"达士先生，你瞧，海边这个东西真美丽。"

达士先生不说什么，只是微笑着，把头掉向海天一方，眺望着天际白帆与烟雾。道德哲学教授丙，从住处附近山中散步回到宿舍，差役老王在门前交给他一个红喜帖，"先生，有酒喝!"教授丙看看喜帖是上海×先生寄来的，过达士先生房中谈闲天时，就说起×先生。

"达士先生，您写小说我有个故事给您写。民国十二年，我在杭州××大学教书，与×先生同事。这个人您一定闻名已久。这是个从五四运动以来有戏剧性过了好一阵热闹日子的人物!这×先生当时住在西湖边上，租了两间小房子，与一个姓×的爱人同住。各自占据一个房间，各自有一铺床。两人日里共同吃饭，共同散步，共同作事读书，只是晚上不共同睡觉。据说这个叫作"精神恋爱"。×先生为了阐发这种精神恋爱的好处，同时还著了一本书，解释它，提倡它。性行为在社会引起纠纷既然特别多，性道德又是许多学者极热烈高兴讨论的问题。当时倘若有只公鸡，在母鸡身边，还能作出一种无动于中的阉鸡样子，也会为青年学者注意。至于一个公人，能够如此，自然更引人注意，成为了不起的一件大事了。社会本是那么一个凡事皆浮在表面上的社会，因此×先生在他那分生活上，便自然有一种伟大的感觉，日子过得仿佛很充实。分析一下，也不过是佛教不净观，与儒家贞操说两种鬼在那里作祟罢了。

"有朋友问×先生，你们过日子怪清闲，家里若有个小孩，不热闹些吗？×先生把那朋友看得很不在眼似的说，嗨，先生，你真不了解我。我们恋爱哪里象一般人那种兽性；你真是——有眼不识泰山。你没看过我那本书吗？他随即送了那朋友一本书。

"到后丈母娘从四川省远远的跑来了，两夫妇不得不让出一间屋子给丈母娘住。两人把两铺床移到一个房中去，并排放下。另一朋友知道了这件事，就问他，×先生如今主张会变了吧？×先生听到这种话，非常生气的说，哼，你把我当成畜生！从此不再同那个朋友来往。

"过了一年，那丈母娘感觉生活太清闲，那么过日子下去实在有点寂寞，希望作外祖母了。同两夫妇一面吃饭，一面便用说笑话口气发表意见，以为家中有个小孩子，麻烦些同时也一定可以热闹些。两夫妇不待老母亲把话说完，同声齐嚷起来：娘，你真是无办法。怎不看看我们那本书？两夫妇皆把丈母娘当成老顽固，看来很可怜。以为不受过高等教育的人，除了想儿女为她养孩子含饴弄孙以外，真再也没有什么高尚理想可言！

"再过一阵，女的害了病，害了一种因贫血而起的某种病。×先生陪她到医生处去诊病。医生原认识两人，在病状报告单上称女的为×太太，两夫妇皆不高兴，勒令医生另换一纸片，改为×小姐。医生一看病人，已知道了病因所在，是在一对理想主义者，为了那点违反人性的理想把身体弄糟了。要它好，简便得很，发展兽性自然会好！医生有作医生的义务，就老老实实把意见告给×先生。×先生听完，一句话不说，拉了女的就走。女的还不明白是怎么回事。×先生说，这家伙简直是一个流氓，一个疯子，那里配作医生。后来且同别人说，这医生太不正经，一定靠卖春药替人堕胎讨生活。我要上衙门去告他。公家应当用法律取缔这种坏蛋，不许他公然在社会上存在，方是道理。

"于是女人改医生服中药，贝母当归煎剂吃了无数，延缠半年，终于死去了。×先生在女的坟头立了一个纪念碑，石上刻字：我们的恋爱，是神圣纯洁的恋爱！当时的社会是不大吝惜同情的，自然承认了这件事。凡朋友们不同意这件事的，×先生就觉得这朋友很卑鄙污浊，不了解人间恋爱可以作到如何神圣纯洁与美丽，永远不再同那个朋友往来。

"今天我却接到这个喜帖，才知道原来×先生八月里在上海又要同上海交际花结婚了，有意思。潮流不同了，现在一定不再坚持那个了。"

达士先生听完了这个故事，微笑着问教授丙：

"丙先生，我问您，您的恋爱观怎么样？"

教授丙把那个红喜帖摺叠成一个老猪头。

"我没有恋爱观。我是个老人了，这些事应当是儿女们的玩意儿了。"

达士先生房中墙壁上挂了个希腊爱神照片，教授丙负手看了又看，好象想从那大理石雕像上凹下处凸出处寻觅些什么，发现些什么。到把目光离开相片时，忽然发问：

"达士先生，您班上有个×××，是不是？"

"真有这样一个人。您怎么认识她？这个女孩子真是班上顶美……"

"她是我的内侄女。"

"哦，您们是亲戚！"

"这孩子还聪敏，书读得不坏，"说着，教授丙把视线再度移到墙头那个照片上去，心不在焉的问道："达士先生，这照片是从希腊人的雕刻照下的吗？"这种询问似乎不必回答，达士先生很明白。

达士先生心想，"丙先生倒有眼睛，认识美。"不由得不来一个会心微笑。

两人于是同时皆有一个苗条圆熟的女孩子影子，在印象中晃着。教授丁邀约达士先生到海边去坐船。乳白色的小游艇，支持了白色三角形小帆，顺着微风，向作宝石蓝颜色镜平放光的海面滑去。天气明朗而温柔。海浪轻轻的拍着船头和船舷，船身略侧，向前滑去时轻盈得如同一只掠水的小燕儿。海天尽头有一点淡紫色烟子。天空正有白鸟三五，从容向远海飞去。这点光景恰恰象达士先生另外一个记载里的情形。便是那只船，也如当前的这只船。有一点儿稍稍不同，就是坐在达士先生对面的一个人，不是医生，却换了一个哲学教授丁。

两人把船绕着小青岛去。讨论着当年若墨医生与达士先生尚未讨论结果的那个问题，——女人，一个永远不能结束定论的议题！

教授丁说：

"大概每个人皆应当有一种辖治，才能象一个人。不管受神的，受鬼的，受法律的，受医生的，受金钱的，受名誉的，受牙痛的，受脚气的，必需有一点从外而来或由内而发的限制，人才能够象一个人，一个不受任何拘束的人，表面看来极其自由，其实他做什么也不成功。因为

202

他不是个人。他无拘束，同时也就不会有多少气力。

"我现在若一点儿不受拘束，一切欲望皆苦不了我，一切人事我不管，这决不是个好现象。我有时想着就害怕。我明白，我自己居然能够活下去，还得感谢社会给我那一点拘束。若果没有它，我就自杀了。

"若墨医生同我在这只小船上的座位虽相差不多，我们又同样还不结婚。可是，他讨厌女人，他说：一个女人在你身边时折磨你的身体，离开你身边时又折磨你的灵魂。女子是一个诗人想象的上帝，是一个浪子官能的上帝。他口上尽管讨厌女人，不久却把一个双料上帝弄到家中作了太太，在裙子下讨生活了。我一切恰恰同他相反。我对女人，许多女人皆发生兴味。那些肥的，瘦的，有点儿装模作样或是势利浅浮的，似乎只因为她们是女子，有女子的好处，也有女子的弱点，我就永远不讨厌她们。我不能说出若墨医生那种警句，却比他更了解女子。许多讨厌女子的人，皆在很随便情形下同一个女子结了婚。我呢，我欢喜许多女人，对女人永远倾心，我却再也不会同一个女人结婚。

"照我的哲学崇虚论来说，我早就应当自杀了。然而到今天还不自杀，就亏得这个世界上尚有一些女人。这些女人我皆很情欲的爱着她们。我在那种想象荒唐中疯人似的爱着她们。其中有一个我尤其倾心，但我却极力制止我自己的行为，始终不让她知道我爱她。我若让她知道了，她也许就会嫁给我。我不预备这一着。我逃避这一着。我只想等到她有了四十岁，把那点女人极重要的光彩大部分已失去时，我再去告她，她失去了的，在我心上还好好的存在。我为的是爱她，为的是很情欲的爱她，总觉得单是得到了她还不成，我便尽她去嫁给一个明明白白一切皆不如我的人，使她同那男子在一处消磨尽这个美丽生命。到了她本身已衰老时，我的爱一定还新鲜而活泼。

"您觉得怎么样，达士先生？"

达士先生有他的意见：

"您的打算还仍然同若墨医生差不多。您并不是在那里创造哲学，不过是在那里被哲学创造罢了。您同许多人一样，放远期账，表示远见与大胆，且以为将来必可对本翻利。但是您的账放得太远了，我为您担心。这种投资我并无反对理由，因为各人有各人耗费生命的权利和自由，这正同我打量投海，觉得投海是一种幸福时，您不便干涉一样。不过我若是个女人，对于您的计划，可并无多少兴味。您虽有哲学，却缺少常识。您以为您到了那个年龄，脑子还能象如今这样充满幻想，且以为女子到了四十岁，也还会如十八岁时那么多情善感。这真是胡涂。我敢说您必输到这上面。您若有兴味去看一本关于××的书籍，您会觉得您那哲学必需加以小小修改了。您爱她，得给她。这是自然的道理。您爱她，使她归您，这还不够，因为时间威胁到您的爱，便想违反人类生命的秩序，而且说这一切是为女人着想。我看看，这同束身缠脚一样，不大自然，有点残忍。"

"你以为这个事太不近情，是不是？我们每一个人皆可听凭自己意志建筑一座礼拜堂，供奉自己所信仰的那个上帝。我所造的神龛，我认为是世界上最美丽的神龛。这事由你看来，这么办耗费也许大一点。可是恋爱原本就是一种奢侈的行为。这世界正因为吝啬的人太多了，所以凡事总做不好。我觉得吝啬原邻于愚蠢。一个人想把自己人格放光，照耀蓝空，眩人眼目如金星，愚蠢人决做不出。"

"您想这么作是中了戏剧的毒。您能这么作可以说是很有演剧的天才。我承认您的聪明。"

"你说对了，我是在演剧。很大胆的把角色安排下来，我期待的就正是在全剧进行中很出众，然而近人情，到重要时忽然一转，尤其惊人。"

达士先生说：

"说得对。一个人若真想把自己全生活放在热闹紧张场面上发展，放在一种变态的不自然的方法中去发展，从一个艺术家眼里看来，没有反对的道理。一切艺术原皆不容许平凡。不过仍然用演戏取譬，你想不想到时间太久了一点，您那个女角，能不能支持得下去？世界上尽有许多女人在某一小时具有为诗人与浪子拜倒那个上帝的完美，但决不能持久。您承认她们到某一时会把生命光彩失去，却不想想一个表面失去了光彩的女人，还剩下一些什么东西。"

"那你意思怎么样？"

"爱她，得到她。爱她，一切给她。"

"爱她，如何能长久得到她？一切给她，什么是我？若没有我，怎么爱她？"达士先生知道教授戊是个结了婚后一年又离婚的人，想明白他对于这件事的意见同感想。下面是教授戊的答案：

女人，多古怪的一种生物！你若说"我的神，我的王后，你瞧，我如何崇拜你！让莎士比亚的胸襟为一个女人而碎罢，同我来接一个吻！"好辞令。可是那地方若不是戏台，却只是一个客厅呢？你将听到一种不大自然的声音（她们照例演戏时还比较自然），她们回答你说："不成，我并不爱你。"好，这事也就那么完结了。许多男子就那么离开了她的爱人，男的当然便算作失恋。过后这男子事业若不大如意，名誉若不大好，这些女人将那么想："我幸好不曾上当。"但是，另外某种男子，也不想作莎士比亚，说不出那么雅致动人的话语。他要的只是机会。机会许可他傍近那个女子身边时，他什么空话都不必说，就默默的吻了女人一下。这女子在惊慌失措中，也许一伸手就打了他一个耳光。然而男子不作声，却索性抱了女子，在那小小嘴唇上吻个一分钟。他始终没有说话，不为行为加以解释。他知道这时节本人不在议会，也不在课室，他只在作一件事！结果，沉默了。女人想："他已吻过我了。"同时她还知道了接吻对于她毫无什么损失。到后，她成了他的妻子。这男人同她过日子过得好，她十年内就为他养了一大群孩子，自己变成一个中年胖妇人；男子不好，她会解说：这是命。

是的，女人也有女人的好处。我明白她们那些好处。上帝创造她们时并不十分马虎，既给她们一个精致柔软的身体，又给她们一种知足知趣的性情，而且更有意思，就是同时还给她们创造一大群自作多情又痴又笨的男子，因此有恋爱小说，有诗歌，有失恋自杀，有——结果便是女人在社会上居然占据一种特殊地位，仿佛凡事皆少不了女人。

我以为这种安排有一点错误。从我本身起始，想把女人的影响，女人的牵制，尤其是同过家庭生活那种无趣味的牵制，在摆脱得开时乘早摆脱开。我就这样离了婚。

达士先生向草坪望着，"老王，草坪中那黄花叫什么名？"

老王不曾听到这句话，不作声。低头作事。

达士先生又说，"老王，那个从草坪里走来看庚先生的女人是什么人？"

听差老王一面收拾书桌一面也举目从窗口望去，"××女子中学教书先生。长得很好，是不是？"说着，又把手向楼上指指，轻声的说，"快了，快了。"那意思似乎在说两人快要订婚，快要结婚。

达士先生微笑着，"快什么了？"

达士先生书桌上有本老舍作的小说，老王随手翻了那么一下，"先生，这是老舍作的，你借我这本书看看好不好？怎么这本书名叫《离婚》？"

达士先生好象很生气的说：

"怎么不叫《离婚》？我问你，老王。"

楼上电铃忽响，大约住楼上的教授庚，也在窗口望见了经草坪里通过向寄宿舍走来的女人了，呼唤听差顶备一点茶。

一个从××寄过青岛的信——达士先生：

> 你给我为历史学者教授辛画的那个小影。我已见到了。你一定把它放大了点。你说到他向你说的话，真不大象他平时为人。可是我相信你画他时一定很忠实。你那枝笔可以担保你的观察正确。这个速写同你给其他先生们的速写一样各自有一种风格，有一种跃然纸上的动人风格，我读他时非常高兴。不过我希望你……因为你应当记得着，你把那些速写寄给什么人。教授辛简直是个疯子。
>
> 你不说宿舍里一共有八个人吗？怎么始终不告给我第七个是谁。你难道半个月以来还不同他相熟？照我想来这一定也有点原因。好好的告给我。
>
> 天保佑你。
>
> 瑗瑗

达士先生每当关着房门，记录这些专家的风度与性格到一个本子上去时，便发生一种感想："没有我这个医生，这些人会不会发疯？"其实这些人永远不会发疯，那是很明白的。并且发不发疯也并非他注意的事情，他还有许多必需注意的事。

他同情他们，可怜他们。因为他自以为是个身心健康的人。他预备好好的来把这些人物安排在一个剧本里，这自以为医治人类灵魂的医生，还将为他们指示出一条道路，就是凡不能安身立命的中年人，应勇敢走去的那条道路。他把这件事，描写得极有趣味的寄给那个未婚妻去看。

但这个医生既感觉在为人类尽一种神圣的义务，发现了七个同事中有六个心灵皆不健全，便自然引起了注意另外那一个健康人的兴味。事情说来希奇，另外那个人竟似乎与他"无缘"。那人的住处，恰好正在达士先生所住房间的楼上，从××大学欢迎宴会的机会中，那人因同达士先生座位相近，×校长短短的介绍，他知道那是经济学者教授庚。除此以外，就不能再找机会使两人成为朋友了。两人不能相熟自然有个原因。

达士先生早已发现了，原来这个人精神方面极健康，七个人中只有他当真不害什么病。这件事得从另外一个人来证明，就是有一个美丽女子常常来到寄宿舍，拜访经济学者庚。

有时两人在房子里盘桓，有时两人就在窗外那个银杏树夹道上散步。那来客看样子约有二十五六岁，同时看来也可以说只有二十来岁。身材面貌皆在中人以上。最使人不容易忘记，就是一双诗人常说"能说话能听话"的那种眼睛。也便是这一双眼睛，因此使人估计她的年龄，容易发生错误。

这女人既常常来到宿舍，且到来以后，从不闻一点声息，仿佛两人只是默默的对坐着。看情形，两个人感情很好。达士先生既注意到这两个人，又无从与他们相熟，因此在某一时节，便稍稍滥用一个作家的特权，于一瞥之间从女人所得的印象里，想象到这个女子的出身与性格，以及目前同教授庚的关系。

　　这女子或毕业于北平故都的国立大学，所学的是历史，对诗词具有兴味，因此词章知识不下于历史知识。

　　这女子在家庭中或为长女。家中一定是个绅士门阀，家庭教育良好，中学教育也极好。从×大学历史系毕业后，就来到××女子中学教书，每星期约教十八点钟课，收入约一百元左右。在学校中很受同事与学生敬爱，初来时，且间或还会有一个冒险的，不大知趣的山东籍国文教员，给她一种不甚得体的殷勤。然而那一种端静自重的外表，却制止了这男子野心的扩张。还有个更重要的原因，便是北京方面每天皆有一个信给她，这件事从学校同事看来，便是"有了主子"的证明，或是一个情人，或是一个好友，便因为这通信，把许多人的幻想消灭了。这种信从上礼拜起始不再寄来，原来那个写信人教授庚已到了青岛，不必再写什么信了。

　　这女人从不放声大笑，不高声说话，有时与教授庚一同出门，也静静的走去，除了脚步声音便毫无声响。教授庚与女人的沉默，证明两人正爱着，而且贴骨贴肉如火如荼的爱着。惟有在这种症候中，两个人才能够如此沉静。

　　女人的特点是一双眼睛，它仿佛总时时刻刻在警告人，提醒人。你看她，它似乎就在说："您小心一点，不要那么看我。"一个熟人在她面前说了点放肆话，有了点不庄重行动，它也不过那么看看。这种眼光能制止你行为的过分，同时又俨然在奖励你手足的撒野。它可以使俏皮角色诚实稳重，不敢胡来乱为，也能使老实人发生幻想，贪图进取。它仿佛永远有一种羞怯之光；这个光既代表贞洁，同时也就充满了情欲。

由于好奇，或由于与好奇差不多的原因，达士先生愿意有那么一个机会，多知道一点点这两人的关系。因为照他的观察来说，这两人关系一定不大平常，其中有问题，有故事。再则女的那一分沉静实在吸引着他，使他觉得非多知道她一点不可。而且仿佛那女人的眼光，在达士先生脑子里，已经起了那么一种感觉："先生，我知道你是谁。我不讨厌你。到我身边来，认识我，崇拜我，你不是个胡涂人，你明白，这个情形是命定的，非人力所能抗拒的。"这是一种挑战，一种沉默的挑战。然而达士先生却无所谓。他不过有点儿好奇罢了。

那时节，正是国内许多刊物把达士先生恋爱故事加以种种渲染，引起许多人发生兴味的时节。这个女人必知道达士先生是个什么人，知道达士先生行将同谁结婚，还知道许多达士先生也不知道的事，就是那种失去真实性的某一种铺排的极其动人的谣言。

达士先生来到青岛的一切见闻，皆告诉给那个未婚妻，上面事情同一点感想，却保留在一个日记本子上。

达士先生有时独自在大草坪散步，或从银杏夹道上山去看海，有三四次皆与那个经济学者一对碰头。这种不期而遇也可以说是什么人有意安排的。相互之间虽只随随便便那么点一点头各自走开，然而在无形中却增加了一种好印象。当达士先生从那个女人眼睛里再看出一点点东西时，他逃避了那一双稍稍有点危险的眼睛，散步时走得更远了一点。

他心想："这真有点好笑。若在一年前，一定的，目前的事会使我害一种很厉害的病。可是现在不碍事了。生活有了免疫性，那种令人见寒作热的病全不至于上身了。"他觉得他的逃避，却只是在那里想方设法使别人不至于害那种病。因为那个女人原不宜于害病，那个教授庚，能够不害那一种病，自然更好。

可是每种人事原来皆俨然被一只看不见的手所安排。一切事皆在凑巧中发生，一切事皆在意外情形下变动。××学校的暑期学校演讲行将结束时，某一天，达士先生忽然得到一个不具名的简短信件，上面只写着这样两句话：

学校快结束了，舍得离开海吗？（一个人）

一个什么人？真有点离奇可笑。

这个怪信送到达士先生手边时，凭经验，可以看出写这个信的人是谁。这是一颗发抖的心同一只发抖的手，一面很羞怯，又一面在狡猾的微笑，把信写好亲自付邮的。不管这个人是谁，不管这信写得如何简单，不管写这个信的人如何措辞，达士先生皆明白那种来信表示的意义。达士先生照例不声不响，把那种来信搁在一个大封套里。一切如常，不觉得幸福也不觉得骄傲。间或也不免感到一点轻微惆怅。且因为自己那分冷静，到了明知是谁以后，表面上还不注意，仿佛多少总辜负了面前那年青女孩子一分热情，一分友谊。可是这仍然不能给他如何影响。假若沉静是他分内的行为，他始终还保持那分沉静。达士先生的态度，应当由人类那个习惯负一点责。应当由那个拘束人类行为，不许向高尚纯洁发展，制止人类幻想，不许超越实际世界，一个有势力的名辞负点责。达士先生是个订过婚的人。在"道德"名分下，把爱情的门锁闭，把另外女子的一切友谊拒绝了。

得到那个短信时，达士先生看了看，以为这一定又是一个什么自作

211

多情的女孩子写来的。手中拈着这个信，一面想起宿舍中六个可怜的同事，心中不由得不侵入一点忧郁。"要它的，它不来；不要的，它偏来。"这便是人生？他于是轻轻的自言自语说："不走，又怎么样？一个真正古典派，难道还会成一个病人？便不走，也不至于害病！"的确，就因事留下来，纵不走，他也不至于害病的。他有经验，有把握，是个不怕什么魔鬼诱惑的人。另外一时他就站过地狱边沿，也不眩目，不发晕。当时那个女子，却是个使人值得向地狱深阱跃下的女子。他有时自然也把这种近于挑战的来信，当成青年女孩子一种大胆妄为的感情的游戏，为了训练这些大胆妄为的女孩子，他以为不作理会是一种极好的处置。

　　瑗瑗：
　　我今天晚车回××达

　　达士先生把一个简短电报亲自送到电报局拍发后，看看时间还只五点钟。行期既已定妥，在青岛勾留算是最后一天了。记起教授乙那个神气，记起海边那种蚌壳。当达士先生把教授乙在海边拾蚌壳的一件事情告给瑗瑗时，回信就说：不要忘记，回来时也为我带一点点蚌壳来。我想看看那个东西！

　　达士先生出了电报局，因此便向海边走去。

　　到了海水浴场，潮水方退，除了几个骑马会的外国人骑着黑马在岸边奔跑外，就只有两个看守浴场工人在那里收拾游船，打扫砂地。达士先生沿着海滩走去，低着头寻觅这种在白砂中闪放珍珠光的美丽蚌壳。想起教授乙拾蚌壳那副神气，觉得好笑。快要走到东端时，忽然发现湿沙上有谁用手杖斜斜的划着两行字迹，走过去看看，只见砂上那么写着：

> 这个世界也有人不了解海，不知爱海。也有人了解海，不敢爱海。

达士先生想想那个意思，笑了。他是个辨别笔迹的专家，认识那个字迹，懂得那个意义。看看潮水的印痕，便知道留下这种玩意儿的人，还刚刚离此不久。这倒有点古怪。难道这人就知道达士先生今天一早上会来海边，恰好先来这里留下这两行字迹？还是这人每天皆来到海边，写那么两行字，期望有一天会给达士先生见到？不管如何，这方式显然的是在大胆妄为以外，还很机伶狡狯的，达士先生皱眉头看了一会，就走开了。一面仍然低头走去，一面便保护自己似的想道："鬼聪明，你还是要失败的。你太年轻了，不知道一个人害过了某种病，就永远不至于再传染了！你真聪明，你这点聪明将来会使你在另外一件事情上成就一件大事业，但在如今这件事情上，应当承认自己赌输了！这事不是你的错误，是命运。你迟了一年。……"然而不知不觉，却面着大海一方，轻轻的抒了一口气。

不了解海，不爱海，是的。了解海，不敢爱海，是不是？

他一面走一面口中便轻轻数着，"是——不是？不是——是？"

忽然间，砂地上一件新东西使他愣住了。那是一对眼睛，在湿砂上画好的一对美丽眼睛。旁边还那么写着："瞧我，你认识我！"是的，那是谁，达士先生认识得很清楚的。

一个爬砂工人用一把平头铲沿着海岸走来，走过达士先生身边时，达士先生赶着问:"慢点走,我问你,你知不知道这是谁画的?"说完他把手指着那些骑马的人。那工人却纠正他的错误,手指着山边一堵浅黄色建筑物,"哪,女先生画的!"

"你亲眼看见是个女先生画的?"

工人看看达士先生,不大高兴似的说,"我怎不眼见?"

那工人说完,扬扬长长的走了。

达士先生在那砂地上一对眼睛前站立了一分钟,仍然把眉头略微皱了那么一下,沉默的沿海走去了。海面有微风皱着细浪。达士先生弯腰拾起了一把海砂向海中抛去。"狡猾东西,去了吧。"

十点二十分钟达士先生回到了宿舍。

听差老王从学校把车票取来,告给达士先生,晚上十一点二十五分开车,十点半上车不迟。

到了晚上十点钟,那听差来问达士先生,是不是要他把行李先送上车站去。就便还给达士先生借的那本《离婚》。达士先生会心微笑的拿起那本书来翻阅,却给听差一个电报稿,要他到电报局去拍发。那电报说:

> 瑷瑷:我害了点小病,今天不能回来了。我想在海边多住
> 三天;病会好的。达士

一件真实事情,这个自命为医治人类灵魂的医生,的确已害了一点儿很蹊跷的病。这病离开海,不易痊愈的,应当用海来治疗。

一九三五年夏作

来　客

世界上有很多事情都使人忧郁，不好招架，某种友谊也象是这样的。

一九二八年夏天，我住在上海拉斐德路一个小弄堂的二楼上，一天下午两点钟左右，正在自己住处那个小小房间里，为《读者月刊》写一篇创作回忆录，觉得记忆中充满了各种河水。生平在各个地方所见到的各种河流，似乎正一一从心上流过。河面还泊了灰色小船，漂浮了翠绿菜叶。实在说来，这世界地面上有若干小河两岸，都和我发生过不可分离的关系。我的教育可以说是在河水上面得来的。当我回忆到各种河水，思路正从从容容，为我生平极少有的舒适，还以为至少可以一气写个五千字，刚把那文章写到第二行时，只听得楼下后门有人用不纯粹的北方话语询问娘姨，象在找寻谁。那四川娘姨正在自来水龙头边洗衣，把头昂起向上面问：

"找甲先生，在屋里不在？"

娘姨一听楼上有人开门，明白我没出去，不待我启口说话，就要那来人上楼，来人便即刻从那黑黑的窄窄的楼梯走上来了。在楼梯口觌面时，原来是个还不识荆的白脸少年绅士，服装潇洒，仪表不俗，一见我时就问：

“我找甲先生。他在家不在家？”

从那种语言神气看来，显然他不会以为面前的一个，就正是他所要找的人。既然见了主人还问主人，想来这个陌生不速之客，预备晤面的事，也不过是“久仰”，且希望见到的人，应当是比目前的我更象个主人的一位了。我当时为尊重客人的感觉起见，只好装点愚呆，请客人在房中坐坐，自己走出房门，到楼梯边站了那么一会儿，回到房中时恭恭敬敬的回答客人：

“甲先生先前一会儿还在这里，不知怎么的一来不见了。你驾有什么事，是不是要紧的事？”

大约先前这人还只“疑心”我是仆人，现在算已“明白”我是仆人了，见我问他，就大洋洋的说：

“我刚从北京来，不久就要到外洋去留学。我也是———一个作家。久仰你先生的大名，特意前来拜访！”

说过了这些话后，来客似乎即刻发觉他所说的话，原只应当同主人说的，如今和听差说来，殊无意思，实在也不须乎，就做出太守对当差王贵、汤怀说话的神气，向面前的我询问：

“我是你先生的同志。先生什么时候回来，你知道吗？”

“没准儿。”

来客游目四瞩，各处看了一会，同拍卖行办事人估价样子，把房中每样东西在心上记上一个数目。各事弄清楚后，俨然大事业已办妥，应当休息休息，不必主人相请，就大模大样，选定了一个靠窗边的椅子坐下了。坐定以后喝了我为他倒上那一杯清茶，气色也稍稍从容了一点，一时又不想走路，见我畏畏缩缩的站在屋角，似乎安慰我不要怕“大人物”，就向我攀谈起来，完全用的是个什么长官和下级谈话神气。

"先生客多不多？"

"不多。"

"你们自己做饭吗？"

"自己不做，房东做。"

"你跟他多久了？"

"……"我不知道怎么回答，我就笑笑。

"你认字不认字？"

"认字不多，写个账单儿还勉强。"

"你先生是作家，怎么不跟他学写小说？"

"先生说，写小说是河水告他的。"

"怎么，河水告他的！什么河水井水？他同你说笑话！他这个人很 humourous。他一定跟姓贺姓何的读过书，你不懂！"

"他说的是河水。"

"他说河水告他？那你怎么不到河边去问问河水？河水也会告诉你的！试试看吧！"

"我生长在河边，河水告我……"

那绅士见我那么说话，便向我望着，微笑着，好象我笨得动人怜悯。大约见我样子萎萎琐琐，且有点儿戆，发生了兴味，便带玩笑似的询问我一些生客不作兴询问仆人的事情，向我探听这房中主人的一切。到后就问我，"先生是不是当真在霞飞路买了一幢房子？××报上说的，那幢房子值七千！"

听到这话我真是又惶恐又忧愁，不知道如何回答这个问题，只好用最谦卑的微笑应付下去。我不作声。

这客人说得正好，但看看我只知道傻笑，又似乎觉得同这样一个听差谈话真不合式，就把那双小生式眉毛皱皱，走到写字桌边去，意思似想看看主人桌上的情形。这一来真使我又急又窘，可又想不出什么方法拦阻他一下。情急智生，我把书架上一个六朝白石佛头和一个汉代白石猪头拿到手中，招呼他看，两件小雕刻还是一个朋友昨天刚从北京送来的。可是我的行为竟全不能引起他的注意。他这时不需要赏鉴这个古雕刻，他仍然把我那篇文章看到了。他只默默的看着，那上面我写的是：

> 我的教育全是水上得来的，我的智慧中有水气，我的性格仿佛一道小小河流。我创作，谁告我的创作？就只是各种地方各样的流水，它告我思索，告我如何去……

大概看了两三遍吧，看完事后，这个绅士才向在他身边显得有点窘迫的我说：

"你的先生说河水告他一切，说得真古怪。哪有这事情？"

我因为不明白用仆人身分如何来答复这句话，才见得措词得体，故仍然只向他笑了一下。这客人从我的微笑上，似乎感觉到一点小小不快处，话语即刻庄严了许多。他说：

"甲先生什么时候回来，你不知道吗？"

"我不知道。"

"他上文学会开会去了，是不是？"

"他从不上那些会里去。"

"他爱看电影？"

"他不看电影。"

"他常常跳舞？"

"他不会跳舞。"

每次回答都象不能适如客人所估计的样子，又好象有意同他想象作对，客人到这时节，一面把手杖剥剥剥的敲打地板，一面便问我来到了这里多久。我回答他来此不多久。这一下我的把柄被他拿定了。

"你不知道你的先生。你先生在他自己的书上，说过他自己的性情同嗜好；似乎还提到过你，就说家中有个用人全不了解他。我问你，你是不是个'司务长'？"

我说，"你是不是说军队中的'司务长'？我不是。"

"我猜想你就不是。往年他有个当差的司务长，年纪比你大，比你有趣味。"他手中正拿着一本《新月》，那上面有篇小说叫作《灯》，故事中就有个司务长。

"你怎么知道？"

"我怎么不知道？"说过这句话时，客人似乎为了报复起见，就问我："你名字叫什么？"

我说："我名字叫高升。"这倒真是我一个常用的名字，可是我说出口时，我瞅他那脸上做了一个古怪的表示。

大约就是这个俗气的名字，把客人谈话兴致索然而尽，不愿意再等待下去了。因此他就把名片夹拿出来，抽出一张小小名片，伏在桌上写了一阵。写成后，自己沉吟了一会，摇着头，象觉得不甚得体，撕去了，再换第二张，但仍然不成，又换第三张。名片写妥后，看看自己所写的话语，仿佛已很满意，便把那名片摆在桌上，用一个玉镇尺压定，又把我那文章看过一遍，把头点点，似乎明白了些先前所不明白的东西，这一回很满意了，才向我开口：

"高升，我不等候甲先生了。我留下这个，他回来时你就告他，不要忘掉!"

"知道知道。先生，你放心。"

客人一走，我便恢复了我做主人的身分，赶快走过桌边去，看看那名片究竟写了些什么，刚看完头上两句话"你是水教育的，我是火教育的"，忽然一个人訇的把门推开，好象是明白主人不在家，就不必叩门似的。一进门时见我正坐在桌边，似乎已知道我看过了他那名片上的文字，显得不很高兴的神气说："高升，你怎的!"又说，"我忘了件事情。"

我真又窘又急，赶忙站起来侍候那客人。"先生，你要什么?"

他什么也不说，只走近桌边，把原来那张名片收回，换了一张新的，写了两行字，便又匆匆的走了。

我估计他已走出后门，推开小窗望望，就见到衖口俄国老妇人家那只小小哈叭狗，正追赶到这绅士身后汪汪的吠着，那人却回过头来，把手杖向狗扬起，用英文轻轻吼着"dog! dog!"

我把窗子关好后，放了一口气，走近桌边捡起那张名片看看，原来换了一张有北京某大学文学士衔的，可是却把我先前看过的那两句话去掉了。我想，"那么这人自己也觉得并不是火教育出来的了!"想到这些字句和这人一切，我很忧郁的苦笑了一忽儿。

我那篇文章，自然写不下去了。这客人此后从不再来第二次，大约已照他所说的那样，当真放洋去了。我那篇文章，也永远不想作了。

我总是记着这个"用火教育出来"的人，每次写什么时，一想起他，就把写作的气概馁尽，再也无从下笔。不知道什么"火"会教育他。算算日子，他应当在美国得文学博士学位了。

一九三三年四月完成

过岭者

　　××向西约四十里，有个杀鸡岭，长岭尽头，连绵不绝罗列了十三个小阜。接近长岭第五与第六个小阜之间，一片毛竹林里，为××第七区的一个通信处。

　　那地方已去大路约三里，大路旁数日来每日可发生的游击战，却从不扰乱到这方面来。

　　时间约下午五点左右，竹林旁有个××交通组的特务员，正在一束黍秸上坐下，卸除他那一只沾满泥浆的草鞋。草鞋卸去后，才明白先前一时脚掌所受的戳伤实在不小。便用手揉着，且随手采取蔓延地下的蛇莓草叶，送入口中咀嚼。待到那个东西被坚实的牙床磨碎后，就把它吐出，用手敷到脚心伤处去。他四下看望，似乎正想寻觅一片柔软的木叶，或是一片破布把伤处包裹一下。但一种责任与职务上的自觉，却使他停止了寻觅，即刻又把那只泥草鞋套上了。

　　他还得走一大段山路。他从昨夜起即从长岭翻山走来，不久又还得再翻山从长岭走去。至于那个岭头的关隘，一礼拜前却已为××××占领去了。

天气燠热而沉闷，空中没有一丝儿微风。看情形一到晚上必有雨落。但现在呢，却去落雨的时间还早咧。远处近处除了一些新蝉干燥嘶声外，只有草丛间青绿蚱蜢振翅习习的声音。对山山坳里，忽然来了一只杜鹃，急促的鸣着，过一会，那杜鹃却向毛竹林方面飞来，落在竹林旁边一株枫树上。但这只怪鸟，似乎知道这竹林里的秘密，即刻又飞去了。坐在黍秸上的那个年青人，便睨着杜鹃飞去的一方，轻轻的喃喃的骂道：

"你娘××的，好乖觉，可以到××去作侦探!"

远远什么地方送来了一声枪响。在岭东呢，一只狗完事了，在岭上呢，一个××完事了。这枪声似乎正从岭上送来，给年青人心上加了一分重量。但年青人却用微笑把这点分量挪开了。没有枪声，这长日太沉静了一点，伏在一片岩石后或藏身入土窟里，等到机缘过岭的人，这日子，打发它走去好象不容易的。

这年青瘦个子的特务员，番号十九，为二十个特务中之一个，还刚从岭东××第十区的宋家集子赶来，带来了一个紧要文件，时不多久，又还得捎一个新的报告向原来地方出发。

半月以来的战事，各方面得失不一。自从×××××，与××七区政治局被炸毁长岭被占领后，××方面原有的交通组织，大部分已被破坏，因此详细全部情形转入混乱中。××总部与宋家集子及其他各地必需取相当联络，各方面消息才能贯串集中，就选定了这样二十个精壮结实的家伙，各地来往奔走。正由于技术上的成就，得到非常的成功，故××与×××军事实力比较起来虽为一与四，不但依然可以把防线支持原状，且从各种设计中，尚能用少数兵力的奇袭，使×××蒙受极大的损失。××××，×××，×××××××，××，××，××。但一星期以来，自从向南那方面胜家堡与接近水道的龙头嘴被人相继占领后，××总部和各区的联络，业已完全截断。作通信工作的，增加了工作危险与艰辛。番号第六，第七，第十三，第十五，第二十，都陆续牺牲了。番号第二，第四，第十，也失了踪，照情形看来或跌下悬崖摔坏了。番号第八被人捉去，在龙头岨一小庙前边枪决时，居然在枪响以前一刹那，窜入庙前溪涧深篁中，从一种俨然奇迹里逃脱，仍回到十区，一只脚却已摔坏，再也不能继续工作了。对于通信特务的缺额，虽然××××即刻补充了预备员九人，但一些新来的，就技术与性格而言，一切还皆需要训练与指导。因此一来，原有几个人工作的分量与责任，无形中便增加了不少。但这是革命，是战斗！各人皆得咬着牙，在沉默里支持下去！

小阜前边向长岭走去的大路，系由××修路队改造过了的。这条路被某方面称为"魔鬼路"。大路向日落处的西方伸出，一条蛇似的翻山而去，消失在两个小谷坡边不见了。向东呢，为越过长岭关隘的正路。×××将长岭占取时，所出的代价为实力两团。长岭关隘虽已被占领，然而这里那里尚每日发生游击战，便因为路被改造，某方面别动队在这种游击战中，一礼拜来损失了三个小队。

那只杜鹃又开始在远处一个林子里锐声的啼唤时，坐在黍秸上的年青人，似乎因为等候得太久了一点，心中有些烦躁，突然站起身来。一只青色蚱蜢正停顿在他面前草地上，被惊动了一下，振翅飞去了。年青人极其无聊的向那小生物逃走的一方望去，仿佛想说："好从容的游荡家伙，世界要你！"但他实在却什么也不想，只计算着回去的时节，所应经过的几个山涧。

竹林旁一堆乱草里，有了索索的声音。原来那里是一个土窟窿。土窟中这时节已露出一个小小头颅来了。那人摇着小小头颅轻轻的说：

"兄弟，你急了！全预备好了，你来，你进来！"

年青的一个，知道即刻又要上路了。微笑着，走过草堆边去，与小头颅一同消失到那个草丛里的潮湿土窟中去了。

一会儿，他便又从土窟里钻出，在日光下立定。一切都布置好了，他预备上路。

那个有着一颗小小头颅的角色，从草丛间伸出，望望天空，且伸举起一只瘦黑手来向空中捞了一把，很阴郁的说：

"到了七点八点会落雨的，鬼天气！"

那一个年轻人却用了快乐的调子低低的说道：

"算什么呢？我还得让这阵雨落下来，才过得了大坡。这雨打湿了一切，也会蒙着那些狗眼睛！"

小头颅诙谐似的说：

"狗眼睛，羊眼睛，我告你，见了赵瑞，告诉他，明天若来，要他莫忘记为我带点盐，带点燕麦粉！"

接着，从土窟里抛掷出一个大红薯到年青人脚边。

"兄弟，吃了再走，时间还早咧。"

年青的却说："我不要这个！"只一脚，把那红薯踢入草丛里不见了。

"你得等到落雨时过那个×坡，八点到三区，今天十九，还可以赶得××热闹的晚会……晚会中不是有慰劳队娘女唱歌吗？"

年青的开玩笑似的说，"自然呵！"

"你不想结婚吗？"

"不想结婚？可是这是什么时候，说这个！……"过一会却又问对方，"你呢？"

"我呢，我今年四十三岁。这是二十三岁的人做的事情，我要的是盐！"

因为年青的那一个不说话，小头颅便接着又说："可是你们晚会中一定有好些有趣味事情……"

年青的那一个忍不住了，"什么晚会！那边每夜都摸黑，要命！……再见！"

那一个从竹林尽头窜入山沟中，即刻就不见了，小头颅却尚在草丛中，向同伴所消失的方向茫然眺望着。

天边一角响了隐隐的雷声。云角已黑，地面开始动了微风，掠着草丛竹梢过去。

小头颅孤单沉默守在这个潮湿土窟里，已到了第九个日子。每日除了把过岭特务员送来的秘密文件，或口头报告，简单记下，预备交给七区派来的特务带走，且或记录七区特别报告，交给第二次过岭者捎回以外，就简直无事可作了。带着一点儿"受训练"的意义，被派到这土窟里来的他，九天以来除了在天色微明时数着遥遥的枪声，计算它的远近，推测它的得失，是没有别的什么可言的。

日头匆匆的落下时，沿岭已酿了重云，小头颅估计那特务必已从山沟爬到了长岭脚下，伏在大石后等候落雨，或者正沿着山涧悬崖爬去，雷却在山谷中回环响着。忽然间，岭上响了枪声，一下两下，且接着又一连响了十来下，到后便沉默了。显然那个年青人已被某方面游动哨兵发现了，而且在一阵枪声中把那一个结果了。小头颅记起了先前一时年青人口传来×部命令中一个字眼儿。"从××里方可见到一点光明"。

于是他来设想什么是光明，且计算向光明走去的一路上，可见到些什么景致。一串记忆爬到了这个小小头颅中脑髓襞褶最深处。

225

×××××，×××××。

……围城，夜袭，五千人一万人的群众大会，土劣的枪决，粮食分配的小组会议，××团的解决，又是围城，夜袭，……大刀，用黄色炸药作馅的手榴弹发疯似的抛掷，盒子，手提机关，连珠似的放，啪……一个翻了，訇……一堆土向上直卷，一截膀子一片肉在土墙上贴着。又是大会，粮食分配……于是，交通委员会的第七十一号命令，派熊喜做××第七区第九通信处服务，先过××××处弄明白职务上的一切。

××××，×××××，×××，×××，××××××，××××××！

雷雨沿长岭自南而北，黄昏以前雨头已到了小阜附近，小头颅缩回土窟中时，藉着微光尚看得见土窟角隅一堆红薯的轮廓。小头颅想起了那个被年青人一脚踢到草丛里的红薯，便赶忙爬出土窟，来搜索它。

××××，××，××，×××××。×××××，××××。

大雨已来了，他想："倒下的，完事了，听他腐烂得了，活着的，好歹总还得硬朗结实的活上去！"摩摩自己为雨点弄湿的光头，打了一个寒颤，把检收的红薯向土窟抛去，自己也消灭到那个土窟里，不见了。

一九三四年八月作

顾问官

驻防湖南省西部地方的三十四师，官佐士兵伕同各种位分的家眷人数约三万，枪枝约两万，每到月终造名册具结领取省里协饷却只四万元，此外就靠大烟过境税，和当地各县种户吸户的地亩捐、懒捐、烟苗捐、烟灯捐以及妓院花捐等等支持。军中饷源既异常枯竭，收入不敷分配，因此一切用度都从农民剥削。农民虽成为竭泽而渔的对象，本师官佐士兵伕固定薪俸仍然极少，大家过的日子全不是儿戏。兵士十冬腊月常常无棉衣。从无一个月按照规矩关过一次饷。一般职员单身的，还可以混日子，拖儿带女的就相当恼火。只有少数在部里的高级幕僚红人，名义上收入同大家相差不多，因为可以得到一些例外津贴，又可以在各个税卡上挂个虚衔，每月支领干薪，人会"夺弄"还可以托烟帮商人，赊三五挑大烟，搭客作生意，不出本钱却稳取利息，因此每天无事可作，还能陪上司打字牌，进出三五百块钱不在乎。至于落在冷门的家伙，即或名分上是高参、上校，生活可就够苦了。

师部的花厅里每天有一桌字牌，打牌的看牌的高级官佐，和八洞神仙一般自在逍遥。一到响午炮时，照例就放下了牌，来吃师长大厨房备好的种种点心。圆的，长的，甜的，淡的，南方的，北方的，轮流吃去。如果幕僚中没有这些人材，有好些事也相当麻烦不好办，这从下文就可以知道。

这时节一张小小矮椅上正坐得有禁烟局长，军法长，军需长同师长四个人，抹着字牌打跑和。坐在师长对手的军需长，和了个红四台带花，师长恰好"做梦"歇憩，一手翻开那张剩余的字牌，是个大红拾字，牌上有数，单是做梦的收入就是每人十六块。师长一面哈哈大笑，一面正预备把三十二块钱捡进匣子里时，忽然从背后伸来一只干瘦姜黄的小手，一把抓捏住了五块洋钱，那只手就想缩回去，哑声儿带点谄媚神气嚷着说：

"师长运气真好，我吃五块钱红！"

拿钱说话的原来是本师顾问赵颂三。他那神气似真非真，因为是师长的老部属，平时又会逢场作趣，这时节乘下水船就来那么一手。钱若拿不到手，他作为开玩笑，打哈哈；若上了手，就预备不再吃师长大厨房的炸酱面，出衙门赶过王屠户处喝酒去了。他原已站在师长背后看了半天牌，等候机会，所以师长纵不回头，也知道那么伸手抢劫的是谁。

师长把头略偏，一手扣定钱笑着嚷道："这是怎么的？吃红吃到梦家来了！军法长，你说，真是无法无天！你得执行职务！"

军法长是个胖子，早已胖过了标准，常常一面打牌一面打盹，这时节已输了将近两百块钱，正以为是被身后那一个牵线把手气弄瘟了，不大高兴。就带讽刺口气说：

"师长，这是你的福星，你尽他吃五块钱红罢，他帮你忙不少了！"

那瘦手于是把钱抓起赶快缩回，依旧站在那里，唧唧的把几块钱在手中转动。

"师长是将星，我是福星——我站在你身背后，你和了七牌，算算看，赢了差不多三百块！"

师长说：

"好好，福星，你赶快拿走罢。不要再站在我身背后。我不要你这个福星。我知道你有许多重要事情待办，他们等着你，赶快去罢。"

顾问本意即刻就走，但是经这么一说，倒似乎不好意思起来了，一时不即开拔。只搭讪着，走过军法长身后来看牌。军法长回过头来对他愣着两只大眼睛说：

"三哥，你要打牌我让你来好不好？"

话里显然有根刺，这顾问用一个油滑的微笑拔去了那根看不见的刺，回口说：

"军法长，你发财，你发财，哈哈，看你今天那额角，好晦气！你不输掉裤带，才真走运气！"

一面说一面笑着，把手中五块雪亮的洋钱唧唧的转着，摇头摆脑的走了。这人一出师部衙门就赶过东门外王屠户那里去。到了那边刚好午炮咚的一响，王屠户正用大钵头焖了两条牛鞭子，业已稀烂，钵子酒碗都摊在地下，且团团转蹲了好几个人。顾问来得恰好，一加入这个饕餮群后，就接连喝了几杯"红毛烧"，还卷起袖子同一个官药铺老板大吼了三拳，一拳一大杯。

他在军营中只是个名誉"军事顾问"，在本地商人中却算得是个真正"商业顾问"。大家一面大吃大喝，一面畅谈起来，凡有问的他必回答。

药店中人说：

"三哥，你说今年水银收不得，我听你的话，就不收。可是这一来尽城里达生堂把钱赚去了。"

"我看老《申报》报上说政府已下令不许卖水银给日本鬼子，谁敢做卖国贼秦桧？到后来那个卖屁眼的×××自己卖起国来，又不禁止了。这是我的错吗？"

一个杂货商人接口说：

"三哥，你前次不是说桐油会涨价吗？"

"是呀，汉口挂牌十五两五，怎么不涨？老《申报》美国华盛顿通信，说美国赶造军舰一百七十艘，预备大战日本鬼。日本鬼自然也得添造一百七十艘。油船要得是桐油！谁听诸葛卧龙妙计，谁就从地下捡金子！"

"捡金子！汉口来电报落十二两八！"

那顾问听说桐油价跌了，有点害臊，便嚷着说：

"那一定是毛子发明了电油。你们不明白科学，不知道毛子科学厉害。他们每天发明一样东西。谁发明谁就专利。报上说他们还预备从海水里取金子，信不信由你。他们一定发明了电油，中国桐油才跌价！"

王屠户插嘴说：

"福音堂怀牧师爱卫生，买牛里肌带血吃，百年长寿。他见我案桌上大六月天有金蝇子，就说：'卖肉的，这不行，这不行，这有毒害人，不能吃！'（学外国人说中国话调子）还送我大纱布作罩子。肏他祖宗，我就偏让金蝇子贴他要的那个，看福音堂耶稣保佑他！"

一个杀牛的助手，从前作过援鄂军的兵士，想起湖北荆州沙市土娼唱的赞美歌，笑将起来了。学土娼用窄喉咙唱道：

"耶稣爱我，我爱耶稣，耶稣爱我白白脸，我爱耶稣大洋钱……"

到后几人接着就大谈起卖淫同吃教各种故事。又谈到麻衣柳庄相法。有人说顾问额角放光，象是个发达的相，最近一定会做知事。一面吃喝一面谈笑，正闹得极有兴致。门外屠桌边，忽然有个小癞子头晃了两下。

"三伯，三伯，你家里人到处找你，有要紧事，你就去！"

顾问一看说话的是邻居弹棉花人家的小癞子，知道所说不是谎话。就用筷子拈起一节牛鞭子，蘸了盐水，把筷子一上一下，同逗狗一样，"小癞子，你吃不吃牛鸡巴，好吃！"小癞子不好意思吃，只是摇头。顾问把它塞进自己口里，又同王屠户对了一杯，同药店中人对了一杯，同城中土老儿王冒冒对了一杯，且吃了半碗牛鞭酸白菜汤，用衣袖子抹着嘴上油腻，连说"有偏"，辞别众人赶回家去了。

这顾问履历是前清的秀才，圣谕宣讲员，私塾教师。入民国又作过县公署科员，警察所文牍员，（一卸职就替人写状子，作土律师。）到后来不知凭何因缘，加入了军队，随同军队辗转各处。二十年来的湘西各县，既全由军人支配，他也便如许多读书人一样，寄食在军队里，一时作小小税局局长，一时包办屠宰捐，一时派往邻近地方去充代表，一时又当禁烟委员。且因为职务上的疏忽，或账目上交替不清，也有过短时间的拘留，查办，结果且短时期赋闲。某一年中事情顺手点，多捞几个外水钱，就吃得好些，穿得光彩些，脸色也必红润些，带了随从下乡上衙门时，气派仿佛便是个"要人"，大家也好象把他看得重要不少。一两年不走运，捞了几注横财，不是输光就是躺在床上打摆子吃药用光了。或者事情不好，收入毫无，就一切胡胡混混，到处拉扯，凡事不大顾全脸面，完全不象个正经人，同事熟人也便敬而远之了。

近两年来他总好象不大走运，名为师部的军事顾问，可是除了每月头写领条过军需处支取二十四元薪水外，似乎就只有上衙门到花厅里站在红人背后看牌，就便吸几支三五字的上等卷烟。不看牌便坐在花厅一角翻翻报纸。不过因为细心看报，熟习上海汉口那些铺子的名称，熟习各种新货各种价钱，加之自己又从报纸上得到了些知识，因此一来他虽算不得"资产阶级"，当地商人却把他尊敬成为一个"知识阶级"了。加之他又会猜想，又会瞎说。事实上人也还厚道，间或因本地派捐过于苛刻，收款人并不是个毫无通融的人，有人请到顾问帮忙解围，顾问也常常为那些小商人说句把公道话。所以他无日不在各处吃喝，无处不可以赊账。每月薪水二十四元虽不够开销，总还算拉拉扯扯勉强过得下去。

他家里有一个怀孕七个月的妇人，一个三岁半的女孩子。妇人又脏又矮，人倒异常贤惠。小女孩因害疳结病，瘦得剩一把骨头，一张脸黄姜姜的，两只眼睛大大的向外凸出，动不动就如猫叫一般哭泣不已。他却很爱妇人同小孩。

妇人为他孕了五个男孩子，前后都小产了。所以这次怀孕，顾问总担心又会小产。

回到家里见妇人正背着孩子在门前望街，肚子还是胀鼓鼓的，知道并不是小产，才放了心。

妇人见他脸红气喘，就问他为什么原因，气色如此不好看。

"什么原因！小癞子说家里有要紧事，我还以为你又那个！"顾问一面用手摸着自己的腹部，做出个可笑姿势，"我以为呱哒一下，又完了。我很着急，想明白你找我作什么！"

妇人说：

"大庸杨局长到城里来缴款，因为有别的事，当天又得赶回××寺，说是隔半年不见赵三哥了，来看看你。还送了三斤大头菜。他说你是不是想过大庸玩……"

"他就走了吗？"

"等你老等不来，叫小癞子到苗大处赊了一碗面请局长吃。派马夫过天王庙国术馆找你，不见。上衙门找你，也不见。他说可惜见你不着，今天又得赶到粑粑坳歇脚，恐怕来不及，骑了马走了。"

顾问一面去看大头菜，扯菜叶子给小女孩吃，一面心想这古怪。杨局长是参谋长亲家，莫非这"顺风耳"听见什么消息，上面有意思调剂我，要我过大庸作监收，应了前天那个捡了一手马屎的梦？莫非永顺县出了缺？

胡思乱想心中老不安定，忽然下了决心，放下大头菜就跑。在街上挨挨撞撞，有些市民不知道是什么原因，还跟着他乱跑了一阵。出得城来直向彭水大路追去。赶到五里牌，恰好那局长马肚带脱了，正在那株大胡桃树下换马肚带。顾问一见欢喜得如获八宝精，远远的就打招呼：

"局长，局长，你来了，怎不玩一天，喝一杯，就忙走！"

那局长一见是顾问，也显得异常高兴。

"哈，三哥，你这个人！我在城里茅房门角落哪里不找你，你这个人！"

"嗨，局长，什么都找到，你单单不找到王屠户案桌后边！我在那儿同他们吃牛鸡巴下茅台酒！"

"吓，你这个人！"

两人坐在胡桃树下谈将起来，顾问才明白原来这个顺风耳局长果然在城里听说，今年十一月的烟亩捐，已决定在这个八月就预借。这消息真使顾问喜出望外。

　　原来军中固定薪俸既极薄，在冷门上的官佐，生活太苦，照例到了收捐派捐时，部中就临时分别选派一些监收人，往各处会同当地军队催款。名分上是催款，实际上就调剂调剂，可谓公私两便。这种委员如果机会好，派到好地方，本人又会"夺弄"，可以捞个一千八百；机会不好，派到小地方，也总有个三百五百。因此每到各种催捐季节，部里服务人员皆可望被指派出差。不过委员人数有限，人人希望藉此调剂调剂，于是到时也就有人各处运动出差。消息一传出，市面酒馆和几个著名土娼住处都显得活跃起来。

　　一作了委员，捞钱的方法倒很简便。若系查捐，无固定数目派捐，则收入以多报少。若系照比数派捐或预借，则随便说个附加数目。走到各乡长家去开会，限乡长多少天筹足那个数目；乡长又走到各保甲处去，要保甲多少天筹足那个数目；保甲就带排头向各村子里农民去敛钱。这笔钱从保甲过手时，保甲扣下一点点，从乡长过手时，乡长又扣下一点点，其余便到了委员手中。（委员懂门径为人厉害的，可多从乡长保甲荷包里挖出几个；委员老实脓包的，乡长保甲就乘浑水捞鱼，多弄几个了。）十天半月把款筹足回部呈缴时，这些委员再把入腰包的赃款提出一部分，点缀点缀军需处同参副两处同志，委员下乡的工作就告毕了。

　　当时顾问得到了烟款预借消息，心中虽异常快乐，但一点钟前在部里还听师长说今年十一月税款得涓滴归公，谁侵吞一元钱就砍谁的头。军法长口头上且为顾问说了句好话，语气里全无风声，所以顾问就说：

　　"局长，你这消息是真是假？"

　　那局长说：

"我的三哥，亏你是个诸葛卧龙，这件事还不知道。人家早已安排好了，舅老爷去花垣，表大人去龙山，还有那个'三尾子'，也派定了差事。只让你梁山军师吴用坐在鼓里摇鹅毛扇！"

"胖大头军法长瞒我，那猪头三（学上海人口气）刚才还当着我面同师长说十一月让我过乾城！"

"这中风的大头鬼，正想派他小舅子过我那儿去。你赶快运动，热粑粑到手就吃。三哥，迟不得，你赶快那个！"

"局长，你多在城里留一天吧，你手面子宽，帮我向参谋长活动活动，少不得照规矩……"

"你找他去说那个这个……不是就有了边了吗？"

"那自然，那自然，你我老兄弟，我明白，我明白。"

两人商量了一阵，那局长为了赶路，上马匆匆走了，顾问步履如飞的回转城里。当天晚上就去找参谋长，傍参谋长靠灯谈论那个事情。并用人格担保一切照规矩办事。

顾问奔走了三天，盖着大红印的大庸地方催款委员的委任令，居然就被他弄到手，第四天，便坐三顶拐轿子出发了。过了廿一天，顾问押解捐款缴部时，已经变成二千块大洋钱的资产阶级了。除了点缀各方面四百块，孝敬参谋长太太五百块，还足巴巴剩下光洋一千一百块在箱子里。妇人见城里屋价高涨，旁人争盖新房子，便劝丈夫买块地皮作几栋茅草顶的房子，除自己住不花钱，还可将它分租出去，收一二十元月租作家中零用。顾问满口应允，说是即刻托药店老板看地方，什么方向旺些就买下来。但他心里可又记着老《申报》，因为报上说及一件出口货还在涨价，他以为应当不告旁人，自己秘密的来干一下。他想收水银，使箱子里二十二封银钱，全变成流动东西。

上衙门去看报，研究欧洲局势，推测水银价值。师长花厅里牌桌边，军法长吃酒多患了头痛，不能陪师长打牌了，三缺一正少个人。军需长知道顾问这一次出差弄了多少，就提议要顾问来填角。

师长口上虽说"不要作孽，不要作孽"，可是到后仍然让这顾问上了桌子。这一来，当地一个"知识阶级"暂时就失踪了。

一九三五年四月二十六日完成